醫統江山

第二輯

卷6

背後博奕

石章魚 著

這天下間哪還有可信之人
就算兒孫滿堂
還不是都為自己的利益盤算

目錄

第一章

瘦死的駱駝比馬大

大康雖然衰敗，可畢竟瘦死的駱駝比馬大，
數百年帝國有大量財富，大雍糧食豐收，國庫豐盈，
利用吃不了的糧食從大康換取財富，
再利用這筆財富去購買軍馬和武器裝備，
一來準備應對北方黑胡人的入侵，
二來可以為將來攻打大康做準備。

左興建將白泉城交給諸葛觀棋之後，帶著手下趁機逃走，他本以為祖達成一方會大舉攻城，可後來派去打聽消息的人回來，只說祖達成率領那些人入城，並未發生任何的戰鬥，卻是那祖達成率領部下全都投靠了胡小天。

左興建一聽就愣了，祖達成投靠了胡小天，豈不是說他們沒事了？可這一萬多人佔據了白泉城，明明自己才是白泉城的太守啊！左興建不覺有些後悔，早知祖達成那幫人是去投降，自己就不該率部離開，現在再回去又怕無法面對朱觀棋了，左興建思來想去最終還是決定直接前往東梁郡。朱觀棋前來還不是為了招降自己，既然胡小天有這個意思，自己不如變被動為主動，直接去向胡小天投誠表示忠心。

已經是臘月二十四，康都內卻沒有任何新年來臨的喜慶氣象，街道之上也是鞍馬稀少，冷冷清清，街道兩旁的店鋪有大半都沒有開張。京城上空彤雲密佈，不見陽光，氣氛格外壓抑低沉。

太師文承煥快步走入養心殿，今天皇上取消了原本定下的朝會，大臣們眾說紛紜，認為皇上此次舉動和皇糧失蹤一事有關，也有人猜測皇上身體不適，可是有一點能夠確定，最近皇上的心情肯定不好。

聽聞文承煥到來，龍宣恩本想不見，讓王千去將他打發了，可是王千很快就去而復返，只說文承煥有急事必須求見，龍宣恩這才依依不捨地離開床榻，從兩位新寵美人交纏四肢中爬了起來。

王千都暗暗佩服皇上，這樣的年紀還擁有這樣的精力，他甚至都懷疑眼前的皇上彷彿換了個人，自從離開縹緲山靈霄宮之後，突然就煥發了青春。這應該和洪北漠專門為他煉製的丹藥有關，難道這世上真有長生不老的仙丹？

文承煥在養心殿外等了足足半個時辰方才獲准入內，以他在皇上身邊為臣多年的經驗，可以判斷出自己來得並不是時候。跟在王千身後進入養心殿的時候，王千好心提醒道：「陛下心情不好，文太師說話還需小心為上。」

文承煥微微一笑，低聲道：「多謝王公公。」發生了皇糧失蹤的事情，換成任何人都會心情不好，不過文承煥今日前來卻是要給皇上帶來一個好消息。

龍宣恩已經沐浴完畢，挺直了腰桿站在窗前，舒展雙臂，背影挺拔而健壯，陽光從窗口透入，籠罩在他的身上，為他整個人勾勒了一條金色的輪廓，顯得高高在上，神秘而尊貴。

文承煥望著老皇帝的背影不由得愣了一下，只看背影幾乎不能相信這是龍宣恩本人，不但是王千，幾乎所有臣子都發現了皇上的變化，他們可不認為皇上服用了什麼長生不老的仙丹，而是認為讓皇上變年輕的是權力，脫離了軟禁生涯，重新登上皇位，正是對權力的渴望才讓龍宣恩的身心重新變得年輕。文承煥躬身行禮道：

「老臣拜見吾皇萬歲萬歲萬萬歲……」

龍宣恩深深吸了口氣，有些不耐煩地說道：「好了，有什麼話儘快說。」

文承煥道：「若非急事，老臣豈敢打擾皇上休息，是這樣，臣來向皇上稟報一件大好事。」

龍宣恩轉過身來，將信將疑地望著文承煥，好事？就算他絞盡腦汁也想不到大康還有什麼好事？此前倒是有胡小天願意捐助三十萬擔糧食的大好事，可是第一批糧食還未運抵京城就稀裡糊塗的沒了，想起這件事龍宣恩就有些著惱。他對文承煥這種賣關子的行為很是不屑，低聲道：「太師若是沒什麼要緊事，朕還要去用膳呢。」以這樣的方式來下逐客令已經是很給文承煥這位老臣面子了。

文承煥微笑道：「確有大好事，陛下還記得讓臣出面接待大雍使節的事嗎？」

龍宣恩皺了皺眉，文承煥不說他幾乎都忘了，愕然道：「那使節還沒走嗎？」

文承煥心中暗罵，這廝真是個庸碌無用的君主，對國家大事毫不上心，如此說來倒是一件大好事。文承煥恭敬道：「還未走！」

龍宣恩道：「朕都已經回絕他們了，為何還賴著不走？」

文承煥道：「因為情況又突然發生了變化。」

「什麼變化？」

文承煥道：「大雍長公主薛靈君前往東梁郡和胡小天談判，已經達成協議，胡小天答應將將士們浴血奮戰辛苦打下的東洛倉還給大雍。」

「什麼？」龍宣恩瞪圓了雙目，此事他並不知曉，不由得怒道：「他有何權力自作主張？這麼大的事情為何沒有經過朕的同意？他眼中還有朕嗎？」

文承煥不失時機地挑唆道：「胡小天究竟作何打算老臣也不清楚，只是他私下和薛靈君達成協議這件事上，應該沒有考慮到陛下的感受。」

龍宣恩怒道：「豎子狂妄，以為天高地遠，朕就治不了他嗎？」

文承煥在心底暗自冷笑，你要什麼威風，要說你還真就治不了他，胡小天眼中只怕早已沒有了你這個皇帝。他輕聲道：「皇上息怒，胡小天狼子野心，自從他坐鎮東梁郡以來，一直都在悄然發展實力，向周圍不斷擴張，對外宣稱他是為大康效忠，攻下東洛倉之後，朝廷內也有不少人為他說話，說他是什麼大康中興的希望，可是老臣卻並不那麼認為。」

龍宣恩道：「講！」

文承煥道：「胡小天拿下小小的東洛倉如今卻要還回去，等於沒有佔領大雍一寸土地，而武興郡已落入了他的執掌之中，事實上他在這段時間侵吞了大康不少土地，壯大了不少勢力，臣得到確實消息，他現在正在大量徵兵，一方面他和大雍偷偷達成互不侵犯的協定，另一方面卻又在迅速擴張軍力，其用心不言自明。」

龍宣恩點了點頭道：「你不說，朕也知道他又異心。」

文承煥道：「此次皇糧失蹤之事極其蹊蹺，具體情況還不清楚。」

龍宣恩怒道：「不清楚？還要怎樣才清楚？姜正陽押運皇糧，好端端地怎麼到了雲澤？朕已經收到了白泉城方面的加急密報，姜正陽和雲澤的水賊馬行空早有勾結，他監守自盜，只是沒想到那水賊也動了貪念，想要獨吞這批糧食。」

文承煥道：「陛下，可是據老臣得到的消息，此事應該不會如此簡單，據說當晚在雲澤發生了一場水戰，碧心山水賊派去協同運糧的船隻全軍覆沒。」

龍宣恩道：「你的消息確不確實？你有沒有證據？現在謠言滿天飛，整個大康都在看朕的笑話，說朕識人不善，居然委派了一隻餓狼去護送糧食，混帳！簡直混帳！」他指向文承煥道：「當初建議用姜正陽的也有你在內。」

文承煥不由得心中暗罵，昏君，明明是你自己提出來的，當時我們只是附和，現在居然要將責任推到我身上，當老夫好欺負嗎？可他也不敢辯駁，低聲道：「當時誰也沒有想到姜正陽會是這樣一個狼子野心的人物，提出這件事的是周丞相，臣只是附議罷了。」順帶著陰了一下周睿淵，反正當時周睿淵也說姜正陽可用。

龍宣恩歎了口氣道：「你吃著皇糧拿著俸祿，卻不懂得為朕分憂，真是讓朕失望之極。」他發了這通牢騷一屁股坐在椅子上。

文承煥歉然道：「陛下息怒，臣確有失察之錯，不過在雲澤出事之後，姜正陽失去下落，他手下還有兩萬兵馬本來要返回鄖陽，卻在望春江遭遇胡小天部下的阻截，胡小天動作如此神速，看來應該早就對姜正陽吞沒糧食之事有所覺察，陛下難道不覺得這其中大有文章嗎？」

龍宣恩道：「到現在你還跟朕說這些有什麼用處？胡小天存著什麼樣的心思朕當然清楚，你是不是想讓朕現在就下旨將他革職查辦？還是你願意親自帶著朕的尚方寶劍，前往東梁郡幫朕斬了他的首級？」

文承煥被問得啞口無言，這老昏君說話還真是夠嗆人的。

龍宣恩比誰都想殺胡小天，可是放虎歸山，再想抓住這隻老虎就難了，更何況這隻老虎通過這段時間的發展已經擁有了相當的勢力，文承煥剛才不是說胡小天已經和大雍偷偷達成了協定嗎？龍宣恩道：「你剛剛說大雍長公主去東梁郡出使？」

文承煥點了點頭：「確有此事。」

龍宣恩心中頓時感到有些不爽，大雍雙管齊下，派出兩路使臣，看來從一開始他們就做出了兩手準備，只是從使臣的身分來看，他們對胡小天居然比對自己更加看重，居然派了一位長公主親自前往東梁郡，龍宣恩道：「大雍果然是想離間朕和胡小天之間的關係。」

文承煥道：「陛下聖明，大雍方面的確是想挑起陛下和胡小天君臣之間的矛盾，最好讓大康陷入內鬥他們才高興，只是胡小天現在的發展十分迅速，他是一隻出籠的老虎，不但危及到陛下，同樣危及到大雍的防線了。」

龍宣恩道：「大雍若是想滅掉他，朕也不反對。」他心中存著一個念頭，胡小天雖可惡，但畢竟能夠在北方起到牽制大雍的作用，對他來說是好事不是壞事。

文承煥道：「大雍目前的狀況也不容樂觀，黑胡人在他們的北疆厲兵秣馬，大有南侵之勢，說不定一場大戰在明年春季就會發生，不然大雍也不會忍氣吞聲和胡小天之間談什麼停戰協議。」

龍宣恩道：「他們之間的協議跟朕有關係嗎？」

文承煥道：「陛下，胡小天提出五年後歸還東洛倉根本就是拖延之策，他是想換取休養生息的時間，而大雍方面一時間也無法兼顧南部的事情，不然他們也不會主動派出使臣分別議和，臣以為他們派出兩路使臣的真正用意，就是最大限度地從咱們這裡榨取好處。」

龍宣恩點頭道：「他們是擔心和黑胡發生戰事時，咱們在背後夾擊他們吧。」

文承煥道：「無論他們的出發點如何，大康這次卻可以落到實打實的好處了，這些天老臣奉了陛下的旨意和大雍使臣李沉舟談判，經過老臣不懈的努力，終於取得了一些令人欣喜的進展。」

龍宣恩道：「什麼進展？」

文承煥道：「陛下回絕了他們最初的提議，大雍使臣斟酌再三提出讓步，現在已經不談索要城池之事，而是同意恢復兩國之間正常的貿易往來。」

龍宣恩眨了眨眼睛，他一時間還沒有明白文承煥所謂的正常貿易往來是什麼。

文承煥道：「就是解除對我們的糧食禁運，從現在開始，兩國的商人可以恢復昔日的自由商貿往來。」

龍宣恩聞言面露驚喜之色，這個消息比大雍無償借給他們五十萬石糧食還要讓人驚喜，大康現在缺少的並非是金錢而是糧食，如果花錢可以買到糧食，也就意味著他們的糧荒可以從根本上緩解了。

他旋即又想到大雍的目的，天下沒有免費的午餐，大雍也不會平白無故地給他們這個好處，一方面應該是北方黑胡人的壓力，還有一個原因就是胡小天的突然崛起，恢復商貿的真正動機還是寄希望於自己去牽制胡小天。而更為重要的一個原因是，大雍的商人會在貿易恢復之後大賺一筆。想到這裡，龍宣恩臉上的笑容又消失了，他低聲道：「現在解除糧禁，等於對咱們變相掠奪，大雍的新君夠狠啊。」

文承煥歎了口氣道：「兩害相權取其輕，雖然我們要花費高額代價從大雍買來糧食，可畢竟能夠緩解饑荒，對現在的大康來說，沒有什麼比糧食更為珍貴，只要大康渡過眼前的難關，皇上必然能夠引領臣民走出低谷，迎來中興指日可待。」

龍宣恩的唇角露出一絲苦澀的笑意，眼前哪還有其他的選擇，他點了點頭道：「你去和他們談判，力爭談到一個合理的價格，知道他們是想趁火打劫，可這一刀也不能砍得太狠。」

文承煥心中暗喜：「是！」解除對大康的糧食禁運乃是他兒子李沉舟的提議，

前來大康之前就已經獲得了新君的認同，最初提出以糧易地無非是想從大康獲得更大的利益罷了，只是沒想到這老皇帝居然如此頑固，所以不得不選擇退讓，大康雖然衰敗，可畢竟瘦死的駱駝比馬大，大雍今秋糧食豐收，利用吃不了的糧食從大康換取財富，再利用這筆財富去購買軍馬和武器裝備，一來準備應對北方黑胡人的入侵，二來可以為將來攻打大康做準備。

龍宣恩並不糊塗，知道大雍是要趁火打劫，通過這種方式來掠奪自己的財富，但是他也沒什麼辦法，只求購糧的價格不會太過離譜。

文承煥又道：「陛下，姜正陽雖然弄丟了十萬石糧食，可是胡小天答應的還有二十萬石，陛下打算這次讓何人前去押運這些糧食？」

龍宣恩冷冷道：「讓他自己送過來，朕倒要看看他是不是敢抗旨不尊。」

文承煥道：「姜正陽如今下落不明，鄖陽已經變成了無主之城，陛下準備派何人前往鄖陽駐守？」

龍宣恩道：「朕也在考慮，文卿家，你心中有沒有合適的人選？」

文承煥道：「臣倒是有一人推薦，陛下覺得蘇宇馳怎麼樣？」

龍宣恩道：「蘇宇馳？他不是此前敗給了興州郭光弼那幫反賊？」

文承煥道：「蘇將軍雖然落敗，卻是因為補給不足的緣故，他手下的那幫將士都是能征善戰的勇士，陛下可派他前往鄖陽，一方面可以切斷興州反賊東進的道路，另一方面還可以牽制胡小天的發展。」

龍宣恩點了點頭。

文承煥又道：「至於那二十萬石糧食，臣也有個主意，陛下可以分十萬石給蘇宇馳，有了這些軍糧，蘇宇馳才能在鄖陽站穩腳跟。」

龍宣恩道：「蘇宇馳對朕倒是忠心耿耿，好！准奏！」

文承煥向龍宣恩深深一揖道：「陛下聖明！」

龍宣恩道：「購糧之事由你全權負責，你記住務必要將價格壓到最低。」

大雍同意解除對大康的糧食禁運，猶如一顆春雷響徹在大康的大地上，一時間朝廷內外都因為這個消息而驚喜不已，大家奔相走告，和胡小天答應支援的三十萬石糧食相比，這才是從根本上緩解大康糧荒的辦法。

永陽王府內，永陽公主七七也在第一時間得知了這個消息，她將楊令奇和霍勝男招來商議此事。自從胡小天離開京城之後，七七和老皇帝之間的隔閡也越來越深，不過龍宣恩並沒有因此收回曾賦予她的權力，只是在一些大事的決斷上需要他親自拍板定案，七七也失去了昔日的熱情，因為她明白無論自己如何努力，到最後做決定的人都不會是她。

神策府的發展也變得止步不前，這段時間七七終於開始學會韜光隱晦，如果說能讓她開心的事情，就是胡小天那邊不斷傳來的好消息了。

最開始時，七七對胡小天送三十萬石糧食給京城也是不解的，楊令奇卻一早就看出了胡小天的真正用意，而現在大雍卻突然選擇讓步，解除糧禁，表面上看對大康來說是一件人好事，可是仔細一琢磨，這件事卻蘊藏著一個很大的陰謀。

七七道：「皇上已經決定派蘇宇馳前往鄖陽駐守，讓胡小天調撥十萬石糧食給蘇宇馳使用，另外十萬石糧食讓胡小天派人送來京城。」

霍勝男道：「蘇宇馳乃是一代名將，皇上派他前往鄖陽究竟是為了防禦興州的叛軍，還是有其他的用意？」

楊令奇道：「大概兩方面的心思兼而有之，皇上明顯是在防備著胡大人呢。」

七七點了點頭，胡小天前往東梁郡之後發展太快，先後兩敗雍軍，攻下東洛倉更是鋒芒畢露，皇上對他產生戒心也是難免的。

霍勝男道：「大雍解除糧禁對大康來說是一件好事，至少可以緩解一下糧荒，救活不少百姓。」

七七冷哼了一聲道：「大雍會那麼好心？我看他們是一計不成又生一計，是想趁火打劫，趁機抬高糧價。」

楊令奇道：「應該就是這樣，大雍雖然單方面解除對大康的糧禁，但是他並沒有全面放開，並不允許其他國家跟大康做糧食交易，我估計大雍和大康商人之間的私下貿易往來也不會獲得允許，也就是說大康沒有其他的選擇。」

七七道：「他們說什麼價格大康都得認了！」

楊令奇點了點頭，臉上的表情頗為無奈：「明知他們是要發大康的國難財，可還是得認，不然大康現在何處去找糧食？」

霍勝男道：「無論怎樣，畢竟可以緩解眼前的缺糧狀況。」

七七道：「短時間內是這樣，可是長此以往，大康必然會面臨國庫空虛的結果，大雍的這種做法和掠奪無異，他們高價賣糧給我們，再利用我們的金錢去購買武器用來對付我們！」她的頭腦極其清醒，將這一切看得明明白白清清楚楚。

楊令奇和霍勝男其實也明白這個道理，霍勝男心中百味俱全，她本是大雍將領，如果站在大雍的立場上，大雍這樣的行徑和強盜無異。

楊令奇道：「大雍的這一招實在是高妙，表面上看是退讓，可實際上卻從大康獲得了實惠，大雍的這位新君應該明白，兩邊同時作戰並不明智，利用這種方法可以從大康攫取巨額財富，同時又可以弱化胡大人在大康的影響力。」他並沒有將話說得太明，其實大雍還有一個用意，是要讓朝廷來牽制胡小天。

七七道：「我只是擔心，大康花了銀子卻未必能夠從大雍換來想要的糧食，畢竟糧食的控制權在人家手裡，賣多少錢，賣給你多少，全都要看人家的意思。」說到這裡，她停頓了一下道：「皇上派蘇宇馳前往鄖陽只有一個原因，他對胡小天產生了很大的疑心，擔心李天衡的事情重演。」

楊令奇和霍勝男對望了一眼，兩人都沒有說話，畢竟在他們心中還是傾向於胡小天，雖然胡小天讓他們兩人留下來輔佐七七，可是七七畢竟是大康公主，若是覺察到胡小天有造反之意，未必會跟他站在同一陣線。

七七道：「算了，再操心也是無用，此事已成定局，你們先回去吧，我還要前往宮中一趟，親自面見皇上，看看他究竟是什麼意思。」

楊令奇和霍勝男離去之後，七七讓人將權德安請了進來。

權德安恭敬道：「公主殿下有何吩咐？」

七七道：「皇上已經答應了要從大雍買糧，根據你瞭解到的狀況，咱們能夠拿得出多少銀子？」

權德安附在七七的耳邊小聲說了一句，七七秀眉微微揚起，輕聲歎了口氣道：「看來比我預想中還要少呢。」

權德安道：「皇上手中的銀子大都用在了皇陵上，國庫中實際上也沒有太多的銀兩，依老奴來看，大雍就算願意賣給咱們糧食，目前也拿不出太多銀兩去換。」

七七道：「可皇上看起來似乎很有把握，說不定他還私藏了不少銀子。」

權德安笑道：「楚源海貪腐案之後大康元氣大傷，皇上又重用了胡不為，事實證明……」說到這裡他停頓了一下，畢竟胡不為是七七未來的公公，他說話不能不有所避諱。

七七道：「胡不為根本就是一個野心勃勃的傢伙，他和李天衡早就串謀顛覆大康，只是運氣不佳罷了，這些年他擔任戶部尚書期間，沒少貪墨大康的銀子。」

權德安道：「公主殿下對胡小天怎麼看？」

七七道：「還能怎麼看？他現在瀟灑快活，只怕早已將我給忘了。」

權德安道：「我看他未必敢忘，東梁郡乃公主封邑，他只是代為管理罷了。」

七七幽然歎了口氣道：「身為龍氏子孫，我只想著能夠幫助大康走出困境，讓百姓安居樂業，可是現在每個人都有自己的心思，誰也不肯為大康真心出力。」

權德安道：「真是難為了殿下了。」

七七道：「皇上在皇陵之中究竟藏了什麼？」

權德安沒有說話，卻聽七七又道：「在他眼中，皇陵居然比大康的江山更加重要，難道你不覺得奇怪？」

權德安道：「也許其中的秘密只有洪北漠和皇上才知道。」

七七道：「他們也未必能夠知道所有的秘密！」

洪北漠已有多日沒有出現在皇宮之中，此番來到皇宮一是來給龍宣恩送藥，二是來通報給龍宣恩一個極為隱秘的消息。

姬飛花的手下何暮最近落網了，原本一個太監的落網並不至於驚動皇上，可是一個驚人的秘密卻隨之暴露，原來三皇孫龍廷鎮一直都沒死，當初被龍廷盛所殺的只不過是他的替身，而龍廷鎮逃跑之後就落入姬飛花的手中。可是隨著姬飛花在皇宮的突然失勢，他手下的勢力也處於群龍無首的狀態。許多骨幹因為擔心受到株連，而悄然出逃，何暮就是其中之一，他這次被抓供出了不少的事，其中一件就是龍廷鎮仍然活在世上，被關押在一個隱秘的地牢。

洪北漠得悉這件事之後，馬上派出天機局高手將龍廷鎮解救了出來，雖然救出了這位命運多舛的三皇孫，可是他最終的命運還要等候老皇帝來做出決斷。

龍宣恩聽聞這位三皇孫仍然在世，也覺得此事實在是讓人驚奇，緩緩點了點頭道：「朕還以為龍家就要後繼無人了呢。」

洪北漠微笑道：「臣已驗過他的身分，絕無任何問題，皇上打算如何發落？」

龍宣恩來回走了兩步道：「好事！大好事！李天衡以燁方作為要脅，廷鎮既然活著，就意味他手裡的這張牌已失去效用，朕總算有個可託付江山的繼承人了。」

洪北漠道：「陛下準備對他委以重任？」

龍宣恩道：「一個人不經歷挫折又怎能知道活著的可貴，廷鎮過去就很聰明，我記得當初神策府就是他組建起來的吧。」

洪北漠道：「不錯！」

龍宣恩道：「只要聽話就好，朕要讓那小妮子知道，違背朕的意思究竟會有怎樣的後果。」

洪北漠道：「陛下準備何時公開此事？」

龍宣恩沉吟了一下方才道：「大年初一，新年總得有新氣象，剛好去去晦氣，也好讓大康臣民看到未來的曙光。」他轉向洪北漠道：「你的事進展得怎麼樣？」

洪北漠道：「仍然在進行之中，陛下不必心急。」

龍宣恩冷冷道：「你答應過朕，一年就會將之建成。」

洪北漠道：「臣必傾全力而為之。」

龍宣恩毫不客氣地糾正道：「不是傾盡全力，是一定要完成！」

洪北漠微微一笑，將盛有丹藥的木盒送上：「陛下，這是臣剛煉製的丹藥。」

龍宣恩接過丹藥，臉上總算有了些許的笑意：「朕服用了你新近煉製的丹藥之後，感覺整個人年輕了許多，看來已經有了效果。」

洪北漠道：「輪迴塔完成之後，臣就可以為陛下煉成長生不老之丹藥，皇上可仙福永享，壽與天齊。」

龍宣恩滿意地點了點頭道：「相信你不會讓朕失望，對了，你有沒有聽說大雍解除糧禁的事情？」

洪北漠道：「聽說了一些，只不過是大雍的一個手段罷了，他們想要利用這種方式來掠奪大康的財富。」

龍宣恩道：「雖然如此，朕卻不得不答應他們的這個提議，這也是唯一可以緩解糧荒的辦法。」

洪北漠道：「陛下放心，轉機就在明年的春季，只要大康熬過這個嚴冬，明年一定會風調雨順，而大雍的噩運就會接踵而至。」

龍宣恩將信將疑地望著他：「你怎會如此斷定？」

洪北漠道：「臣也只是推測。」

龍宣恩道：「相比大雍，我更擔心胡小天，這小子的發展實在太快，早知如此，朕就不該將他放出去。朕剛剛下了旨，讓他親自護送十萬石糧食回來康都。」

洪北漠淡然笑道：「他一定不會回來。」

龍宣恩歎了口氣道：「是啊！放出去的老虎，再想把他關到籠子裡哪有那麼容易，朕只是用這種方法試探一下他。」

洪北漠道：「其實想讓他回來還有更好的辦法。」

龍宣恩皺了皺眉頭。

洪北漠道：「來年公主就已經成年了，陛下也許應該考慮為她完婚之事。」

龍宣恩道：「胡小天何其狡詐，只怕沒那麼容易答應。」

洪北漠道：「他不答應，陛下就有理由取消這門親事。」

龍宣恩似乎明白了什麼，緩緩點點頭。

左興建帶著他手下的兩千餘人前往武興郡，本想取道這裡前往東梁郡，剛巧胡小天就在這裡，左興建讓人通報自己的來意，他當然不敢帶著這兩千名士兵入城，獨自一人進入武興郡去見胡小天。

胡小天此時正在和夏長明聊天，李長安已經走了，夏長明隨同胡小天征戰雲澤之後就沒有返回東梁郡，胡小天對夏長明驅馭飛鳥的方法頗感好奇，正在向他求教，夏長明也是耐心向胡小天講了一些馭獸師的訓練過程。

胡小天的本意是想讓夏長明組建起一支雪雕軍團，如果能有千餘隻雪雕，再訓練一千名可以乘坐雪雕翱翔天際的一流武士，那麼這支空中軍團必然無堅不摧。

夏長明聽他說完不由得笑道：「主公，這雪雕身形巨大，可以載人載物，但是雪雕數量極其稀少，牠們棲息生活在黑胡境內的雪雕谷，不喜群居，生性孤傲，往往一窩只能存活一隻，據我瞭解，天下間所有的雪雕加起來可能也不超過一千隻，而且多半都生存在高寒之地，想要抓住不易，更不用說去馴服。」

胡小天道：「如此珍貴？」他心中暗忖，這麼珍貴的東西，你們師兄弟都有三隻了。

夏長明道：「我和師兄擁有的這三隻雪雕乃是師父送給我們的，想要雪雕聽話就必須從小馴養，主公應該聽說過熬鷹的故事吧？」

胡小天點了點頭，他聽說過熬鷹，訓練獵鷹的方式之一。就是不讓獵鷹睡覺，熬著牠，使牠睏乏，因為鷹習性凶猛，剛捉回來後不讓鷹睡覺，一連幾天，鷹的野性被消磨。熬鷹不是那麼容易的，是雙方意志和耐力的比拚。

夏長明道：「雪雕比起尋常的禽鳥更為桀驁不馴，所以要付出數倍的意志，不過一旦馴服成功，牠們會對主人忠心耿耿，誓死相隨。」

胡小天道：「難道只有雪雕可供騎乘？是不是還有其他的鳥類？」他發現這一時代新奇物種很多，說不定還有更大隻的鳥兒呢。

夏長明道：「有，有一種飛梟，比起雪雕還要大上一倍，翼展在四丈左右，性情凶猛，更難馴服，而且數量極其稀少，生存於海上小島之中，我都未曾見過，我師父說他年輕的時候曾經有緣一見，不過飛梟應該已經絕跡了。」

胡小天歎了口氣道：「這就是不注重保護動物的結果。」

夏長明微微一怔，旋即笑了起來。他向胡小天道：「主公若是有興趣，我可以陪著主公上天翱翔。」

胡小天大有興趣，正在躍躍欲試的時候，左興建來了。

其實胡小天此前已經從高遠的飛鴿傳書中得知了白泉城的最新狀況，夏長明的到來讓胡小天有了如虎添翼的感覺，非但豐富了他的空中攻擊力量，而且加強了已方的情報網絡，夏長明只是點撥了一下高遠，如今就能自如通過飛鴿進行兩地通訊聯絡，效率增強了不是一點半點。

左興建卻不知道胡小天已經對白泉城發生的事情瞭若指掌，他離開白泉城就馬不停蹄地向這邊趕來，一路之上都在想著如何應付胡小天。他也明白胡小天不是那麼好應付的，見到胡小天之後，左興建深深一揖道：「卑職左興建參見胡大人！」

胡小天笑道：「左大人何須如此大禮，快快請坐！」

左興建擅長察言觀色，看到胡小天的表情還算得上是和顏悅色，心中這才稍稍放下心來，恭敬道：「負罪之身，不敢坐！」

胡小天聽他這樣說，輕聲道：「左大人何罪之有啊？」

左興建道：「卑職身為白泉城守將，眼睜睜看著皇糧被劫，卻無能為力，以至於讓姜正陽那奸賊陰謀得逞，此事過後卑職本該早就前來向胡大人說明，若非胡大人派朱先生前往白泉城對卑職曉以大義，卑職到現在還不明白大人的心思……」

胡小天毫不客氣地打斷他的話道：「我是什麼心思？」

左興建被他問住：「呃……大人憂國憂民，忠君愛國，大人……」

胡小天哈哈笑了起來，左興建被他笑得有些發懵，自己今次前來就是為了討好胡小天向他表露忠心，可看情形苗頭好像有些不對。

胡小天道：「憂國憂民我應該算得上，可忠君愛國……」他搖了搖頭道：「我雖忠君，可皇上卻未必相信我的忠誠，左大人以為我應該怎麼辦？」

左興建聽得一陣頭皮發緊，這胡小天膽子也太大了吧，竟然當著自己的面說這種大逆不道的話。

胡小天道：「聽說你給朝廷送了一封奏摺。」

左興建小心翼翼回答道：「確有此事！」

胡小天道：「那奏摺上寫的可都是實話？」

「句句是實，絕無半句謊言。」

胡小天點了點頭道：「在皇上面前說謊話是要掉腦袋的。」他停頓了一下，意味深長地看了左興建一眼道：「在我面前說謊話比掉腦袋還要慘。」

左興建只感覺到背脊處一股冷氣從尾椎一直躥升到脖子，胡小天這話什麼意思？難道他已經全部知情？他低聲道：「卑職在胡大人面前絕不敢說半句謊言。」

胡小天道：「那就跟我說說，雲澤到底發生了什麼？」

左興建顫聲道：「卑職……不是太清楚……」

「嗯？」胡小天不怒自威。

左興建從心底打了個哆嗦，穩定了一下情緒方才道：「據說是姜正陽勾結雲澤水賊，監守自盜吞沒十萬石糧食，糧食運走之後，水賊又想將糧食獨吞，於是雙方在湖心打了起來，結果兩敗俱傷……」

胡小天道：「你不在場，怎麼知道得那麼清楚？」

左興建一顆心砰砰亂跳，難道胡小天知道了這件事的真相，這件事無論如何都不能承認，他恭敬道：「是我抓住了一名逃兵，從他嘴裡問出來的。」

胡小天道：「左大人，我剛剛跟你說了什麼？」

左興建愣了一下，隨即猜想到胡小天剛剛說過，在他面前說謊話比掉腦袋還要慘的事情，他佯裝糊塗地搖了搖頭，心中開始有些後悔這次的武興郡之行了。

胡小天道：「來人！」

從門外走入四名雄壯的武士，左興建看到眼前情景，頓時臉上變得毫無血色，哆哆嗦嗦道：「胡大人……這是……」

胡小天道：「把左大人拖去餵狗！」他說得漫不經心，彷彿根本不是什麼殘忍的事情。

左興建嚇得撲通就給胡小天跪下了，此時四名武士過來抓住他的四肢就往外面拖，左興建哀嚎道：「胡大人饒命，卑職不該對您說謊……卑職什麼都說……」

胡小天使了個眼色，四名武士將左興建扔在了地上，又退了出去。

左興建狼狽不堪地從地上爬了起來，顫聲道：「卑職……錯……錯了……」

胡小天微笑道：「你錯在何處啊？」

左興建道：「卑職……不該……不該受……受姜正陽的蠱惑……」

胡小天笑著搖了搖頭道：「這不叫什麼錯事，良禽擇木而棲，你覺得姜正陽可以幫你脫離困境，做出這樣的選擇也無可厚非。」

左興建聽他這樣說突然明白了過來，跪在地上磕頭如搗蒜道：「胡大人，不……主公！卑職誓死效忠主公，從今以後在卑職心中只有主公一個，誰敢對主公不敬，他就是我左興建的敵人。」

胡小天道：「若是皇上呢？」

「皇上？」左興建抿了抿嘴唇，旋即咬牙切齒道：「那昏君若敢對主公不敬，卑職就算拚上這條性命，也要為主公爭這口氣。」

胡小天真是佩服這廝的無恥，不過像這種無恥的小人還是有些用處的，胡小天道：「左大人起來吧！」然後揚聲道：「看茶！」

左興建驚魂未定地站起身來，直到外面送茶進來，他方才知道這番表露忠心應該是打動了胡小天，胡小天總算收回了殺他的念頭。在胡小天的側首坐下，接過僕人送來的茶盞，左興建因為手臂顫抖，茶盞仍然在托盤中叮噹作響。

胡小天笑道：「若是拿不住就放在桌上。」

左興建這才將茶盞放下，向胡小天道：「卑職無用，有眼無珠，做錯了太多的事情，還望胡大人責罰。」

胡小天道：「你只需對我真誠，我必然對你坦蕩，左大人！你的那份奏摺寫的什麼，我清清楚楚。」

左興建嚇得又跪了下來，伸手給了自己兩個耳光：「卑職有罪，卑職只想著為自己開脫責任，所以胡說八道。」

胡小天道：「那奏摺寫得很好，你起來吧。」

左興建將信將疑地望著胡小天，直到他確信胡小天真在誇他，才重新站起來。

胡小天道：「以後知道該怎麼對朝廷說話了？」

左興建用力點了點頭道：「卑職明白，對主公要說實話，對朝廷要說謊話。」

胡小天呵呵笑了起來，這老狐狸可夠狡詐的，難怪這廝能夠從那場混戰之中逃脫出來。胡小天道：「我讓人給你準備了二十萬斤糧食，另外還有一些冬衣，你帶著你的部下，明天就返回白泉城。」

左興建聞言，難以抑制心中的激動，這種狀況下別說叫胡小天主公，就是叫他一聲親爹都行：「多謝主公。」

「你不必謝我，只需記得自己應該怎樣做就好，白泉城方面，我會給你增派三千人駐守，你有無意見？」

左興建明白胡小天這是要奪了自己的兵權，可是以胡小天今日的勢力，想要滅掉自己根本就是分分鐘的事情，人家不殺自己已經是天大的恩德了，左興建道：「卑職全聽主公差遣。」

第二章

騎雕難下

胡小天是大姑娘上轎頭一回，
過去坐飛機跟騎雪雕的感覺全然不同，
雪雕爬升的速度奇快，胡小天眼前景物迅速飛逝，
還沒看清楚到底怎麼回事，雪雕已經飛入了雲層之中，
耳邊風聲呼呼不停，胡小天現在就算後悔也晚了，
別人是騎虎難下，他這叫騎雕難下。

隨著祖達成率部投誠，胡小天已經沒有切斷通源橋的必要，埋伏在鄖陽周圍的人馬也陸續撤回了武興郡，隨之而來的卻是一個個不利的消息，失去十萬石軍糧，老皇帝不得不吃了一個啞巴虧，雖然他猜測到這件事和胡小天有關，但是苦無證據，馬上提出要讓胡小天親自押運十萬石糧食送往京城，又委派蘇宇馳率軍前往接管鄖陽。

可以說這兩件事都是針對胡小天而來，眼看新年到來卻得到了這樣一個不好的消息，眾將都因為這些消息而心情大壞。

多數人都像李永福一樣堅決反對胡小天親自運送十萬石糧食前往京城，李永福道：「這根本就是個圈套，我看皇上下旨的動機就是針對主公。」

梁英豪道：「主公若是返回京城，再想脫身只怕就難了。」

余天星望著胡小天，在這件事上做最終決斷的還是胡小天，其他人很難左右他的意見。

胡小天微笑道：「我何時說過要回去了，皇上的心思我當然明白，他現在是後悔放我出來了，想方設法想把我再召回去，眼看要過年了，這個當皇上的真是一點兒都不體恤臣下。」

眾人都跟著笑了起來。

胡小天道：「我就不回去了，永福，要辛苦你走一趟，咱們走船運，從庸江順流而下，沿著海岸線南下，直抵海州，從那裡登陸，讓皇上派人去海州迎接，他若不想要這批糧食就作罷，反正咱們不給他送到京城。」

熊天霸道：「是哦！要飯吃還嫌涼，這老東西哪有那麼多的屁事？」一句話又把眾人逗笑了。

李永福道：「就怕皇上會抓住這件事降罪給主公。」

胡小天微笑道：「我自有應對之法，我的事情算不上什麼大問題，反倒是這個蘇宇馳是個麻煩。」

李永福道：「蘇宇馳可是咱們大康名將，用兵如神，鮮有敗績，上次攻打興州，如不是朝廷補給不力，他也不會落敗，敗走也是為了最大限度地保存實力。」

熊天霸道：「管他什麼名將，只要他敢跟咱們作對，我用大錘砸扁他。」

胡小天道：「熊孩子，我還沒罵你呢，聽說你新得了一匹烏騅馬？」

提起烏騅馬熊天霸頓時喜笑顏開：「嘿嘿，絕對是一匹難得一見的寶馬良駒，三叔，改天等我把馬兒馴好了，跟你那頭騾子比一比，看看誰的腳力更快。」

胡小天真是哭笑不得，抬腳在他屁股上踹了一記：「你給我長點記性，臨陣之時別只盯著別人東西，那日若不是展鵬助你，你差點被人的冷箭給射死。」

熊天霸憨笑道：「俺有寶甲防身，射不死我。」

余天星道：「皇上讓咱們分給蘇宇馳十萬石糧食，這糧食是給還是不給？」

李永福道：「皇上利用這種方式做人情，一方面顯得對蘇宇馳皇恩浩蕩，另一方面卻是要分薄咱們的力量，削弱咱們的儲糧。」

胡小天道：「蘇宇馳打著剿匪的旗號，實際上是為了牽制咱們而來。」

梁英豪道：「如此說來，這十萬石糧食更不能給他，等他吃飽喝足了以後再來對付咱們，咱們豈不是當了冤大頭？」

熊天霸連連稱是。

胡小天道：「軍師怎麼看？」

余天星道：「皇上現在並沒有對付主公的理由，蘇宇馳坐鎮鄖陽，從目前來說對主公並無壞處，雖然他的用意在於牽制大人，可同時他也能夠幫忙防住興州的叛軍，主公也不要忽略了西川，李天衡一直都對大康虎視眈眈，現在大雍因為黑胡受到牽制，不能排除李天衡從西川北部綿青山出兵趁機入侵的可能，有蘇宇馳坐鎮，至少可以多一道屏障。」

胡小天點了點頭，余天星的分析和他的想法不謀而合。

余天星又道：「更何況主公最近也沒有往西、往北擴展的打算，主要的精力還是要放在雲澤，我想就算是蘇宇馳也不會公然反對主公蕩寇吧？蘇宇馳就算不願相助，可是事實上他坐鎮鄖陽就等於切斷了興州和雲澤之間的聯絡，郭光弼就算想救黑水寨，首先就要面臨和蘇宇馳的一戰，這樣看來，蘇宇馳坐鎮鄖陽目前對我們只有利而無害。」

熊天霸道：「那總不能白給他們那麼多的糧食！」

胡小天斥道：「你懂什麼，臭小子，聽軍師分析。」

熊天霸老老實實閉上了嘴巴。

余天星笑道：「不說了，眼看就是新年，這兩天也該準備準備過年了。」

胡小天道：「對啊，大家都好好過個年吧。」

李永福道：「主公在武興郡過年嗎？」

胡小天搖了搖頭，他向梁英豪道：「英豪，你去東洛倉接替趙將軍，讓他好好過個年。」大雍已經和他初步達成了協定，五年之內雙方互不侵犯，東洛倉借給胡小天五年，雖只是權宜之計，不過短期內應該不會有什麼變化，所以胡小天才放心讓趙武晟回來坐鎮。李永福前往京城送糧，武興郡方面必須要有一個能夠震住水軍的將領坐鎮。

余天星也道：「主公不打算在武興郡過年？」他已經將父親接到了武興郡，肯定是要留在這裡過年了。

胡小天道：「你們過年，我卻要生一場重病了。」

眾人都是一愣，馬上就明白胡小天這句話的真正意思，如果不生病，怎麼拒絕老皇帝的要求呢，聖旨上可是指名道姓地要讓胡小天親自送糧去京城呢。

結束會議之後，胡小天帶著熊天霸去拜訪夏長明，熊天霸雖然得了那匹烏騅馬，可是那烏騅馬自從跟了他之後，就不願吃草料，以絕食抗爭，眼看一天天瘦了下去，熊天霸雖然也求教於唐鐵漢兄妹，這兄妹兩人雖是馴馬高手，但是對這烏騅馬也束手無策，因為烏騅馬不是得病，而是思念死去的故主。

夏長明聽聞熊天霸的事，欣然隨同前往，來到馬廄看到那匹烏騅馬靜靜趴伏在地上。

熊天霸明顯心疼道：「前兩天還又蹦又跳，誰敢接近牠都連踢帶咬，可現在倒好，完全沒了精神，好像一心求死。」

夏長明點了點頭，獨自走入馬廄，來到那烏騅馬的身邊。熊天霸出於關切提醒他道：「夏先生小心，千萬別被牠傷到。」

夏長明揮了揮手，示意他不要說話。

胡小天朝熊天霸使了個眼色，兩人退向遠處，卻見夏長明輕輕撫摸著烏騅馬的鬃毛，那烏騅馬打了個響鼻，夏長明湊近牠的耳朵不知在幹什麼。

熊天霸充滿好奇道：「他在做什麼？和馬兒說話嗎？」

胡小天笑道：「總之長明一定有辦法。」他對夏長明信心十足。

過了一會兒看到夏長明從馬廄中走了出來，熊天霸關心烏騅馬，快步走了過去，卻見烏騅馬躺在馬廄之中一動不動，猶如死了一般，他大驚失色，正準備進去看個究竟，卻被夏長明攔住，夏長明低聲道：「只是睡著了，你不用擔心，別打擾牠，讓牠好好睡上一覺。」

兩人來到胡小天身邊，熊天霸迫不及待地問道：「怎樣？牠有沒有事？」

夏長明道：「這馬兒的主人是不是被你所殺？」

熊天霸一聽就愣了，這事兒他並沒有對夏長明說過，他怎麼會知道呢？熊天霸摸了摸後腦勺道：「是……」

夏長明道：「我讓牠先睡了過去，順便抹去了牠過去的記憶，等牠醒來之後，就會忘記過去的事情。不過你可能要從頭開始馴馬，要和牠重新培養感情。」

熊天霸還是頭一次聽說馬兒的記憶也能抹去的，他笑道：「只要能讓牠聽我話，同吃同住都行。」

夏長明道：「那你就陪牠同吃同住嘍！」

熊天霸果然點了點頭道：「俺過年哪兒都不去了，就陪著牠一起。」他樂顛顛跑去馬廄看馬了。

夏長明有些無奈地搖了搖頭。

胡小天笑道：「多謝了。」

夏長明道：「主公又何必客氣，想要馴服這匹馬，只怕沒那麼容易。」

胡小天向熊天霸背影看了看：「熊孩子性情倔得很，我看他應該可以做到。」

夏長明笑了起來：「說起來我也要去東梁郡照看那三隻小熊了。」
胡小天道：「你打算什麼時候走？」
夏長明道：「明天！」
胡小天道：「我也準備回東梁郡，不如一起。」
夏長明微笑道：「主公是打算乘船前往？」
胡小天搖了搖頭道：「不如你捎我一段，好像騎鷹要快一些。」
夏長明笑道：「那主公明天可要多穿一些啊！」
翌日清晨，胡小天一出門，就看到夏長明已在外面等待，不由得笑道：「讓你久等了。」
夏長明道：「我也是剛到。」看到胡小天果然聽從他的勸告，穿著黑色貂裘，裹得嚴嚴實實，不禁笑道：「主公怕冷？」
「不是你讓我多穿一些嗎？」胡小天四處張望道：「你的雪雕呢？」
夏長明吹了個呼哨，不多時就看到兩道白光向他們的方向飛速而來，兩隻雪雕在空中盤旋了一周，確信周圍並無危險，方才降落到院落之中。
夏長明指了指右側的雪雕道：「主公，您騎這一隻！」
胡小天目瞪口呆道：「不是我跟你一起？」

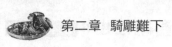

夏長明道：「從這裡到東梁郡有一百多里呢，這雪雕同時背負咱們兩人只怕無法飛那麼遠，所以一人一隻嘍。」

胡小天吞了口唾沫：「可是牠怎麼可能聽我的話？」

夏長明笑道：「不是有我在嗎？」胡小天有些後悔了，早知如此，自己還不如坐船回去呢。

夏長明道：「主公是不是擔心？」

胡小天打腫臉充胖子道：「我有什麼好擔心的，比這飛得更高的我都坐過。」

夏長明強忍著笑，胡小天還真是好逞強，比雪雕飛得高的只怕不多了，他哪裡知道，人家胡小天說的是飛機。夏長明還是有所準備的，為胡小天乘坐的雪雕身上裝了一套類似馬鞍樣的坐具。

胡小天來到雪雕面前向雪雕笑了笑，既然要騎人家，總得事先留個好印象：「雕兄！辛苦你了！」

夏長明笑道：「主公，這是一隻雌雕！」

胡小天臉皮發熱，指著夏長明道：「長明啊長明，你可真不給我面子。」

夏長明笑道：「屬下知錯，主公請上。」

胡小天正準備跨上雕背，那雪雕突然張開雙翅，盯住胡小天發出一聲雕鳴，胡小天被嚇了一跳，不由自主後退了一步。

夏長明笑道：「不妨事！」他走到雪雕面前，伸手摸了摸雪雕的腦袋，將額頭抵在雪雕嘴喙之上。

雪雕應該是聽懂了夏長明的意思，將一雙翅膀乖乖收了起來，趴倒在地，高傲的頭顱也低了下去，夏長明向胡小天道：「可以了主公！」

胡小天笑了笑，來到雪雕身邊，抓住鞍座，先用力壓了壓，看到雪雕並未有激烈的反應，這才放心大膽地跨騎了上去。

夏長明也來到另外一隻雪雕身邊騎了上去，他不用鞍座，轉向胡小天道：「主公，您若是現在想改乘船前往還來得及。」

胡小天哈哈大笑，笑聲未停，那雪雕已經從地上站起身來，胡小天的笑聲戛然而止，牢牢抓住鞍座，眼巴巴望著一旁的夏長明，夏長明笑道：「我先走一步，主公千萬別跟丟了！」

夏長明的話音一落，那雪雕振翅飛起，一道白光向蒼穹中投射而去，胡小天所騎乘的那隻雪雕也緊隨其後飛起，胡小天看到雪雕離開地面越來越高，一顆心也不由得懸了起來，院落之中幾名武士都出來看新鮮，都對胡小天佩服不已，想不到這位主公還會馭獸。

誰又知道胡小天乃是大姑娘上轎頭一回，過去坐飛機跟騎雪雕的感覺全然不同，雪雕爬升的速度奇快，胡小天只覺得眼前景物迅速向後飛逝，他被冷風吹得幾乎睜不開眼，還沒等他看清到底怎麼回事，雪雕已經飛入了雲層之中，耳邊風聲呼呼不停，胡小天現在就算後悔也晚了，別人是騎虎難下，他這叫騎雕難下，此時只能祈禱這隻雪雕乖乖聽話，千萬別把自己從背上甩下去。

雪雕爬升的過程最為驚心動魄，牠的身軀和地面的夾角幾乎達到了六十度，胡小天感覺自己隨時都可能會被雪雕給掀下去，雙腿夾住雪雕的身軀，死死抓住鞍座，強行忍住伸出手臂抱住雪雕脖子的衝動，生怕那樣會引起機毀人亡的後果，不！應該是雕毀人亡。

其實雪雕為了照顧背上的騎士，爬升速度和角度都已改變了許多。在平時的狀況下，牠爬升之時幾乎和地面垂直。

總算達到了合適的高度，雪雕不再繼續爬升，胡小天睜開雙目向下望去，卻見下方的房屋已經變成了火柴盒大小，這雪雕飛得可真高。

一旁傳來夏長明的笑聲：「主公，感覺如何？」

胡小天轉臉望去，這才發現夏長明原來騎著雪雕和自己並駕齊驅，這會兒總算鎮定了下來，胡小天笑道：「還好，還好！」

夏長明道：「主公放心吧，小飛很聽話的！」他撫摸了一下胯下雪雕的翎毛道：「牠的脾氣就要暴躁一些。」

胡小天大聲道：「牠是不是叫大飛？」

夏長明點了點頭道：「是！」

胡小天道：「牠們能飛多高啊？」他記得高山鷹可以飛越喜馬拉雅山，這兩隻雪雕看起來應該可飛得更高，利用氣流進入平流層，和飛機一樣可進入萬米高空。

夏長明的回答也驗證了這一點。

隨著雪雕的平穩飛行，胡小天已經完全平復了情緒，開始欣賞這難得一見的景致，心中暗忖，若是能夠得到一隻雪雕倒也不錯，以雪雕的飛行速度，一天之內就可以抵達康都。

有了雪雕的幫助，一百多里的距離瞬間就已經過，他們從武興郡到東梁郡飛行了不到半個時辰，夏長明指向下方：「那裡就是庸江了！」

胡小天低頭望去，卻見庸江在身下變成了一條銀白色的長帶，東梁郡的全貌盡收眼底，在東梁郡東北不遠的地方就是東洛倉。

夏長明提醒道：「主公坐好了！」說話間兩隻雪雕已經開始俯衝，俯衝比爬升更為驚心動魄，胡小天雖然膽色過人，此時也不禁嚇得閉上了眼睛，乖乖哩格隆，這比坐過山車可要刺激多了。

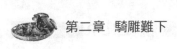

雪雕俯衝的速度奇快，簡直可以用直墜而下來形容，胡小天好不容易才睜開雙目，卻見地面景物正在以驚人的速度變大，這種強烈的刺激感讓他不禁大叫起來。

夏長明發出幾聲呼哨，雪雕這才減緩了速度，選擇了東梁郡城外偏僻空曠的地帶緩緩降落。

胡小天從雪雕背上爬下來，手足都有些麻痹，自己用手摸了摸面孔，掌心面孔都是冰冷非常，要說不害怕那是假的，不過想起剛才飛行的情景還真是無法形容的刺激。

夏長明取下雪雕身上的鞍座，兩隻雪雕迅速飛離，胡小天抬頭望著結伴而行的兩隻飛雕，居然吟起詩來：「在天願做比翼鳥，在地願為連理枝！」

夏長明聽得真切，笑道：「主公，這首詩不錯，不過好像是寫給情人的呢。」

胡小天嘿嘿笑道：「你別多想，我念這首詩跟你一點關係都沒有。」

兩人入得城來，聽聞胡小天歸來，東梁郡太守李成明慌忙前來迎接，今天已經是臘月二十九，都知道胡小天會在這兩天回來，所以李成明讓下沙港的人特別留意，心中也頗感奇怪，怎麼沒聽到消息他就回來了？他又怎會知道胡小天是乘雪雕飛回來的。

胡小天問了一些最近的情況，東梁郡一切正常，下沙港那邊仍然在忙於往武興郡運糧，胡小天答應給朝廷的三十萬石糧食，如今已經多半都運到了武興郡。

胡小天道：「城內百姓的情緒怎麼樣？」

李成明道：「比起之前穩定許多，自從聽說主公和大雍已和談成功，現在不再像過去那樣人心惶惶，百姓們也安下心來，此前離開的也有不少人陸續返回。」

胡小天微笑點頭：「讓你給每戶發放的糧食可曾兌現？」

李成明恭敬答道：「已經兌現了，現在城內百姓們對主公都感激得很呢。」胡小天讓李成明給東梁郡的百姓每人發放十斤糧食過年，單單是這一樣的支出就有上百萬斤之多，這也是胡小天收買人心的一個舉措。

胡小天道：「感激倒沒指望，希望他們不再像過去那樣罵我就好。」

李成明笑道：「誰敢啊……」

胡小天面色一沉，李成明方才意識到自己說錯了話，慌忙改口道：「感激都來不及呢。」

胡小天道：「常凡奇母子那邊的情況怎樣？」

李成明道：「老太太的病情近日有些加重，我已經遍請城內名醫，只是看起來還是沒什麼起色。」

胡小天不由得皺了皺眉頭，如此說來卻是大大的不妙，他打消了馬上回府的念頭，決定先去常凡奇那裡看看。

常凡奇仍然住在過去的地方，胡小天並未派人刻意去監視他，在長公主薛靈君前來東梁郡談判之後，雙方也達成了協議，秦陽明那些俘虜被陸續釋放，常凡奇得知這一情況之後內心中百感交集，自己自小立下志向，要成為讓人敬仰的英雄，成

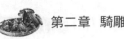

為縱橫沙場的一代名將，可是現如今卻落入如此窘迫的境地，胡小天以老母的性命相逼，他在迫不得已的情況下擒住秦陽明，並將之送到了胡小天的手中，對大雍來說，自己已經是叛國之賊，就算冒險逃回國內，註定也難逃一死。

雖然胡小天多次流露出想收攏自己的意思，可是自古忠臣不事二主，自己豈能違背原則。常凡奇數次都想趁機帶著老娘逃走，可是又擔心老娘受不得顛簸驚嚇之苦，臨近新年老娘不巧又摔了一跤，自此以後就臥床不起。不得不承認胡小天對他不錯，這段時間派來了不少郎中，可是老娘的病情卻始終不見起色。

常凡奇剛伺候老娘吃了草藥，起身出門去清洗藥罐的時候，看到胡小天在李成明的陪同下走了進來。

常凡奇只當沒有看到胡小天，繼續向廚房走去。胡小天瞭解此人的秉性，對他的冷漠也習以為常，他也沒叫常凡奇，徑直向老太太所住的房間走去。

常凡奇一看，馬上就跟了過來攔住胡小天的去路，低聲道：「你想幹什麼？」

胡小天笑道：「我還當你沒看到我呢。」

常凡奇道：「咱們外面說話。」他以為胡小天是來找自己。

胡小天道：「我先看看大娘的病情如何。」

「不需要你關心。」常凡奇認為胡小天所有的關心都是惺惺作態，假仁假義。

房內傳來老太太的聲音道：「是小天回來了嗎？」

胡小天笑道：「大娘，是我！我回來了！」

老太太道：「趕緊進來，有些日子沒見你來了。」

胡小天得意地向常凡奇揚了揚頭，常凡奇無奈，只能閃到一邊。胡小天舉步走入房內，來到老太太床邊，看到老太太紅光滿面，比起上次見她的時候好像還要健康，不像有病啊！關切道：「大娘，您怎麼了？為何突然病得如此厲害？」

老太太歎了口氣道：「年紀大了，生老病死誰都躲不過去。」

「大娘，您可別這麼說，一看您就是福澤深厚之人，肯定會長命百歲。」

老太太道：「我的情況我自己清楚，長命百歲的好事兒哪會落在我的身上，我啊，只想著再多活幾年，看到凡奇成家立業，如果能夠在有生之年抱上孫子，老身就算死也瞑目了。」老太太說到傷心之處不由得哽咽起來。

胡小天笑道：「大娘，這小事，趕明兒我就讓人給常大哥說一門好親事。」

胡小天的這番話卻是切中了老太太的心思，她抓住胡小天的手道：「當真？你可不要騙我！」

胡小天道：「大娘，我騙誰也不會騙您，我和常大哥情同手足，他的事情我向來都當成自己的事一樣。」

常凡奇真是哭笑不得，自己跟他有什麼交情？仇人才對，可當著老娘的面又不能戳穿他的謊言。常凡奇道：「娘，孩兒不娶老婆一樣能夠孝敬您！」

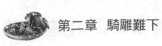

胡小天道：「常大哥，你這話就不對了，不孝有三，無後為大，你都這麼大年紀了還不娶老婆，真要讓大娘抱不上孫子嗎？」

老太太道：「你聽聽，小天最懂得我的心思，你這個混小子就是不孝！」

胡小天心中暗暗發笑，老太太十有八九是在裝病，以這種方式來催促兒子儘快成家，可憐天下父母心，胡小天忽然想起自己的母親，心中不由得一陣酸楚。

老太太雖然雙目已盲，可是卻能夠感覺到胡小天情緒的變化，關切道：「小天，你剛剛回來，還沒有來得及去給你爹娘請安吧？」

胡小天搖了搖頭道：「大娘，我爹娘都已經不在了。」

老太太將胡小天的手抓得更緊，憐惜道：「都怪大娘不好，不該提起這事。」

胡小天笑道：「大娘，沒什麼的，在我心中也將您當成自己的母親一樣。」

常老太太聽到他的這番話，感動地連連點頭：「好孩子，好孩子，你若是不嫌棄，明兒就來這裡跟我們娘倆兒一起過年。」

常凡奇一雙大眼直愣愣望著胡小天，完了，老娘是徹底被這廝給哄住了，老娘根本不知道他的底細啊。

胡小天不無得意地看了常凡奇一眼道：「好！大娘，我記下了，明天我一定過來陪您吃年夜飯。」

胡小天把老太太哄開心之後，告辭離去，常凡奇將他送到門外，來到院門處，估計老太太聽不到他們說話了，常凡奇方才道：「你又何必惺惺作態？」

胡小天道：「凡奇兄此言差矣，只要能讓老人家開心，就算是說些善意的謊言倒也無妨。」

「表裡不一的事情我可做不來！」常凡奇雖然承認胡小天說得的確很有道理，可是嘴上卻不肯服軟。

胡小天道：「明天我來吃年夜飯，你也不用刻意準備什麼。」

常凡奇道：「我可沒有請你！」

胡小天笑著拍了拍常凡奇的肩膀道：「你說了不算！」臨行之前他向常凡奇道：「老太太讓我給你物色一門親事呢。」

常凡奇硬梆梆回絕道：「不勞您費心了！」

胡小天回到住處，維薩和梁大壯兩人早就在這裡望眼欲穿，看到胡小天回來，梁大壯咧著大嘴迎了上來：「少爺，您總算回來了，就等著您回來過年呢。」

維薩雖然心中對胡小天的思念更甚於梁大壯，可是當著其他人的面畢竟表現得矜持。

胡小天本想過去逗她兩句，梁大壯又道：「少爺，您猜猜誰來了！」

胡小天微微一怔：「誰啊？」

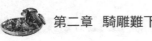

梁大壯朝後面指了指，躲在院門處的兩人從裡面出來，卻是老家人胡佛和柳闊海，胡佛乃是受了胡家下人的委託特地長途跋涉過來探望少爺，柳闊海一是為了給他當保鏢，二是因為在鳳儀山莊待得氣悶，決定過來追隨胡小天身邊，來了就沒再打算回去。

胡佛兩人來到胡小天面前，齊齊下跪，都是激動不已。

胡小天笑道：「來了就好，來了就好，過年就要人多一些才熱鬧。」

兩人起身之後，柳闊海將霍勝男寫給胡小天的親筆信呈上。

胡小天接了信，並沒有馬上開啟。

梁大壯道：「少爺，您先去休息，洗澡水都給您準備好了，熱乎著呢。」

胡小天點了點頭，走向房間經過維薩身邊時，維薩俏臉緋紅道：「主人！」

胡小天將一個木盒遞給她。

維薩接過，含羞離開了這裡。

胡小天回到房間內，脫去衣服進入浴桶之中，躺在熱乎乎的水中，整個身心愜意到了極點，雖然乘坐雪雕不到半個時辰就已經來到東梁郡，可畢竟天氣寒冷，再加上內心有些恐慌，還是腳踏實地感到舒服。

過了一會兒外面傳來敲門聲，卻是梁大壯進來加熱水。

胡小天閉著眼睛道：「大壯，最近城裡有沒有什麼異常的狀況？」

梁大壯笑道：「一切都好，只是胡中陽這兩天來過幾次，好像有重要的事情要找少爺商量。」

「知不知道什麼事？」

梁大壯搖了搖頭道：「小的只是一個下人，他怎麼會對我說？」

胡小天想想也是，從水中站起身來，梁大壯為他披上浴袍。

胡小天走到帷幔後，換上一身乾爽的衣服，梁大壯讓人將浴桶抬了出去。此時聽到一陣輕盈的腳步聲，卻是維薩進來了，在帷幔外柔聲道：「主人洗完了嗎？」

胡小天笑道：「好了！」

維薩道：「奴婢過來為主人梳頭。」

胡小天應了一聲，來到窗前坐下，午後陽光照在他身上，暖洋洋的非常舒服。

維薩來到他身後，先用乾淨的棉巾為他將頭髮擦乾，又為胡小天將頭髮梳理整齊，輕聲道：「待會兒頭髮乾了就可以束髮了。」

胡小天道：「還是留短髮清爽，省得那麼麻煩！」

維薩笑了起來：「其實在我們的家鄉，有不少男子都喜歡短髮。在中原，除了出家人以外，其他人都是長髮。」

胡小天道：「其實剃禿頭也不錯，乾淨清爽，摸起來手感也非常不錯。」

維薩因他的話格格笑了起來：「主人總是那麼幽默。」

胡小天轉身望去，看到維薩已經將自已送給她的髮簪戴上，不禁笑道：「這支髮簪果然很配你哦！」

維薩俏臉微紅道：「主人送我什麼，我都喜歡。」

胡小天看到維薩嬌羞無限的樣子，心中不由得一動，站起身來，伸手輕輕撫摸維薩金色的長髮，維薩含羞閉上了雙眸。胡小天的目光落在維薩花瓣般嬌豔的柔唇之上，此時卻似乎有預感般向大門的方向望去，暗忖，梁大壯那廝該不會又來吧？

腦中剛閃過這念頭，就聽外面傳來梁大壯的聲音道：「少爺，胡財東來了！」

維薩猛然睜開冰藍色的美眸，望著距離自己不到一尺的胡小天，俏臉瞬間紅到了脖子根，不好意思地皺了皺鼻翼，轉身出去了。

胡小天真是佩服梁大壯，這廝每次都能出現在關鍵時候，別管是不是存心，可實在是大煞風景啊。

當然這次怪不得梁大壯，是胡中陽前來拜訪，胡小天曾經專門交代過，只要胡中陽來訪，馬上要向他通報，人家梁大壯也是遵照他的吩咐辦事。

胡中陽在梁大壯的引領下來到胡小天的書齋，他對胡小天從開始的蔑視到後來的看重，到現在已經是佩服得五體投地了。

胡小天已經在書齋等待，茶讓人泡好，就等著胡中陽的到來。

胡中陽向胡小天拱手行禮道：「城主好，中陽來給您拜個早年了。」

胡小天笑道：「胡財東好，你可是第一個給我拜年的。」

胡中陽道：「因為下午就要出門，所以趕著先給城主拜個年。」

胡小天微微一怔：「後日就是新年，你居然在這時候出門？」

胡中陽道：「渤海國有一單生意要做，所以才不得不在年前離家。」

「過了年再走就是！」

胡中陽道：「生意場如戰場，晚一刻也不行。」

胡小天點了點頭，胡中陽說得的確很有道理，商機如同戰機，稍縱即逝，他並未去過渤海國，只是知道位置在自己的東北，出庸江入海口之後要向東北八百里左右，正常行船也需要六七天，算得上距離這片大陸最近的島國，聽說渤海國富足安康，國民安居樂業與世無爭，和周圍國家全都以和為貴，因為獨特的地理位置，也很少受到大陸紛繁戰事的滋擾，所以一直都發展得很好。

胡小天道：「聽說渤海國倒是一個安居樂業的好去處。」

胡中陽道：「那是過去的事了，這些年因為蟒蛟島海盜的崛起，不斷滋擾渤海國邊境，打劫過路商船，封鎖海路，渤海國和外界的商貿往來也是大受影響，所以渤海國不得不求助於大雍，朝大雍進貢了不少銀子，希望大雍能夠出兵幫忙蕩寇，可是大雍雖然答應，卻遲遲沒有舉動，估計現在更沒有精力照管那邊的事情了。」

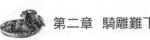

胡小天道：「那你還要去？」

胡中陽笑道：「我這次是押運一批陶瓷前往渤海國，選擇的航線已經走過多次，一直都很安全，並未有海盜活動。」

胡小天道：「如有必要，我可以派幾隻戰船為你護航。」

胡中陽聞言向胡小天深深一揖道：「不瞞城主，中陽此次就是為此事而來。」

胡小天點了點頭道：「胡財東需要幾艘戰船護航？」

胡中陽道：「四艘小型戰船五百人足矣。」

胡小天道：「那怎麼能夠！這樣吧，我派四艘中型戰船給你，再調撥一千名水師精銳保護你們的安全。」

胡中陽受寵若驚道：「用不了這麼多，用不了這麼多。」

胡小天笑道：「你放心吧，這些船隻的一切用度都由我來負責。」

胡中陽這才知道胡小天誤會了自己的意思，他慌忙解釋道：「城主，我不是吝惜銀子，既然是為我護航，所有的用度自當應該由我來負責。既然城主如此美意，中陽也卻之不恭，也罷，一千人就一千人。」

胡小天道：「那好，我就預祝中陽兄此去一帆風順，滿載而歸！」

第三章

婦道人家都懂的道理

我只是個婦道人家，不懂得什麼大道理，
可是我聽過，天下大勢，分久必合，合久必分，
其實都是一家人，真正的敵人乃是黑胡、沙迦那些異族。
這些年中原被異族侵略，還不是因為內部分裂，
彼此只想著自己利益，為王者真正考慮百姓的又有幾個？

諸葛觀棋在大年三十的早晨順利返回了東梁郡，早已望眼欲穿的洪凌雪專程去下沙港迎接，其實自從諸葛觀棋離開之後，她幾乎每天都會來碼頭觀望，維薩就打趣她說，如果諸葛觀棋再不回來，她就要變成望夫石了。

胡小天雖然知道諸葛觀棋回來的事情，並沒有選擇前往相迎，並非是因為他對諸葛觀棋不夠重視，而是要留給人家兩口子一個單獨的空間，小別勝新婚嘛。

胡小天讓梁大壯一早就去將年貨送到常凡奇家中，並安排人手在那裡準備年夜飯，常凡奇的婚姻大事胡小天也放在了心上，讓太守李明成幫忙留意這件事，誰曾想他這邊一說，李明成心中就有了人選，乃是他的嫡親外甥女楊英瓊。

他的這個外甥女從小父母雙亡，由他們夫妻撫育成人，性情剛烈，不喜刺繡就喜歡舞槍弄棒，長相也頗為豔麗可人，今年已經二十歲，到現在都沒嫁人。在如今的年代，這個年齡還沒有找到婆家就絕對是大齡剩女了，李明成也跟她說了不少親事，可楊英瓊都看不上，她想找的是一個真正的大英雄，所以一直拖延到了現在。

胡小天一琢磨，這事還真有門兒，常凡奇今年也快小三十了，年齡上合適，常凡奇雖然沒有名列大雍十大猛將，不過他卻是新近崛起的一位將領，擁有著和十大猛將抗衡的實力，不然大雍朝廷也不會將東洛倉這麼重要的地方委派給他。胡小天更為看重的是常凡奇非常的孝順，一個人若是連親生父母都不肯孝敬，又拿什麼去談忠義。

胡小天做事喜歡打鐵趁熱，直接邀請李明成夫婦當晚帶著他的外甥女楊英瓊前往常凡奇家裡吃年夜飯。

自從梁大壯帶了兩名廚師，備了這麼多的年貨登門之後，常凡奇就開始明白這頓年夜飯已經由不得他來控制了，其實他也不是不喜歡熱鬧，可是他在這裡始終沒有歸屬感，在他的心底深處，自己始終還是一個大雍將領，雖然胡小天對他不錯，可他仍然不肯背叛故國。

老太太今天心情明顯好了很多，早早就下了床，來到廚房內指揮起來，梁大壯擔心老太太目盲被傷到，笑著將老太太請到門外太陽地裡坐下，只說有什麼吩咐讓自己去做就行。

下午的時候，胡小天帶著維薩，李明成夫婦帶著外甥女楊英瓊到了，老太太聽說來了這麼多人也是喜上眉梢，常凡奇也不是傻子，看出胡小天是借著今天的機會幫他相親來了，一張臉羞得跟紅布似的，別看他在戰場上威猛無匹，可是一旦遇上這種事跟小姑娘差不多。

維薩和楊英瓊早已認識，李明成雖然有意為外甥女說親，可畢竟不好張口，這事還是維薩幫忙說的，楊英瓊也是豁達之人，認為相親也不會少塊肉，更何況胡小天發話了，她也不想舅舅難做。

胡小天發現楊英瓊果然長得不錯，雖然不是什麼絕世美女，可也屬於第一眼美女的類型，而且陽光活潑，落落大方，聽說武功還很不錯呢。悄悄向常凡奇使了個眼色，常凡奇窘得把大腦袋耷拉了下去。

好不容易瞅到了一個無人關注的時候，悄悄湊到胡小天的身邊，低聲道：「你的好意我心領了，這種事情強求不來。」

胡小天笑道：「常大哥，我可不是想為你做什麼，只是我答應了老太太，君子一言快馬一鞭，你總不能讓我對一個老人家撒謊吧？」

常凡奇啞口無言，心想在人屋簷下怎敢不低頭，反正隨便他怎麼安排，最終答不答應還不得看我自己的意思。

常老太太和楊英瓊說了會兒話，已經被這姑娘的開朗和豁達逗得眉開眼笑，胡小天還沒跟她提起這事，老太太就偷偷把胡小天叫到一邊，低聲問道：「我看那位楊姑娘不錯，小天啊，你幫我問問她有沒有許配人家？」

胡小天笑道：「大娘，你還不知道人家長得怎麼樣呢。」

老太太神神秘秘對胡小天道：「問過了，長得漂亮著呢，維薩姑娘跟我說的，人漂亮，脾氣又好，家世又好，小天啊，你趕緊幫我問問。」老太太是個媳婦迷，滿臉的迫不及待。

胡小天附在她的耳邊低聲說了幾句，老太太樂得連連點頭，拽住胡小天的手不放，小聲道：「只要人家楊姑娘能夠看上咱，這事兒就那麼定下了。」

胡小天故意道：「只是擔心常大哥不肯答應呢。」說話的時候還故意向遠處常凡奇看了一眼。常凡奇看到他跟老娘在那裡嘀咕就猜到沒什麼好事，急得朝胡小天直瞪眼，可偏偏又沒什麼法子。

老太太笑道：「理他作甚，這事兒老身替他做主，只要我還在世上活一天，婚姻大事還由不得他做主。」老太太居然也有霸氣側漏的時候。

胡小天笑瞇瞇回到常凡奇身邊，常凡奇急問：「你跟我娘說了什麼？」

胡小天不慌不忙：「這是你家噯，拿出點主人風範好不好，趕緊招呼客人。」

那邊老太太已經喊了：「凡奇，你還不趕緊過來幫英瓊姑娘剝蒜去。」

常凡奇一張大臉漲得通紅：「噯……」

胡小天看到這廝窘迫的樣子，只差沒把肚皮給笑破了。

無論常凡奇如何窘迫尷尬，可有一點他不得不承認，老娘今晚的心情很好，原本都臥病在床了，今天卻神奇般轉好，老太太其實根本就沒生病，此前全都是裝出來的。常凡奇是個孝子，雖然晚上很少說話，不過也沒有流露出任何的不悅，雖然知道胡小天別有用心，可畢竟人家也不是惡意，其實常凡奇在不知不覺中對胡小天的觀感已經改變了不少。

當晚這頓年夜飯也是吃得皆大歡喜，圓圓滿滿。等到年夜飯結束，常凡奇將胡小天等人一一送走，回到院子裡，看到老娘獨自一人站在那裡。常凡奇慌忙上前攙住娘親，關切道：「娘，您怎麼站在這裡啊？外面風大，當心著涼。」

常老太太道：「兒啊！娘今晚開心得很。」

常凡奇道：「娘，孩兒知道，這陣子很少見到您這麼開心了，您回去歇著，孩兒去收拾收拾。」

老太太抓住兒子的大手道：「凡奇，你先別忙，把門插上，咱娘倆兒說話。」

常凡奇點了點頭，轉身將房門插上了，扶著老娘回到了屋子裡。

母子兩人在床沿坐下，常老太太長歎了一口氣道：「兒啊，你是不是覺得為娘糊塗了？」

常凡奇搖了搖頭道：「娘在兒的心中，永遠都是這世上最完美的一個。」

老太太聽兒子這樣說不由得笑了起來，她搖了搖頭道：「你這傻小子什麼時候也學會哄人開心了？」

常凡奇道：「孩兒說的都是實話。」

常老太太點點頭，伸出手去，常凡奇趕緊把手遞了過去讓母親拉著，老太太左手抓著兒子右手，右手輕輕撫摸兒子面龐道：「娘已經很久沒見過你的樣子了。」

常凡奇鼻子一酸，險些就要落下淚來：「是孩兒沒用，沒有為娘治好眼睛。」

常老太太笑道：「傻孩子，你又不是郎中怪你作甚？再說了人都有老的時候，我今年都六十三歲了，就算現在撒手西歸也沒什麼可惜的。」

「娘，大過年的您別說這些不吉利的，孩兒還要伺候您長命百歲呢。」

老太太搖了搖頭道：「我可不想你伺候，好男兒志在四方，豈能整天圍在一個老媽子的身邊，成何體統。」

常凡奇心中黯然，想起自己現在的處境，只怕再無前途可言了。

老太太道：「你不要以為我糊塗了，什麼事都瞞著我，其實我心中清楚著呢，這裡是東梁郡，是大康的地盤兒，此前你駐守的是東洛倉，你把東洛倉給丟了，現在咱們娘倆兒已經成了胡大人的俘虜，對不對？」

常凡奇一直以為母親糊裡糊塗的，所以從未告訴她真相，只是不斷編織謊言，想讓老娘安心，卻想不到老娘什麼都知道，什麼都明白，滿臉羞慚道：「孩兒無用，讓娘親跟著受辱了。」

老太太道：「我沒覺得有什麼受辱的地方，胡大人對咱們娘倆一直也都尊敬有加，客氣得很。」

常凡奇道：「那是他別有居心。」

常老太太道：「還不是因為欣賞你的能力，娘知道，你應該高興才對，若是在別人的眼中你連一點價值都沒有，恐怕你我母子也活不到現在。」

常凡奇點了點頭，老娘果然清清楚楚明明白白。

常老太太道：「兒啊，其實咱們常家的祖上乃是大康名將常鎮山，後來常家歷經沉浮也始終在大康效力，直到你爺爺那一代看淡功名，咱們的家鄉燕州過去也隸屬於大康，後來大雍高祖薛九讓才自立稱帝，創立了大雍王朝，咱們也就成了大雍的子民，我只是個婦道人家，不懂得什麼大道理，可是我曾經聽你爹說過，這天下大勢，分久必合，合久必分，什麼大雍大康，喝的都是庸江水，信的都是聖賢道，其實都是一家人，真正的敵人乃是黑胡、沙迦那些異族。這些年來中原之所以被異族侵略，還不是因為內部分裂，彼此都想著自己的利益，為王者真正考慮百姓的又有幾個？」

常凡奇默然無語。

常老太太道：「你爹在大雍投軍，始終不得志，最後鬱鬱而終，你雖然勇猛過人，但是在大雍也很久沒有得到重用，駐守東洛倉之後，那秦陽明嫉賢妒能處處對你打壓，娘一直都看在眼裡。其實這中原天下，未必一定要姓薛，也未必一定會是姓龍的，只要是有能力者，誰都可以做皇帝，只要這個皇帝能抵禦外族侵略，能帶領老百姓過上好日子，那就是好皇帝。」老太太說出了最質樸無華的道理。

常凡奇道：「是孩兒自己無用。」

常老太太道：「兒啊，娘知道你之所以留在東梁郡全都是因為我的緣故，你若是當真還想返回大雍，就不用管我，自己伺機逃走就是。」

常凡奇搖了搖頭道：「孩兒怎能不管娘，再說孩兒就算逃回去，也只有死路一條，東洛倉是在我手中失去，已經是死罪難逃，更何況孩兒還受胡小天的脅迫，親手將秦陽明送到了他的手裡。」

常老太太道：「你爹臨終之前曾經說過一句話，他說士為知己者死，一個人縱然再大的本領，如果遇不到欣賞自己的人，也是英雄無用武之地，這些日子我悄悄觀察胡小天，他雖然貴為一方之主，可是平易近人，並沒有擺出高高在上的架勢，對咱們母子也是關懷備至，兒啊，不是娘勸你投誠，而是識時務者為俊傑，你總不能就這樣庸庸碌碌地過上一輩子。」

常凡奇低聲道：「娘，孩兒會好好考慮這件事。」

常老太太道：「這世上沒有過不去的坎，好好活著比什麼都重要。」

大年初一，一幫部下大清早就過來給胡小天拜年，胡小天提前讓維薩準備了紅包，分發給眾人，應酬之後叫上維薩前往諸葛觀棋那邊拜年。

兩人來到通往諸葛觀棋家的巷口，正看到諸葛觀棋夫婦二人從外面回來，原來兩人一早起來就去兵聖廟給先祖上香去了，諸葛觀棋笑道：「我們正想著去給主公拜年，想不到還是您先到了。」

胡小天笑道：「弟弟給兄長拜年原本就是應該的，觀棋兄，嫂子，有沒有紅包啊？」

洪淩雪格格笑道：「有的，有的！」親切抓住維薩的纖手，邀請他們到家中去坐。

來到諸葛觀棋的書齋內坐下，胡小天道：「其實我昨兒就想過來，可是想想觀棋兄長途跋涉歸來，需要好好休息，再說和嫂子肯定也有不少話要說，所以就打消了念頭。」

諸葛觀棋道：「過來了最好，多個人過年也多一份熱鬧。」

胡小天將昨晚前往常凡奇那裡過年的事情說了，諸葛觀棋道：「常凡奇乃是大雍出類拔萃的武將，其實力不在十大猛將之下，若能收服此人，當然最好不過。」

胡小天歎了口氣道：「此人性情頗為倔強，想要收服他並沒有那麼容易。」

諸葛觀棋笑道：「精誠所至金石為開，只要主公拿出足夠的誠意，必然可以將他感化。」

胡小天道：「道理我懂，看來只能耐心等待了。」

諸葛觀棋笑道：「主公的確應該廣納天下賢才了，想要發展壯大，僅僅依靠眼前的這些人手還是不夠的。」

胡小天聽他說起賢才，忽然想起了左興建，他將左興建前往武興郡投奔自己的事情說了。諸葛觀棋道：「高遠留在了白泉城，這孩子雖然年紀不大，不過做事沉穩，待人接物頗有大將之風，有他看著，應該不會有太大的問題。」

胡小天道：「左興建這個人雖然卑鄙下作，可畢竟也有他的長處。」

諸葛觀棋點了點頭道：「選用人才就需要不拘一格，這世上沒有絕對完美無缺之人，每個人都有自己的缺點，同樣也有與眾不同的優點，如何任用他們才能發揮出他們最大的能量，就全靠主公的智慧了。」

胡小天道：「若是我有什麼做得不妥的地方，觀棋兄一定要提醒我。」

諸葛觀棋微笑道：「草民記下了。」

胡小天知道諸葛觀棋不願正式為官，不過這樣也好，只要他肯幫助自己出謀劃策，又何必在意什麼名份，胡小天又談起大雍開放糧禁之事，也將余天星的觀點說出，供諸葛觀棋參詳。

諸葛觀棋道：「余天星說得不錯，蘇宇馳坐鎮鄖陽也是利弊並存，從目前來看還是利多弊少，皇上這步棋表面上看起來非常的高妙，其實存在著極大的漏洞。現在主公和蘇宇馳相安無事，如果將來發生衝突，主公可以和李天衡聯手制衡於他，到時候蘇宇馳就會腹背受敵。」

胡小天點了點頭，他也想過這一點。

諸葛觀棋道：「大雍開放糧禁，又答應了主公借城的要求，看來短期內不會再有南侵的打算，而朝廷方面，皇上無心政事，雖然對主公心存不滿，可是他根本無力征討，也沒有征討主公的理由。這段時間乃是天賜良機，主公可以趁著這個機會圖謀發展，雲澤乃是重中之重。」

胡小天信心滿滿道：「一年之內必然拿下雲澤。」

諸葛觀棋微笑道：「還有一件事主公千萬不要忽略，雲澤雖然湖面廣闊，可畢竟是內湖，打下雲澤的目的是要在大康的中心打造一個堡壘，主公若是想要擺脫在大康和大雍兩國之間夾縫求生的局面，還需將眼光放得更加遠大。」

胡小天道：「觀棋兄的意思是。」

諸葛觀棋道：「主公有沒有瞭解過渤海國？」

胡小天道：「只知道是一個島國，國家富足。」

諸葛觀棋道：「渤海國的國家雖然富足，可在軍事上一直很弱，到了這一任國王顏東生在國內大行儒教，荒廢軍事，導致渤海國周圍沿海海盜日益猖獗，他們不得不求助於大雍，年年進貢，可是大雍雖然拿了渤海國的好處，卻並沒有幫他們蕩寇的打算。」

胡小天道：「若是拿下渤海國，豈不是就有了和大雍大康分庭抗禮的資本？」

諸葛觀棋道：「渤海國距離大陸八百多里，想要拿下渤海國必須要船隊遠征，以咱們現在的水軍配備，還無法做到，主公不可急於一時。」

胡小天微笑道：「不急，至少我已經明白了下一步應該如何走，咱們不急著搶地盤，先從控制水路著手。」諸葛觀棋的這番話徹底打開了胡小天的思路，從水路著手大力發展水軍，也算得上是另闢蹊徑了，這樣一來，短期內可以暫時避免和大雍大康發生衝突。

門外傳來洪凌雪的聲音：「大過年的還要商談什麼大事？不知道歇一歇嗎？」

胡小天和諸葛觀棋相視而笑，兩人走出書齋，洪凌雪和維薩兩人邀請他們一起出門去收容孤兒的地方看看，順便帶些點心過去給那些孩子吃，胡小天和諸葛觀棋兩人幫忙拎著籃子，來到了童子堂。

童子堂內已有不少人過來，都是當地好心的百姓前來行善，洪凌雪和維薩因為常來這裡照顧那些孩子，跟孩子極為熟絡，孩子們一看到她們來，馬上圍了上去。

胡小天和諸葛觀棋兩人站在遠處看到她們分發點心，和孩子們不停說笑的樣子，都感覺到心頭暖融融的，胡小天看了諸葛觀棋一眼道：「觀棋兄這麼喜歡孩子，趕緊和嫂子要一個。」

諸葛觀棋笑道：「此事只能順其自然。」

胡小天道：「嫂子開刀沒過多久，還是調養好身體之後再說，不過咱們有言在先，無論你將來生兒子還是女兒，我這個乾爹可當定了。」

諸葛觀棋微笑點頭道：「一言為定！」

維薩此時回到胡小天身邊：「主人，童子堂最近來了一位女神醫，醫術非常高明，要不要去見一下？」

胡小天饒有興趣道：「女神醫？那我倒要見識一下。」他跟著維薩來到後院，正看到一個窈窕的背影在孩子們中間站著。胡小天看到那背影之時已經感到熟悉，再聽到她的聲音，已經可以斷定，這位女神醫乃是秦雨瞳無疑。

應該是察覺到了身後的變化，秦雨瞳轉過身來，剪水雙眸落在胡小天的臉上，流露出些許的笑意。

胡小天哈哈大笑：「我當是誰？原來是秦姑娘大駕光臨，怎麼來到東梁郡也不去找我，難道在秦姑娘眼中，我算不上你的朋友嗎？」

維薩一旁眨了眨眼睛，這才知道原來這位蒙面女神醫和胡小天早就認識。

秦雨瞳淡然道：「尊卑有別，胡公子如今貴為一方之主，而小女子卻只是一個布衣百姓，大人日理萬機，我又豈敢輕易打擾。」

胡小天盯住她雙眸道：「秦姑娘此次前來，是為了找我，還是為了其他事？」

秦雨瞳輕聲道：「路過此地，所以逗留幾天，原本沒打算和公子相見。」

胡小天心想才怪，你秦雨瞳此次前來十有八九是衝著我的，不知她又在打什麼算盤，微笑道：「既來之則安之，見到秦姑娘，我這心裡真是開心得很呢。」

秦雨瞳道：「公子說話還是像過去那樣信口開河。」言語中隱然有斥責之意。

胡小天道：「我從來都是一言九鼎，秦姑娘這次過來，咱們剛好可以切磋一下醫術，而且我還有一個打算想要跟秦姑娘商量呢。」

秦雨瞳道：「什麼打算？」

胡小天笑道：「回頭再說，對了，我聽說玄天館在治療眼疾方面獨步天下，秦姑娘能否幫我一個忙？」

秦雨瞳道：「你醫術卓絕，何須假手他人？」

胡小天道：「聞道有先後，術業有專攻，眼科方面並非我之所長。」

秦雨瞳道：「病人在哪裡？」

胡小天想請秦雨瞳幫忙治療的病人乃是常老太太，秦雨瞳做事也是乾脆利索，當下就隨同胡小天一起前往常凡奇的家中。

常凡奇看到胡小天又來了，而且這次身邊又帶了一位蒙面女子，以為胡小天又要給自己說親，真是頭都大了，趁著維薩領秦雨瞳去見老太太的時候，常凡奇把胡小天請到一旁，苦著臉道：「胡大人，就當是我求你，千萬別再跟我說親了，因為這事，我娘都快把我給逼瘋了。」

胡小天笑道：「你想得倒美，人家可是玄天館任天擎的高足，這次我專程請她過來給大娘治病的。」

常凡奇道：「治病？」心中有些奇怪，老娘不是已經病好了嗎？

胡小天道：「玄天館在治療眼疾方面獨步天下，我是想請她看看大娘的眼睛還有沒有康復的希望。」

常凡奇聽他說完，心中真是五味俱全，胡小天對他真是不錯，這次如果能將老娘的眼睛治好，那麼自己又要欠他一個天大的人情了。

一會兒功夫秦雨瞳就從裡面出來了，胡小天和常凡奇同時迎了上去，常凡奇緊張道：「神醫，我娘情況如何？」

秦雨瞳道：「算不上什麼大事，只是耽擱得稍微久了一些，我應該可以讓她重見光明。」

常凡奇見她擁有如此信心，心中有些將信將疑，畢竟他過去尋遍名醫到最後也沒什麼結果，這次只能抱著試試看的態度了。

胡小天卻對秦雨瞳充滿信心，他笑道：「多謝秦姑娘了。」

秦雨瞳反問他道：「如何謝我？」

常凡奇看出兩人關係非同一般，馬上選擇迴避。

胡小天微笑道：「若是秦姑娘不嫌棄，我不介意以身相許。」每次見到秦雨瞳，他總忍不住想要氣氣她，或許是秦雨瞳拒人於千里之外的清高模樣激起了他潛在的征服欲，其實他始終懷疑秦雨瞳佈滿刀疤的面孔是故意偽裝，很想看看她的廬山面目。

秦雨瞳猜到胡小天的動機，他越是說這種話氣自己，偏偏就不上他的當，秦雨瞳道：「很嫌棄！」

胡小天歎了口氣道：「太傷自尊了。」

秦雨瞳反唇相譏道：「一個人若是不懂得自愛，又談什麼自尊？」

胡小天哈哈笑了起來：「既然秦姑娘不想要，那麼我送一本醫書給你如何？」

秦雨瞳眨了眨眼睛，胡小天的醫術與眾不同，他送給自己的醫書肯定是絕世珍寶，她輕聲道：「無功不受祿，這麼重的禮，我只怕承受不起。」

胡小天道：「你幫過我那麼多次，我也應該回報你一下了，不如這樣，我在東梁郡找個地方開一座醫館，秦姑娘親自坐堂，咱們也好切磋一下醫術，順便秦姑娘多收一些弟子，把醫術廣為傳播出去如何？」

沒想到秦雨瞳居然一口應承道：「好啊！這是好事，我答應你。」

胡小天道：「我馬上就讓人去辦，秦姑娘自己在東梁郡選址，房子隨便你挑，如果不滿意，我可以讓人為你重新建一處地方。」

秦雨瞳道：「人手恐怕不足，我要是從外面請些幫手，你不會反對吧？」

胡小天笑道：「當然不會，而且歡迎之至。」

秦雨瞳道：「那就這麼定了！」

秦雨瞳果然在東梁郡開起了醫館，讓胡小天驚喜的是，方知堂和方芳父女不久就抵達了東梁郡為秦雨瞳幫忙，秦雨瞳挑選的是東梁郡東南的一座院落，胡小天本想讓人裝修一下，可秦雨瞳卻說無需那麼隆重，只是讓人打掃乾淨就搬入其中。

為常老太太治療五天之後就開始有了效果，老太太的眼睛開始感覺到光影了，按照秦雨瞳的說法，一個月之後常老太太的眼睛應該可以看到景物，老太太對胡小天更是千恩萬謝，常凡奇雖然不說，可心中對胡小天的態度也悄然產生了變化。

正月初七，胡小天有一位老友從大雍過來，卻是神農社的少東家柳玉城，柳玉城此來也並不是為了專程拜訪胡小天，而是來找秦雨瞳。

胡小天上次前往雍都之時，承蒙神農社柳家父子多番相助，聽聞柳玉城到來也是親自前往城門外相迎，故友相見自然有著說不完的話，胡小天問起宗唐的近況。

柳玉城道：「本來我還邀請宗大哥一起過來走走，宗大哥本來也答應了，可是臨行之前不巧宗老爺子病了，所以未能成行。」

胡小天關切道：「什麼病？要不要緊？」

柳玉城道：「也不是什麼大病，不過人年紀大了身體自然衰弱，一點小病就搞得臥床不起。」

其實胡小天現在最缺少的就是巧手工匠，他腦子裡有許許多多的想法設計，可是始終無法變成現實，他多次想過要將宗唐父子請過來幫忙，這次一定要讓柳玉城把自己的意思給帶到。

他們來到秦雨瞳開設的醫館，這醫館並沒有起名玄天館，秦雨瞳讓胡小天幫忙想個名字，胡小天想都沒想就信口說了個同仁堂，想不到秦雨瞳居然稱讚不已，已經讓人做好了牌匾掛了上去。

胡小天每次看到同仁堂這三個金燦燦的大字就感到有些汗顏，還好沒有人追著自己打商標官司。

柳玉城看到那牌匾也是讚不絕口：「同仁堂，好名字！」

胡小天道：「隨便起的，湊合著聽。」

柳玉城向他豎起拇指道：「胡大人果然是才高八斗。」

兩人進入醫館，卻見常凡奇母子兩人也在這裡，原來今天是復診之日，本來秦雨瞳說好了要登門為老太太復診，卻想不到老太太擔心麻煩她，讓兒子陪著自己來到醫館，老太太現在眼睛已經有了光感，心情也好得很，聽聞再過一個月就能看到景物，心中已經是迫不及待了。

柳玉城上前見過秦雨瞳，並將父親所寫的親筆書信呈上。

秦雨瞳拆開書信去一旁看了，胡小天來到常老太太身邊笑道：「大娘，感覺怎樣了？」

常老太太笑道：「已經能夠分得出白天還是黑夜了，老身開心得很，小天啊！

大娘真不知應該怎樣謝你才好。」

胡小天哈哈笑道：「大娘，你千萬別跟我客套，都說要把我當成自己孩子一樣看待，有見過誰跟自家孩子客氣的嗎？」

常老太太樂得合不攏嘴，小聲對胡小天道：「等我眼睛好了，就親自登門去向楊姑娘提親。」

一旁常凡奇的大臉騰的紅了起來，老娘簡直是哪壺不開提哪壺。

那邊方知堂也尋了個空閒來到胡小天身邊，他向胡小天道：「恩公！小人也有一事相求。」

胡小天笑道：「方先生怎地也如此客氣了？」

方知堂道：「此事說來倒是也有些難以啟齒。」

胡小天道：「方先生不必有顧慮，但說無妨。」

方知堂道：「胡大人，小女已到婚配之年，所以斗膽請胡大人幫忙做媒。」

胡小天笑道：「不知方先生看上了哪家的公子？」

方知堂道：「就是展鵬展壯士！」

胡小天一琢磨，展鵬和方芳倒是極為合適，當初展鵬還出面為他們父女打抱不平，若是能夠成就這段姻緣倒也是天作之合，胡小天笑道：「方先生，這件事就包在我身上。」

方知堂大喜過望，連忙向胡小天道謝。

胡小天也樂得成人之美，只是現在展鵬仍然在白泉城，想要促成這件事也只能等他回來了。

就在幾人正在聊天之時，忽然聽到外面傳來一陣騷亂，卻見一人滿身血污地從大門外衝了進來，眾人都是一驚，卻見那人撲倒在地上，痛哭流涕道：「城主大人，城主大人，求您救救我家老爺吧！」

胡小天內心一震，這才認出眼前這個血人竟然是胡中陽的貼身武士胡丕，胡小天道：「胡丕？怎麼了？到底發生了什麼事？」

胡丕道：「我們的船隊在中途被蟒蛟島的海盜搶劫，有兩艘戰船被擊沉，其餘商船和戰船全都被他們劫走了……」說到這裡，他眼前一黑，撲通一聲暈倒在地。

胡小天趕緊讓人幫忙將胡丕抬到房間裡，解開他的衣衫，但見他的身上遍佈傷痕，可見胡丕這一路逃回來受盡辛苦，剛好胡小天在同仁堂內放了一套手術器械，當下讓秦雨瞳取來，柳玉城也沒有歇著，給胡小天當下手，為胡丕做起了清創縫合。

還好胡丕所受的都是外傷，不過遍佈身軀的傷口也讓胡小天忙活了接近半個時辰。將最後收尾的工作交給了柳玉城，胡小天滿腹心事地來到外面。

派去打探消息的梁大壯已經回來，向胡小天道：「啟稟少爺，一共逃回來三個人，還有兩人在中途就死了，屍體還留在救生艇內。」他遞給胡小天一枚箭矢，箭矢非常的特別，尾羽是火焰一樣的紅色，鏃尖呈現出青黑色，湊近鼻尖一聞，一股腥臭氣息讓人作嘔。

身後響起秦雨瞳的聲音道：「小心，這鏃尖餵毒了。」

胡小天轉身望向秦雨瞳，秦雨瞳來到他身邊，伸手將羽箭拿了過去，看了一下色澤，嗅了一下味道，輕聲道：「是七星海蛇！」

胡小天道：「大壯，你去李成明那邊，讓他即刻派人打探消息。」

「是！」

梁大壯抱拳離去，胡小天又叫住他：「你再去找夏長明一趟，讓他去一趟武興郡，把這件事通知趙武晟，最好讓趙武晟回來一趟。」

秦雨瞳悄然看著胡小天，看到他此時的表情前所未有的凝重，隱約猜到這件事非同小可，小聲道：「是不是遇到了大麻煩？」

胡小天淡淡一笑：「有人惹到我的頭上來了！」按照剛才胡丕的說法，這次胡中陽的商隊和己方護航的船隊已經全軍覆沒，胡小天從未想過蟒蛟島的海盜竟然擁有如此實力，自己為了確保胡中陽商隊此行萬無一失，特地派出了四艘中型戰船，此外還特地配備了一千名精銳水軍，想不到做出了這樣的準備，仍然折戟沉沙，看來這蟒蛟島的海盜絕非烏合之眾。

柳玉城從房內走了出來，他向胡小天道：「傷者醒了，還是要見你。」

胡小天點了點頭，轉身走回房內，胡丕已經包紮完畢，看到胡小天回來，掙扎著想要下床行禮，胡小天道：「你不要動，剛剛才為你處理完傷口，萬一掙開了傷口總是不好。」

胡丕含淚道：「大人，您一定要救我家老爺啊，那些海盜實在是太凶殘了。」

胡小天道：「你把這件事的詳細過程說給我聽，你們在何處海域遭到海盜伏擊，當時的戰況如何，你所瞭解到的損失究竟怎樣？」

胡丕這才從頭說起。

胡小天再度走出房間時，表情越發凝重了，他向秦雨瞳告辭之後，準備回去議事，就在他準備出門的時候，忽然聽到身後一個雄渾的聲音道：「大人，也許我能幫得上一些忙！」

胡小天轉身望去，卻是常凡奇開口說話了，胡小天喜出望外：「凡奇兄，咱們移步說話。」

兩人離開了同仁堂，一起來到了胡小天的府邸，此時李明成也已經在這裡等著了，李明成已經準備好了一張海圖，展開攤平鋪開在了桌上。

胡小天指了指海圖上的狼牙灣道：「他們是在這裡遭遇伏擊的，根據胡丕所說，海盜當時共有數十艘戰船圍攻他們的船隊，其中還有三艘重型戰船。」

李明成喃喃道：「這些烏合之眾怎麼會擁有重型戰船？」

常凡奇道：「蟒蛟島的海盜並非烏合之眾，賊首名叫顏天祿，乃是渤海國國王顏東生的親叔叔，後來因為爭奪皇位落敗，不得已率領部下逃離渤海國，拉起大旗當了海盜，他也改了名字，將容顏的顏改成了閻王的閻，公開和渤海顏氏王朝劃清界限，說起來他做海盜也有三十多年了，閻天祿現在應該快七十歲了。」

胡小天也沒料到常凡奇會對蟒蛟島的海盜如此熟悉，他虛心求教道：「凡奇兄對蟒蛟島的真正實力有無瞭解？」

常凡奇點了點頭道：「瞭解一些，因為此前渤海國多次求助於大雍皇上，想懇求大雍發兵幫忙滅掉蟒蛟島，皇上也曾經答應下來，當時準備派尉遲大帥親自前往，我當時還在尉遲大帥軍中，所以提前做了不少的功夫，可後來皇上又打消了攻打蟒蛟島的念頭，對外宣稱代價太大，可事實上卻是因為蟒蛟島方面也派使臣前來雍都偷偷議和。」

胡小天道：「定然是他兩邊都能得到好處，所以乾脆睜一隻眼閉一隻眼了。」

常凡奇沒有說話，其實是默認了胡小天的說法。

胡小天道：「我還以為這支海盜是雜牌軍，搞了半天也是正規軍呢。」心中不由得對胡中陽有了些埋怨，他此前離去之時可沒有說得那麼清楚，如果自己知道蟒蛟島擁有如此強勁的實力，可能會加派人手，不過事已至此，埋怨也沒用。

李明成歎了口氣道：「胡中陽乃是一介商人，可那一千名水軍將士卻是我方子弟，不知傷亡情況如何？」他的意思是胡中陽的死活無所謂，可那一千名水軍的安危卻是一件大事。

胡小天能夠理解李明成為何這樣說，不過他卻不能認同這件事，他低聲道：「東梁郡無論軍民全都一樣，在我們的心中都同等重要。」

常凡奇一旁默默看著胡小天，心中暗忖，不知胡小天如何應對這件事？其實這種事就算發生在大雍，最終也很可能是不了了之，征討海盜，長途勞頓，茫茫大海，勝負一半都要看天意，誰肯為了一支商隊，一千名士兵而冒那麼大的風險呢？

胡小天道：「跟他們先禮後兵，如果他們肯放了商隊和咱們的人，那麼這件事就此作罷，如果他們不肯，我就讓蟒蛟島從海圖上徹底消失！」他的這番話說得斬釘截鐵，斷無迴旋餘地。

常凡奇心中暗讚，此人確有與眾不同之處，處事如此果斷，在大事之上絲毫沒有任何猶豫，難怪他能夠在這裡站穩腳跟。

李明成道：「那究竟要派什麼人過去出使？」

常凡奇道：「如果胡大人信得過我，凡奇願意前往蟒蛟島一趟。」

胡小天目光一亮，常凡奇從消極對待自己，現在態度逐漸變得積極起來，胡小天當然明白常凡奇現在並不是真心肯歸降自己，他之所以願意幫助自己做事，更主要是為了報恩，胡小天搖了搖頭道：「並非是不信任你，而是此次風險極大，我務必要計畫周詳之後，方才可以做出最終決斷。凡奇兄，我可以保證，若是出征蟒蛟島，必然由你親自領軍。」

常凡奇心中一震，胡小天竟然做出這樣的承諾，可謂是大膽之極，他竟然要將征討蟒蛟島的任務交給自己，難道他就不擔心自己會背叛？他不得不承認自己真正有些感動了，他從軍這麼多年，從未受到過如此的信任和重視，他忽然想起一句話，士為知己者死，胡小天這樣對待自己，自己又怎能背信棄義？

胡小天雖然做出了先禮後兵的決定，但是他對蟒蛟島的形勢並不瞭解，所以並不能急於做出決斷，而讓他沒想到的是，蟒蛟島的使臣在胡丕返回的第二天就抵達了東梁郡，此次是專程前來跟胡小天談條件的。

蟒蛟島此次派出的專使乃是蟒蛟島排名第五的當家羅千福，他此次獨自前來，並未帶任何人隨行。

胡小天在太守府接見了羅千福，此人四十餘歲，長得黑黑瘦瘦，來到胡小天面前抱拳行禮，不卑不亢道：「蟒蛟島使者羅千福參見胡大人！」

胡小天微笑道：「久聞蟒蛟島大名，今日得見蟒蛟島好漢，果然名不虛傳。」

羅千福笑道：「人不可貌相，海水不可斗量，胡大人是嫌棄羅某貌醜了？」

胡小天笑道：「專使誤會了，請坐，看茶！」

羅千福道：「胡大人客氣了，羅某此次乃是奉了島主的命令而來，傳令之後即刻就回，不敢耽擱。」

胡小天點了點頭。

羅千福道：「我們蟒蛟島向來與世無爭，可是胡大人卻派出戰船滋擾我境，屠殺我兄弟，主動挑起爭端。」

胡小天冷笑一聲：「專使這些話是從何說起？我派戰艦乃是為商隊護航，事情究竟是怎樣挑起，你我心知肚明，又何必當著明人說暗話，貽笑大方呢？」

羅千福笑容不變：「大人若是這樣認為，我也沒有辦法，只是現在我方一共俘獲了八百二十三名大康將士，還有商隊成員五百七十二人，島主有好生之德，思來想去還是準備以德報怨，打算放了這些俘虜。」

胡小天當然明白天底下沒有那麼便宜的好事，端起茶盞抿了一口茶道：「說說看，都有什麼條件？」

羅千福笑道：「大人果然是明白人，我家島主說了，這一千三百九十五人，每人的性命值得兩千斤糧食，一百兩黃金，大人若是顧惜他們的性命，就用兩萬五千石糧食十三萬九千五百兩金子來換，糧食的零頭島主已經給抹去，金子卻是一兩也不能少，半個月內送到蟒蛟島，不然每過一天，就會有一百顆人頭落地。」

胡小天冷冷道：「威脅我？」

羅千福微笑道：「不是威脅，而是忠告，當然，大人也可選擇置之不理，如果您不打算救他們的性命，可以給我一個明白話，我回去就稟明島主將這一千多名俘虜扔到海中餵了鯊魚，也好過讓他們浪費糧食。」

胡小天道：「你說十五天就十五天？這麼短的時間內，讓我去哪兒籌備那麼多的金子？幫我回稟你們的島主，多給我十天，二十五天內我必然將贖金送到！」

羅千福居然沒有反對，他拱手告辭：「胡大人果然痛快，二十五天就二十五天，我馬上回去稟明島主，靜候胡大人的佳音。」

胡小天厲聲道：「且慢！」

羅千福停下腳步，微笑道：「大人還有什麼吩咐？」

胡小天道：「一千三百九十五人，若是少了一個，你們就會連一兩贖金一粒糧食都得不到，所以你們最好善待那些俘虜，有傷的給他們治傷，有病的給他們醫病，吃穿用度一樣不得虧待他們，我不會讓你們白白付出，只要讓他們吃飽穿暖，到時候我給你們十五萬兩金子。」

羅千福笑道：「大人無需多慮，我們必然好好招待那些俘虜。」

羅千福離去之後，胡小天叫來夏長明，讓他跟蹤羅千福的去向，夏長明跟出去約莫兩個時辰方才返回。他向胡小天稟報導：「啟稟主公，羅千福乃是一名馭獸師，他的坐騎乃是一隻灰雕，速度不慢，一日之間應該可以抵達蟒蛟島。」

胡小天點了點頭，此時李長明和趙武晟一起到了，趙武晟是得到消息之後，從武興郡連夜渡江過來，只是稍稍遲了一些並未和蟒蛟島的專使見面。

胡小天將羅千福帶來的消息說了，趙武晟怒道：「真是豈有此理，一幫燒殺搶掠的海盜居然敲詐到門上來了。」

胡小天道：「他們可不是普通的海盜，閻天祿乃是當年渤海皇室，他手下的海盜多半都是跟他一起叛逃的渤海國將士，這些人訓練有素，擅長水戰，而且他們在那片海域盤踞已久，對周圍的情況非常熟悉。」

趙武晟道：「主公打算怎麼辦？難道當真準備將糧食和黃金給他們送過去？」

胡小天道：「本來還打算先禮後兵，現在看來已經沒有了這個必要。剩下的唯一可能是用兵了。」

趙武晟用力點了點頭，他主動請纓道：「主公，武晟不才愿意領軍前往蟒蛟島，蕩平賊寇救出我方將士。」

胡小天道：「武晟，這次我打算親自走一趟，這邊還需要有人坐鎮，談到在水軍中的影響力，你當屬第一，所以你得留下。」

趙武晟明白，現在李永福押運十萬石糧食去了康都，如果他再走了，庸江水師沒有鎮得住場面的大將，於是點了點頭道：「武晟愿聽主公調遣。」

諸葛觀棋得悉這件事後，冷靜分析道：「此事似乎沒有那麼簡單。」

胡小天道：「觀棋兄是在懷疑胡中陽嗎？」

諸葛觀棋道：「主公既然這樣問，應該也對他產生了疑心。」

胡小天點了點頭道：「胡中陽的財富來歷不明，我曾經聽聞過一些風聲，說他過去和海盜有過聯繫，只是他在兩次戰役之中對我的幫助都很大，我實在不想將他往壞處想。」

諸葛觀棋道：「也許他並沒有加害主公之心，此前求主公相助護航，應該是害怕中途被打劫，他押運的貨品究竟是什麼？價值幾何？從他們出事的海域來看，並不是蟒蛟島經常活動的區域，為何閻天祿會不辭勞頓，前往這一帶進行打劫？」

胡小天道：「兩種可能，一是胡中陽押運的貨物價值不菲，二是他和胡中陽本來有仇。」

諸葛觀棋點了點頭道：「然而從商船經行的路線來看，胡中陽和閻天祿勾結的可能性不大。否則他根本沒必要選擇這條遠離蟒蛟島的航線。」

胡小天道：「不管起因如何，現在蟒蛟島已經惹到了我的頭上，我總不能當縮頭烏龜。」

諸葛觀棋笑了起來：「主公看來確定要打蟒蛟島了，可是主公對蟒蛟島的狀況了解多少？島上有多少海盜？他們擁有多少船隻？船隻的配備具體怎樣？」

胡小天道：「我對此一無所知。」

諸葛觀棋道：「知己知彼百戰不殆。主公難道在這樣的狀況下盲目用兵嗎？」

胡小天微笑道：「我肯定能夠將情況搞清楚，而且我想出了一樣克敵制勝的法寶。」他從懷裡掏出了一張圖紙，想要在群雄並起的亂世中脫穎而出，必須要想克敵制勝的武器，胡小天在這方面並不缺乏認識，可是他並非製造武器的專家，思來想去也畫出了一尊比較原始的火炮，圖形上是根據他對紅衣大炮的印象繪製而出。

紅衣大炮，炮管長，管壁厚。從炮口到炮尾逐漸加粗，符合火藥燃燒時膛壓由高到低的原理，在炮身的重心處兩側有圓柱形的炮耳，火炮以此為軸可以調節射角，配合火藥的用量改變射程，設有準星和照門，因為炮彈飛行的軌跡是拋物線形狀，以此來計算彈道可以得出很高的精度。

以諸葛觀棋的見識之廣，都不知道胡小天畫的是什麼玩意兒，胡小天向他解釋之後道：「這玩意兒我叫它轟天雷，其實年前已經找了鐵匠進行製模。如今樣品已經製成，差實戰了。」

諸葛觀棋感嘆道：「看起來好像威力無窮，主公是如何想出來的？」

胡小天信口胡說道：「我也是一天晚上做夢夢到了這個東西，於是找工匠做，現在也快有一個月了，觀棋兄，不如咱們去看看。今天試射一次。」

諸葛觀棋真正看到轟天雷樣品的時候還是被震撼到了，這支長一丈，口徑半尺左右的大家伙，重量要在三千斤以上。胡小天在年前偷偷進行了大炮的研發工作，這件事一直都由梁英豪負責指揮，他們專門在東梁郡西郊的偏僻山野之中建設了鐵器場，本來胡小天最希望能夠有宗唐幫忙，可惜宗唐現在身在大雍，父親病重抽不開身，其實算宗唐能夠抽出身來，胡小天也不敢保證他一定會為自己效力。

目前的鐵器場已經集結了武興郡第一流的鐵匠，胡小天之所以沒用東梁郡的本地工匠，還是出於忠誠度的考慮。

配方也是胡小天給出的：硝六斛，磺十二兩，炭一斛四兩。

書到用時方恨少，胡小天的兵器知識實在少得可憐，不過還好他偶然看過紅衣大炮的製作方法，至今還記得清清楚楚，大炮下面加上小車可以自由移動，盡管如此，移動轟天雷這麼大的家伙也需六名壯漢同時推動小車。

六人將炮車固定好，兩名壯漢很熟練地開始往炮膛內賽火藥，再將一個黑黝黝的實心大鉛球塞入炮膛內。

胡小天從梁英豪手中接過火炬，親自走向大炮，點燃導火索之前，轉向眾人道：「你們都離開遠一些，把耳朵堵上。」

眾人趕緊閃到一邊，把耳朵堵住。

胡小天這才將導火線點燃，點燃之後，這貨也是扔下火炬，噌地一步躲到了臨時掩體之後，畢竟是第一次試驗，搞不好會炸膛呢。

伴隨著一聲驚天動地的炸響，那只大鉛球被高速射了出去，瞄準的目標是前方半里之外的山體。一時間硝煙瀰漫，等到硝煙散去，眾人快步來到那山體之前，卻見原本好好的山體被轟出一個大坑，周圍散落著碎石，炮彈經行之處，樹木盡數折斷，可見這一炮的威力如何強大。

連諸葛觀棋都被震驚得目瞪口呆，更不用說梁英豪和那幫工匠了。

諸葛觀棋現在對胡小天是徹徹底底的心折了，自己還以為博覽群書，天文地理星相術數無所不通，可胡小天想出的這些東西都是自己聞所未聞的，難怪胡小天有信心去蕩平蟒蛟島，擁有這樣威力巨大的火器，天下間還有幾人能與他抗衡。

正月十八，胡小天將這邊的事情全都交代完畢之後，集合九千將士，乘坐二十艘大型戰船，攜糧五十萬斤，黃金五萬兩，從東梁郡下沙港出發，沿著庸江順流而下，直奔東海而去，他們的目標直指蟒蛟島。

此次胡小天親點常凡奇為主將，負責作戰指揮，航海調度則交由楊元慶負責，情報收集由夏長明來做。

諸葛觀棋雖然並未隨行，可是他對胡小天此行也表現得信心滿滿，在胡小天臨行之前，他們兩人已經制定出了種種預案，可是具體情況具體分析，真正應該採取什麼方案，也得到蟒蛟島根據實際狀況而定。

胡小天前往東海蕩寇之時，李永福也已經將十萬石糧食順利運達海州，在海州碼頭將糧食移交給大康將領接管，同時關於胡小天重病的消息也傳到了皇宮之中。龍宣恩當然不會相信胡小天生病的傳言，原本他也預料到胡小天必然不敢親自來京，正月十五縹緲山靈霄宮重新修整一新，老皇帝在當晚駕臨靈霄宮，此番故地重遊，心中不由生出無限感慨。

陪他同來的洪北漠恭敬道：「皇上對這裡的重建還滿意嗎？」

龍宣恩點了點頭道：「滿意，洪愛卿辦事，朕向來放心。」

洪北漠道：「這裡所有的一切都按照過去的規制復原，力求達到恢復原貌。」

龍宣恩感慨道：「這靈霄宮的經歷，朕終身難忘！」他心中暗暗下定決心，以後無論如何也不會到這裡來了。他的目光落在雲廟的匾額之上，抿了抿嘴唇，卻終於還是沒有走過去。

洪北漠低聲道：「陛下想見的那個人，就在宮內等待。」

龍宣恩嗯了一聲，轉過身慢慢走向靈霄宮，這座曾經囚禁他的牢籠，如今因為修葺一新重新變得金碧輝煌，可是龍宣恩卻已經是最後一次踏足這裡，因為時隔這麼久再次回來，仍然從心底感到壓抑，縹緲峰的這段囚禁生涯，已經成為他內心深處揮抹不去的陰影。

龍宣恩的身影剛剛出現在宮門前，就看到一人遠遠撲倒在地上，聲淚俱下道：「不肖孫廷鎮參見陛下！」

龍宣恩傲立在那裡，俯視著匍匐在地下的孫子。

龍廷鎮身穿普通宮人的服飾，身上哪還有昔日高傲不羈的皇族貴氣，可能是遭受了不少折磨的緣故，整個人看起來異常憔悴，因為不知道爺爺會如何發落自己，龍廷鎮內心忐忑不安，畢竟當年他的父親將爺爺從皇位上趕了下來，並囚禁於此，父債子償，到現在他都無法確定重新奪回皇位的爺爺會不會追究自己的罪責。

龍宣恩凝望龍廷鎮良久都沒有說話。

可怕的靜默讓龍廷鎮越發害怕起來，他甚至想到了死，也許爺爺這就會下令處死自己，也罷！與其這樣苟且偷生，躲躲藏藏的一輩子，不如死了算了。想到這裡，龍廷鎮在地上連連叩頭道：「廷鎮知道我父罪孽深重，罪無可恕，廷鎮此番來見皇爺爺，不求皇爺爺諒解，只求皇爺爺賜我一死，廷鎮死不足惜，還望皇爺爺恩准讓廷鎮葬在龍氏陵園之中，皇爺爺……」說到這裡，龍廷鎮泣不成聲。

龍宣恩忽然哈哈笑了起來，他抬起腳照著龍廷鎮的肩頭踹了過去，龍廷鎮被他踹得一屁股坐在了地上，龍廷鎮的臉上居然露出笑容，因為過去他練武的時候，龍宣恩也曾經這樣做過，是考驗他到底武功修煉得如何。

龍宣恩指著龍廷鎮道：「你小子也是個廢柴，練了這麼久的武功，仍然當不起朕這一腳，給朕滾起來，你讓朕殺自己的親孫子，是想讓朕被天下人恥笑嗎？」

龍廷鎮這才明白龍宣恩果然沒有殺掉自己的意思，這才又驚又喜地從地上爬了起來，口中忙不迭道：「謝謝皇爺爺！」這廝原本就是八面玲瓏的角色，通過這番挫折，更是閱透人間滄桑冷暖。

龍宣恩道：「瘦了！也長大了，朕還不糊塗，你爹做的事情跟你沒有關係。」

龍廷鎮道：「皇爺爺，孫兒對父親所做的事情也並不認同，只是孫兒在朝廷之中人微言輕，無法勸說父親回頭，還因這件事得罪了姬飛花那閹賊，被他關入不見天日的地牢。」

龍宣恩對這小子的話當然不會相信，淡淡笑了笑道：「朕明白，什麼都明白，好好補養身體，等身體康復後，朕會昭告天下，還會正式冊立你為大康太子！」

這對龍廷鎮來說不啻是一個天大喜訊，他原來最大的奢望也就是老皇帝不再追究自己的罪責，卻想不到他不但赦免了自己的罪過，而且還要冊立自己當太子，想當初自己在和皇兄的爭奪中敗下陣來，看來果然是大難不死必有後福。

龍廷鎮含淚跪倒在地：「皇爺爺，孫兒必為爺爺赴湯蹈火在所不辭。」

龍宣恩拍了拍他的肩膀道：「朕也不可能一輩子坐在這龍椅之上，是時候選個繼任者了，你爹太心急，當初若是他不採用卑鄙手段謀朝篡位，這皇位朕還是要交給他的，廷鎮，朕的一幫兒孫裡，朕最看重的就是你，本來朕以為你英年早逝，為此傷心難過了好一陣子，前陣子方才聽說你仍然活在世上，朕心中的驚喜難以形容，實乃上天給朕最好的禮物。廷鎮，以後朕會將大康的江山全都交到你的手中，希望你千萬不要讓朕失望。」

龍廷鎮哽咽道：「皇爺爺在上，孫兒若敢有絲毫對不起皇爺爺之心，必遭天打雷劈，萬箭穿心……」

龍宣恩面色一沉道：「別說這種混帳話，自己的孫兒，朕怎能不信？」說這話的時候，他心中不由得想到，這天下間哪還有可信之人，就算兒孫滿堂，一個個還不是都為了自己的利益盤算。

龍宣恩道：「你暫且留在這縹緲山上調養，應該怎麼做，洪先生自然會教你，你不必心急，最多三個月，朕就會給你太子的身分！」

龍廷鎮連連點頭：「皇爺爺，別說是三個月，就算是三年，孫兒一樣耐得住性子。」他並沒有說謊話，此前已經經歷了暗無天日度日如年的地牢生涯，對他而言，這世上已經沒有再苦的事情了。

第四章

老皇帝的用心

楊令奇心中明白，胡小天百分百在裝病，
老皇帝讓他親自押運糧食來京，其用心不言自明，
如果胡小天當真回了康都，恐怕再也回不去了，
老皇帝就算不殺了他，也要把他監禁起來，
絕不會再犯放虎歸山的錯誤。

龍宣恩離去之後，洪北漠留了下來，龍廷鎮對洪北漠恭敬之極，如果不是洪北漠出手，他根本沒有重見天日的機會，龍廷鎮恭敬萬分道：「多謝洪先生，先生對我的大恩大德，廷鎮沒齒難忘！」

洪北漠微笑道：「口說無憑，太子殿下打算如何謝我呢？」

龍廷鎮被他的這句話給問住，一時間愣在那裡不知如何作答，他現在一無所有，除了自己的性命又拿什麼去回報洪北漠？也許他看上的是自己未來的可能，想要圖自己日後回報，龍廷鎮想到這裡方才答道：「從今日起，洪先生便是我的恩師，廷鎮以弟子之禮相待，若然有一天我可以登上帝位，願和洪先生共用天下！」

洪北漠聞言不由得哈哈大笑起來。

他的笑聲讓龍廷鎮面孔發燒，從中感到了深深地侮辱，卻又不能表達自己的憤怒，唯有深深將頭顱低了下去。

洪北漠道：「如果你能夠活到那一天再說！」他歎了口氣道：「知不知道陛下為何沒有馬上公開你的消息？」

龍廷鎮低聲道：「應該是時機還不成熟。」

洪北漠道：「你知不知道有多少人想要置你於死地？你捫心自問現在有沒有自保的能力？」

龍廷鎮咬了咬嘴唇，論武功，他也就是三流水準，如果談到勢力，他可謂是樹倒猢猻散，現在身邊根本沒有一個可靠的幫手。想要保全自己的性命，唯有依靠別人，想到這裡，龍廷鎮恭敬道：「還望洪先生指點。」

洪北漠道：「別人不可能時時刻刻保護你的性命，想要生存下去最終還得依靠你自己，你的稟賦不錯，若是從小就追隨名師學武到現在必有所成，可惜你過去大把的時間都荒廢了。」

龍廷鎮苦笑道：「洪先生，就算我從現在開始習武只怕也無法成為高手了。」

洪北漠道：「那也未必，想要成為高手未必只有修煉武功一個途徑。」

龍廷鎮聽出他這句話中滿含深意，慌忙道：「洪先生教我！」

洪北漠道：「還有一種方法，可以通過藥物煉體，在短時間內讓一個人達到金剛不壞之身，且擁有神魔之力。」

龍廷鎮聽到這裡，雙目灼灼生光，充滿期待。

「只是這種藥物煉體之法需忍受常人所不能之痛苦，整個過程百般煎熬，生不如死，若非有超人之堅韌意志，決計無法承受得住。」洪北漠說到這裡，深深凝望龍廷鎮一眼。

龍廷鎮抿了抿嘴唇，只在瞬間已下定決心，如果想登上皇位，必須要承受常人所無法承受之痛苦，生不如死？他已經經歷過，只要能夠登上帝位，再大的痛苦他都可以忍受。他低聲道：「洪先生，求您賜我藥物煉體之法，廷鎮必竭盡所能。」

洪北漠道：「那藥物煉體的丹藥乃是我花費半生精力煉製而成，得來不易。」

龍廷鎮撲通一聲在洪北漠的面前跪了下去：「師父在上，請受徒兒一拜。」

洪北漠道：「你需得記住一件事，你我之間的事情務必要嚴守秘密，不得向任何人洩露出去，就算是皇上也不例外。」

龍廷鎮道：「師父待我恩同再造，廷鎮這一生都會謹遵師父教誨，絕不做任何違背師父意願之事。」

洪北漠滿意地點了點頭道：「好，廷鎮，若是你能夠挺過這一關，天下間再也無人可以抵擋你前進的步伐。」

永陽王府內，楊令奇在權德安的引領下進入了七七的書房，望著書案上堆積如山的卷宗，楊令奇也暗暗佩服這位小公主的勤奮。

七七放下手中的奏摺招呼道：「楊先生來了！」

楊令奇恭敬道：「令奇參見公主千歲！」

七七笑道：「我可不想活這麼久，真活上一千歲，豈不是成為老太婆了？」

楊令奇不禁莞爾，永陽公主雖然天縱之資，聰穎過人，可畢竟年紀尚幼，很多時候還會流露出孩子氣的一面。

七七示意他坐下，輕聲道：「剛剛收到海州方面的消息，李永福押運十萬石糧食已經抵達港口。」她揚起手中的一封信道：「胡小天的親筆信，他讓我轉呈給皇上，說他病得很重，這次無法成行，讓我在皇上面前為他解釋。」

楊令奇心中明白，胡小天百分百在裝病，老皇帝讓他親自押運糧食來京，其用心不言自明，如果胡小天當真回了康都，恐怕再也回不去了，老皇帝就算不殺了他，也要把他監禁起來，絕不會再犯放虎歸山的錯誤。

七七道：「你認為我去皇上面前應該怎麼解釋？」

楊令奇道：「實話實說！」

七七冷笑道：「實話實說？你以為皇上會相信胡小天當真生了病？」

楊令奇道：「皇上就算不相信又能如何？胡大人自從前往東梁郡所做的哪件事又是皇上認同的？可皇上最後也沒有下令禁止。」

七七道：「你知不知道東梁郡派出船隊出海蕩寇的事情？」

楊令奇充滿迷惘道：「什麼？」他的確並不知情。

七七道：「看來他也不是那麼信任你，並不是每件事都讓你知道。」

楊令奇面露尷尬之色，他恭敬道：「令奇乃是一介布衣，承蒙胡大人和公主眷顧，不然至今還流落街頭……」

七七揮手制止他繼續說下去，歎了口氣道：「你真正瞭解胡小天嗎？」

楊令奇沒有回答，因為這個問題他無法回答。

七七神情黯然道：「我不該問你的，連我都不清楚他在想些什麼，你又怎能知道？楊令奇，你幫我寫一封信給他，他交代的事情我會做好，讓他只管放心。」

楊令奇點了點頭：「是！」

楊令奇離去之後，權德安悄悄走了進來，看到七七呆呆望著手中的一物，卻是胡小天送給她的碧玉貔貅，權德安心中暗歎，這小妮子顯然為情所困，此時不知如何決斷了。

七七將手中的碧玉貔貅緩緩放下，目光投向窗外，喃喃道：「權公公！他從頭到尾都是在利用我嗎？」

權德安斟酌了一下方才回答道：「人心險惡，公主單純善良，不能以表面來判定一個人的好壞。」

七七道：「當初我幫他離開京城，是擔心皇上要殺他，希望他能有一隅容身，可是……」

權德安向前走了一步，充滿憐惜地望著小公主，他清楚地知道，此時七七需要的是一個聆聽者，而不是需要任何人的意見。

七七停頓了一會兒，方才又繼續說道：「我沒想到他會發展得如此迅速！」原本以為自己和胡小天患難與共，可現在卻生出一種被胡小天置之不理的哀怨情緒，胡小天走了這麼久，除了讓她幫忙做事，從未表示出對她的任何關心和問候。

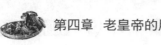

權德安道：「他的確很有能耐。」

七七道：「我過去並未認識到他的野心如此之大，他要的不僅僅是東梁郡，只怕還有我們龍氏的江山社稷。」

權德安的唇角浮現一絲苦笑，難道小公主到現在才看清楚胡小天的本來面目？

七七道：「他一直都在利用我！」她的聲音陡然變得淒厲，爆發出的幽怨和憤怒將權德安都嚇了一跳。

權德安勸道：「公主殿下不必生氣，事已至此，只能順從天意，其實這世上太多的事情只能依靠自己。」

七七道：「皇上也在利用我，什麼封我為王，什麼讓我代理朝政，全都是幌子罷了，無非是利用我來轉移矛盾，遇到麻煩的時候隨時都可以將我推出去。」說到這裡七七美眸圓睜，銀牙緊咬。

權德安道：「皇上現在應該不會輕易對公主不利。」

七七冷笑道：「因為胡小天嗎？真是笑話，本公主還要靠他的庇護才能苟活在這個世界上。如果我遇到麻煩，胡小天根本不會管我。」

權德安道：「就算胡小天如此冷酷，可皇上並不知道，他現在將殿下視為一張王牌，一張可以要脅胡小天的王牌。」

七七搖了搖頭，顯然已經心煩意亂，目光落在桌上的海圖之上，輕聲道：「我敢斷定，胡小天十有八九出海蕩寇去了。」

權德安也向那張海圖看了一眼道：「殿下因何如此斷定？」

七七道：「這幾日我都在想他要做什麼，他這次是要借著機會打開海路，如果成功，以後無論是大康還是大雍，都不好再控制他。」

權德安道：「公主這次猜錯了。」

「我猜錯了？」

權德安點了點頭道：「根據老奴所得到的消息，胡小天這次並未隨同大隊人馬一起出海，而是在東梁郡養病。」

「他在東梁郡？」

胡小天懶洋洋躺在戰艦的甲板上，只穿一條大褲衩，將身體肌膚全都暴露在陽光之下，幾天的海上航程已經讓他古銅色的肌膚變得越發深沉。

甲板上的水師將士好奇地看著胡小天，在這個以白為美的時代，居然可以看到一個人樂於把自己曬成一個黑炭團，這位主公的身上的確有太多與眾不同的東西，或許正是這種不同才造就了人家能夠出類拔萃，能夠成為統帥千軍的王者。

胡小天隨船前來蕩寇的消息非常保密，為了不至於走漏風聲，他特地在下屬中挑選了一個身材和自己差不多的下屬，又讓秦雨瞳幫忙製作了一張面具，他離開東梁郡的時候，就讓這位下屬入住自己的府邸，此人就是常說的影子武士，他所做的工作非常簡單，無非是躺在床上裝病，知道這個秘密的只有少數人。

常凡奇巡視完畢，經過胡小天身邊的時候，下意識停下了腳步，雖然他決定隨同胡小天前來蕩寇，可是他和胡小天之間仍然有些隔閡，除非胡小天主動找他談話，平日裡多數時間他都是在迴避胡小天的。

甲板傳遞聲音的效果很好，胡小天雖然蒙著眼睛，可是他仍舊從腳步聲中判斷出來者何人，伸手將蒙在眼睛上的黑布拉下，打了個哈欠，緩緩坐起身來，笑道：「凡奇兄，情況如何？」

常凡奇道：「一切正常，再有兩天的航程咱們就可以抵達蟒蛟島了。」

胡小天道：「好啊，總算要到了。」海上的航程初始時候尚還新奇，可是隨著時間的推移就漸漸變得枯燥乏味起來。

甲板上響起轟隆隆的車輪聲，卻是百餘名炮手推著轟天雷在甲板上訓練。常凡奇的目光不由得被吸引了過去，對這些黑黝黝的大傢伙真正的威力他並沒有見識過，常凡奇雖然猜到是武器，可是因為缺乏認識，所以到現在都不明白胡小天花費這麼大的人力將之運上戰船的真正目的。

常凡奇道：「最遲明天咱們就會進入蟒蛟島的巡航範圍以內，也就是說咱們的船隊隨時都可能會被發現，胡大人難道準備就這樣堂而皇之地將二十艘戰艦直接開到蟒蛟島去？」

胡小天信心滿滿：「直接開過去又能如何？那幫海盜如果膽敢反抗，咱們直接就將蟒蛟島夷為平地。」

常凡奇可沒有他這麼大的信心，低聲提醒道：「凡事還是小心為妙，蟒蛟島能夠稱霸一方必然有相當的實力，大人千萬不可輕敵。」

胡小天點了點頭道：「的確不可輕敵，咦，夏長明也該回來了。」

夏長明此次也隨同他一起前來，負責敵情偵查，今晨就已經乘坐雪雕前往蟒蛟島方向刺探敵情，現在已經是正午，所以胡小天才會這樣說。

就在此時，忽然聽到瞭望台上傳來一聲歡呼，卻是負責瞭望的士兵已經發現了空中的變化。

胡小天和常凡奇同時抬頭望去，卻見空中兩道白光閃電般向他們所在的主艦俯衝而來，正是前去刺探敵情的夏長明回來了。

雪雕從甲板上低空掠過的時候，夏長明縱身一躍，輕飄飄落在甲板之上。

常凡奇看到夏長明的身法，心中不由得暗暗佩服，胡小天能夠接連取得勝利絕非偶然，若非有超人魅力，豈能讓這些奇人異士歸服於他？轉念想到自己，不知不覺中對胡小天的觀感已經有了很大不同。

胡小天從一旁拿起自己的長袍穿上，笑道：「長明，你只顧著自己騎雕玩得快活，不知道我們在這裡望眼欲穿。」

夏長明呵呵笑道：「主公勿怪，因為蟒蛟島地勢複雜，又要提防被他們發現，所以耽擱的時間長了一些。」

胡小天道：「辛苦了！」

夏長明道：「算不上辛苦。」

胡小天讓人準備飯菜，又讓人將楊元慶給叫來，他們幾人邊吃邊說。

夏長明打探到的情報比起預想中更加嚴峻，蟒蛟島擁有的戰艦數量要在兩百艘左右，其中大型戰艦超過三十艘，整個島嶼南北長約二十里，東西寬約十里，島嶼東北側為天然的月牙形港灣，島嶼的西側為萬丈高崖，在島嶼相對平坦的地方全都建設高牆箭塔，而且還有一個非常嚴峻的狀況就是，沿海佈防了許多的投石機。

胡小天聽聞這個消息也是一怔，這幫海盜居然擁有投石機，也就是說他們擁有遠程攻擊的能力。自己原本指望著五十門轟天雷可以占盡遠攻的優勢，現在看來想要直接去強攻蟒蛟島並不現實，對方的投石機會在遠距離給己方造成傷害。

胡小天道：「這樣看來就只能將海盜引出來打，只要將他們引到海上，咱們就能占盡優勢。」

楊元慶道：「主公，只怕海盜未必會輕易上鉤。」

常凡奇也跟著點了點頭道：「不錯，那些海盜在蟒蛟島占盡優勢，他們提出的也是一手交糧一手交人，交易地點就在蟒蛟島的港灣，若是臨時變更地點必然，會引起海盜產生疑心。」

楊元慶道：「咱們還有一千多人在海盜的手中，如果還沒有救出他們就發生戰事，恐怕他們的性命全都會保不住。」

胡小天道：「長明，有沒有發現他們的監牢在什麼地方？」

夏長明道：「在西邊，靠近懸崖的地方。」他要來紙筆，簡單畫出蟒蛟島的地形圖。

胡小天望著那張地形圖好一會兒，方才道：「如果我們有人提前潛入監牢之中，將這一千多人提前解救出來，裡應外合，咱們的勝算無疑就增加了許多。」

夏長明道：「他們佈防非常嚴密，想要進入監牢很難。」

胡小天道：「防得住地下，防不住天上。」

夏長明還以為胡小天是讓自己去，抿了抿嘴唇道：「既然主公說了，長明願意冒險一試。」

胡小天道：「不是說你，這種事兒必須我自己來做。」

夏長明和楊元慶同時道：「主公萬萬不可！」

常凡奇冷眼旁觀，他以為胡小天也就是這麼一說，孤身一人潛入敵營，這跟送死差不多。

胡小天笑道：「咱們這些人中，比我武功強的應該沒有幾個。」

夏長明和楊元慶還想勸說，可是胡小天主意已決，他朗聲道：「不必多說了，明天晚上，長明帶我前往蟒蛟島，我潛入監牢，將咱們的人全都放出來，這邊船隊的事情就交給凡奇兄和楊將軍了。」

常凡奇實在沒料到胡小天果真要潛入蟒蛟島，此人的膽色實在是超人一等。

夏長明道：「主公，只是蟒蛟島上到處都是他們的哨塔，雪雕體形太大，目標過於明顯，難以低飛降落。」

胡小天道：「那倒不是問題，只要雪雕帶我到監牢上空，我可以直接跳下去。」

夏長明搖了搖頭道：「想要躲開他們的視線，至少離開地面二十丈的高度，主公確信這樣的高度跳下來可以安然無恙？」

胡小天笑道：「應該沒事！」他有馭翔術傍身，二十丈的高度應該沒有問題，如果再高，可能就要設計一個降落傘之類的東西來輔助降落了。

一直沒有說話的常凡奇道：「蟒蛟島上有兩萬多名海盜，胡大人以為一人可以對付他們這麼多？」

胡小天搖了搖頭道：「雙拳難敵四手，我一個人當然對付不了他們那麼多人，可是你別忘了，這監牢之中還有一千多咱們的人，其中不乏訓練有素的軍人，一旦重獲自由，實力不容小覷。」

「就算你成功潛入監牢，又如何將他們救出來？」

胡小天道：「無需將他們救出來，我們要做的是吸引海盜的注意力，一旦海盜的注意力被我們吸引過去，你們就可以趁機從正面展開攻擊。往往監牢為了防止囚犯逃脫都是最為堅固的地方，我們只要搶佔監牢，監牢就會在我們的手中變成最為堅固的堡壘，我們以此來抵禦對方的進攻。」

幾人互相望去，胡小天的計畫顯然大膽之極，不過誰也不能否認這計畫的可行性，只是這一計畫有個最大的關鍵，那就是派去潛入蟒蛟島的這個人，如果這個人一旦失手，那麼所有的計畫就會全盤皆輸，所以胡小天是這場成敗的重中之重。

夏長明道：「一旦戰事開始，我會驅策飛鳥攻擊他們的投石機，不過他們那邊也有馭獸師，究竟能夠達到怎樣的效果，還未必可知。」

胡小天道：「就這麼定了，咱們三管齊下，務必要在一日之間拿下蟒蛟島。」

翌日黃昏，胡小天和夏長明兩人整裝待發，這次行動也頗為隱秘，除了他們幾人以外，並無他人知道這次詳細的計畫。

常凡奇也破例前來相送，雖然他嘴上不說，可是心中對胡小天的膽色已經深為佩服。

楊元慶道：「主公務必要多加小心。」

胡小天笑道：「大家不用擔心，按照咱們的預定計劃，明晚你們的船隊抵達蟒蛟島，等我的信號展開行動。」

常凡奇道：「你打算在監牢之中待上一整天？難道你能保證不被他們發現？」

胡小天充滿信心道：「應該沒什麼問題，今晚午夜我潛入監牢之中，必須要搞清楚其中的情況，然後才能確定下一步的作戰方案。」他向夏長明看了一眼，進入監牢之後的聯絡就要依靠夏長明了，夏長明為他準備了一隻黑吻雀，這隻鳥兒體形如同麻雀一般大小，卻有著信鴿一般識途的能力，胡小天混入監牢之後將情況調查清楚，然後通過黑吻雀送出消息，這隻黑吻雀就會飛到夏長明的手中。

常凡奇來到胡小天面前，抿了抿嘴唇道：「多加小心！蟒蛟島的那些海盜窮凶極惡，據說其中高手如雲。」

胡小天笑道：「等我回來，再和凡奇兄痛飲三杯！」

常凡奇毫不猶豫地點了點頭道：「靜候胡大人的好消息！」

夜色中的蟒蛟島如同一隻巨大怪獸靜靜趴伏在海面上，上方閃爍的燈光如同怪獸的鱗甲，兩隻雪雕在高空翱翔，夏長明指點著下方向胡小天介紹蟒蛟島的地形。

他們降落的地方位於蟒蛟島西側，監牢就建在高崖之上，就地取材，鑿崖而建，因為已是深夜，蟒蛟島的燈光逐漸熄滅，剩下的就是瞭望塔日夜不滅的燈光。

雪雕已經飛到了監牢區域的上空，夏長明道：「主公，下面就是關押俘虜的地方了，準備好了嗎？」

胡小天點了點頭，向他豎起了拇指，表示自己已經全部準備完畢，隨時都可以降落。他們現在的高度在兩百丈，按照預定的計畫，需要下降到二十丈左右，胡小天才進行起跳。

夏長明操縱雪雕向下方緩緩降落，兩隻雪雕頗有靈性，下降的速度非常緩慢，一邊盤旋一邊下降。胡小天伸手撫摸著雪雕頸部的羽毛，低聲道：「小飛啊小飛，咱們也算得上老相識了，你一定要乖乖聽話，等我凱旋而歸，一定賞你一頓大魚大肉。」

雪雕似乎聽懂了他的話，發出了一聲雕鳴，暗夜之中顯得異常明亮。

胡小天慌忙道：「別叫，別叫，驚醒了敵人就不好了！」

和胡小天比翼齊飛的夏長明卻感覺到一絲異常，他從雕鳴中聽出了莫名的驚恐，轉身望去，卻見後方一個黑色的巨影正在飛速向他們靠近，那黑影翼展的長度要在五丈左右。夏長明驚呼道：「主公小心！」

此時兩隻雪雕已經同時反應了過來，放棄繼續下降，陡然振翅向上攀升，胡小天幸虧夏長明提醒，提前牢牢將坐鞍抓住，那雪雕在瞬間將速度增加到最大，耳旁風聲呼呼，冷風撲面而來，胡小天被風吹得幾乎睜不開眼睛。夏長明雖然是頂尖的馭獸高手，可是動物逃避危險的本能，讓兩隻雪雕在此時第一意識就是逃生，情況已經完全失控。

兩隻雪雕分頭逃生，正應了一句話，大難臨頭各自飛。胡小天死死抓住坐鞍，他現在距離地面的高度至少還有一百五十丈，雖然他內力渾厚，還掌握了馭翔術，可是從這樣的高度跳下去，唯有死路一條。

身後怪鳥發出一聲淒厲的鳴叫，聲音聒噪刺耳，如同兒啼，雪雕聽到這聲鳴叫，居然被嚇得瑟瑟發抖，胡小天不停回頭望去，只見那隻黑色怪鳥越飛越近，已經距離自己不到十丈，這怪鳥的腦袋比人腦袋都要大上一號，嘴喙在月光下閃爍著冷森森的寒光，牠的羽毛應該不是純黑色，而是深藍色，兩隻鋒芒畢露的綠色眼睛露出碧油油的凶光。

雪雕意識到後方危險的迫近，陡然向下俯衝而去，胡小天被牠這突如其來的變向從背上掀了下去，雙手仍然牢牢抓住坐鞍，雪雕俯衝之後，隨後就是一個弧形變向，試圖將胡小天從背後甩出去，顯然牠已經認為正是胡小天的存在方才拖慢了牠逃跑的速度。胡小天死命抓住坐鞍，可是此時那怪鳥已經俯衝而至，張開足以和神兵利器相抗衡的嘴喙向空中的胡小天啄去。

屋漏偏逢連夜雨，就在此時，雪雕背上的坐鞍繫帶竟然從中崩斷開來，胡小天感覺手頭一震，暗叫不妙，抬頭望去，那坐鞍僅僅剩下一條繫帶紮在雪雕身上，胡小天知道這坐鞍已經撐不了太久的時間了，低頭望去，卻見那隻怪鳥正處在他的身下，意圖改變方向再度追擊。

生死存亡之際，胡小天的頭腦異常冷靜，想要逃生，唯有制住這隻怪鳥，只要能夠周旋片刻，興許夏長明就會及時回還營救自己。想到這裡，胡小天橫下一條心，猛然放開了坐鞍，騰空向下躍去。

雪雕突然失去了束縛，發出一聲興奮的鳴叫，振翅向高空中飛去。

那隻怪鳥顯然沒料到會有獵物自投羅網，還未搞清楚狀況的時候，就感覺到有人重重撲到了牠的背上。怪鳥淒厲叫了一聲，雙翅呈四十五度角側向滑行，意圖將背上的這個傢伙甩開。

胡小天撲上鳥背，左臂摟住這怪鳥的脖子，右手握拳照著怪鳥的腦袋就是一拳，這一拳不敢打得太重，若是打暈了這怪鳥，豈不是要帶著自己摔下去，必然是同歸於盡，粉身碎骨。

怪鳥吃了他一拳，叫得越發淒厲，抖動翅膀時而爬升，時而俯衝，時而盤旋，意圖將胡小天甩掉，胡小天卻將性命牢牢捆綁在了這隻怪鳥的身上，無論這怪鳥如何動作，他都如同牛皮糖一樣黏住怪鳥不放，在怪鳥腦袋上鏈錘兩拳之後，發現效果甚微，胡小天馬上改變了策略，改拳為抓，老子的玄冥陰風爪也不是白練的，一抓下去居然沒有撕開怪鳥堅韌的皮膚，饒是如此也抓下一大把羽毛，痛得怪鳥連聲慘叫。

這怪鳥也有靈性，牠很快就發現自己但凡一飛高或者飛向別處，背上這人馬上就下手拔毛，唯有牠下降，背上的人才會停手。

可是這怪鳥並不老實，不停和胡小天周旋，直到胡小天將牠脖子上的一圈羽毛差不多就快拔光，看起來這怪鳥此時如同一隻大號的禿鷲，牠這才老實了一些，胡小天從腰間抽出匕首，抵在怪鳥的脖子上，雖然不知道這樣的威脅怪鳥能不能夠理解，不過至少可以隨時控制牠的生死。

胡小天舉目望去，經過這一通折騰，自己被怪鳥帶著已經遠離了蟒蛟島，就算牠現在願意降低到距離海面三十丈的範圍，自己也不能跳下去，胡小天伸出右手在怪鳥的眼睛前晃了晃，然後指向蟒蛟島的方向。

怪鳥仍然繼續下降，似乎對他的手勢無動於衷，胡小天揚起手來又抓下一大片羽毛，怪鳥隨之發出一聲慘叫，胡小天再度指向蟒蛟島的方向，低聲罵道：「敢不聽話，我把你的毛全都拔掉，一塊塊剁來餵狗。」

不知是拔毛起到了效果，還是怪鳥當真聽懂了他的話，居然向蟒蛟島的方向飛去，再度飛臨蟒蛟島的上空，胡小天仍然沒有看到夏長明和雪雕的身影，黑暗中他辨明了監牢所在的位置，向那邊指了指，沒想到怪鳥這次沒聽話，沒有飛向監牢所在的地方，而是直接向西北角飛去。

胡小天看到怪鳥越飛越低，似乎要降落的樣子，如果怪鳥低於瞭望塔的高度，或許就會被守衛發現，胡小天看到高度已經差不許多，此時不走更待何時，他抽出弩箭從怪鳥身上站了起來，冷不防那隻怪鳥將身體側傾，胡小天立足不穩，一個倒栽蔥向下方掉落，他惱那隻怪鳥最後還要坑害自己一次，揚起手中弩箭接連向怪鳥射出兩箭，卻被怪鳥用翅膀拍落，那怪鳥也沒有繼續向胡小天發起攻擊，應該是了解到這廝並不好惹，縮了縮光禿禿的脖子，帶著疼痛和惱恨向空中飛去。

胡小天從近三十丈的高度俯衝而下，慌忙摒棄雜念，龐大的內息充滿丹田氣海，收放之間，身體在夜空中俯衝而下，通過幾次緩衝，方才輕飄飄落在一個黑暗角落，在空中雖然看得清楚，可是真正來到島上，卻很難分辨出具體方向。

胡小天粗略估計自己距離監牢應該還有近三里的距離，他抬頭望去，這會兒功夫，原本晶瑩皎潔的月亮居然藏進了雲層之中，沒有月亮，也看不到一顆星星，整個蟒蛟島都籠罩在一層濃濃的夜色之中，風力明顯強勁了許多，人順風而行有種被一雙無形手掌用力推行的感覺。

胡小天取出自製的指南針辨明方位，他一定要儘快潛入監牢，藏身在暗處，想起了那隻黑吻雀，從腰間取下那掛著的鳥籠，還好黑吻雀平安無恙，胡小天生怕夏長明擔心自己出事，回去找人盲目來救，趕緊用炭筆寫下自己平安的消息，紮在黑吻雀的小腿上，將牠放飛。

「傳令下去，所有船隻保持距離，加速向蟒蛟島方向行進！」楊元慶聲嘶力竭地大吼著，一道閃電從天空中扭曲劃過，將他的面孔映照得慘白如紙，閃電從他雙目中劃過的剎那，清楚地映照出他眼底的惶恐，楊元慶雖然是一名經驗豐富的水軍將領，可是他卻從未遭遇過這樣強大的颶風，他在庸江服役多年，大海中的狂濤駭浪和庸江的波濤相比，後者簡直就是溫柔的春水。

楊元慶卻知道這或許只是一個開始，狂風暴雨，肆虐的波濤都將變得更加凶猛，也許會持續幾個時辰，也許會持續上整整幾天。他提醒所有士兵打起精神，投入到這場和風雨的抗爭之中。

狂風閃電之中，兩艘戰艦因為相互躲避不及，被大浪推動著撞在了一起，船舷相撞的地方木屑齊飛，左側戰艦受創很重，船體被撞出了一個丈許見方的缺口，洶湧的海水馬上從缺口中灌了進去，不等船員們做出修復，又是一個巨浪拍打在戰艦之上，將戰艦打得歪向一邊，周圍人甚至看到了船底的龍骨。甲板上的幾十名戰士如同紙片人一樣飛起，慘叫著揮舞著雙臂，摔入波濤洶湧的大海中。

在這樣的狀況下，最困難的事情就是讓戰艦保持平衡，胡小天此前運上戰艦的五十門轟天雷此時造成了不少的麻煩，兩門沒有固定好的轟天雷因為船體的傾斜，而從船的右舷沿著甲板滑向左舷，兩名不及躲閃的士兵被炮車直接碾壓了過去，變成了一灘血肉，大炮的去勢卻仍未停歇，撞在左舷上，將左舷的護欄撞得粉碎，直接沉入了大海中。

楊元慶指揮眾人破浪前進的時候，常凡奇一邊抓著纜繩，抗衡著這足以將他捲走的颶風，艱難挪動到楊元慶的身邊，竭盡全力大吼道：「咱們必須要先找個地方避風……不然……可能會全軍覆沒……」

就在常凡奇說話的時候，又有三艘戰船因為失去控制而撞擊在一起，楊元慶借著閃電的亮光望去，看到在主艦的右後方，兩艘戰艦已經被巨浪打翻，正在緩緩沉入漆黑的海水中。

可怕的颶風之中，他似乎聽到落水將士的呼救和哀嚎聲，楊元慶向常凡奇道：「主公……還在蟒蛟島……」

常凡奇怒吼道：「難道你想所有人一起同歸於盡？」

楊元慶當然不想，可是他又不能將主公置身於凶險之地而不聞不問，兩人目光對峙，正在僵持之中。

一道白光掠過他們的頭頂上空，卻是夏長明騎著雪雕及時到來，他高聲喝道：「快快離開這裡，西北方向有一片礁石，內有潟湖……那裡可以躲避風雨，我為你們引路……」

兩人看到夏長明到來，心中明白胡小天應該沒事，楊元慶這才指揮船隊跟隨雪雕向潟湖的方向前進。

夏長明所說的潟湖是由一片壩狀礁石相隔而成，水域面積寬廣，直徑要在十里左右，是典型的環礁潟湖，潟湖湖水的循環受潮流入口寬度、潮差的影響。吹入潟湖的大風也有影響，可吹高湖面，停息時則使湖水外洩。湖水流速在橫穿的水道中最大。不過進入潟湖就變得風平浪靜，環礁有效阻擋了周圍的巨浪，形成了礁外波濤驚天，礁內水波不興的奇特局面。

二十艘戰艦苦苦和風浪抗爭，抵達潟湖的時候已經有六艘不知去向，楊元慶親眼看到兩艘沉入大海之中，另外四艘想必也是凶多吉少。可眼下卻沒有時間去尋找那些失蹤的船隻，眼看風浪越來越大，他們必須要先進入潟湖躲過危險。

第五章

自絕而死的飛梟？

胡小天望著那轟然倒地的飛梟，整個人呆在那裡，
只是遲上了一步，那飛梟竟然自絕而死，
他傾耳聽去果然聽不到飛梟任何的聲息，
心中暗叫惋惜，難道這飛梟當真自絕而死了？

楊元慶和常凡奇兩人並立於船頭，通過瞭望台上士兵的回饋，及時發出號令，抵達水道之前，船體必須微微右轉，以避開礁石犬牙般的尖端，楊元慶伸出手臂，船員們根據他的手勢隨時調整方向。

船底發出輕微的顫抖，楊元慶馬上判斷出這是因為船體太重，船身吃水過深，已經接觸到了水道的頂部，常凡奇也聽到了船底和礁石碰撞的聲音，他猛地跳了起來，剮蹭的聲音仍然在持續，此時已經到了船尾部分，楊元慶開始下令船員將部分糧食扔入大海之中，可是情況仍然無法改善，他們必須要保留必要的糧食和淡水。

常凡奇大聲道：「棄去轟天雷！」這是一個艱難而又無奈的決定，如果他們不儘快減輕船身的重量，那麼他們的戰艦隨時可能擱淺在瀉湖的入口，更可怕的是礁石隨時都可能撞斷繃緊的船舵。

進入水道之後海浪明顯減小了許多，可是危險的氣息卻變得越發濃重了，負責監測水深的船員在不停通報著讓人心驚肉跳的數字。主艦在扔掉了六門轟天雷之後，船身的吃水終於有了明顯地改善。楊元慶傳令後方戰艦，儘量減輕負重，小心進入瀉湖，等到全部戰艦進入瀉湖，清點之後發現所剩的戰艦僅有十四艘，轟天雷更是損失慘重，五十門轟天雷僅僅剩下了十五門，可是在這種惡劣的氣候下，保住船隻和船員的生命才是最為首要的。

瀉湖內風平浪靜，和圍礁之外完全是兩個不同的世界，將士們仍然可以清晰聽到巨浪拍打礁石的聲音，想起剛才在暴風驟雨中艱難前行的經歷，一個個心有餘悸。

夏長明降落到主艦甲板之上，常凡奇和楊元慶慌忙迎了上去，楊元慶關切道：「主公情況如何？」

收到黑吻雀訊息的夏長明並沒有向他們提起剛才凶險的經歷，低聲道：「已經安全降落在蟒蛟島，不過這場颶風很可能會讓咱們進攻的時間大大延遲。」

楊元慶扼腕歎息道：「天有不測風雲，沒想到海面上會突然刮來颶風，這場颶風已經讓咱們損失了六艘戰艦，還失去了三十五門轟天雷。」還未正式開戰，就已經損失如此巨大，楊元慶的內心中難免沮喪。

常凡奇心中也不好過，可是事已至此，再沮喪也是無用，他抬頭看了看不停落雨的天空，沉聲道：「不知這場風雨要持續多久。」

夏長明道：「也許一夜，也許會連續幾天，目前咱們並沒有其他的選擇，主公應該猜到了咱們的處境，相信他一定會做好應變的準備。」

這場暴風驟雨已經讓胡小天徹底迷失了方向，在避風處休息了一會兒，他決定先找個落腳的地方再說，這場風雨不知會持續到什麼時候，如果颶風明天還會繼續，估計自己的船隊很難按照原定計劃推進到蟒蛟島。

遠處有一處仍然在亮著燈光，胡小天循著光芒向前走去，還好這樣惡劣的天氣裡並沒有海盜出來巡視，即便是瞭望塔內的海盜也去避風了。

來到那片燈光亮起的地方，卻看到那是一座貨倉，幾百名漢子正在裡面搬運貨物，幾名大漢在一旁指揮，卻是因為颶風揭開了房頂，暴雨從缺口灌入，所以緊急召集人員搬運貨物，將浸泡在水中的那些貨物搬運到乾燥的地方。

其中一人罵道：「娘的！真不知道從哪裡找來你們這幫廢物，都沒吃飯嗎？想加入我們蟒蛟島就得好好表現，三營的那幫新兵怎麼還沒到？」他們口中的新兵卻是打劫過往商船抓住的俘虜，其中有不少人為了保住性命就主動要求加入他們的陣營，海盜經過篩選之後從中挑選出一部分人加以訓練，用來補充己方的隊伍。

胡小天聽到遠處有動靜，正有一群人頂著暴風驟雨艱難向這邊走來，他們的隊形也被風吹散，三三兩兩，排出很長一支隊伍，一看這陣型就知道不是正規軍。

胡小天趁著那群人不備，跟在隊尾，也混了進去。

來到貨倉門前，就聽到一個沙啞的聲音罵道：「一群懶骨頭，怎麼這麼晚才到？」前方響起啪的一聲鞭響，卻是工頭揚起皮鞭狠狠抽打在其中一人的身上，那人被打得皮開肉綻，痛得悶哼了一聲，卻不敢說半句怨言，耷拉著腦袋匆匆向前方走去。

胡小天心中暗忖，若是敢抽我一鞭子，老子捏碎你的喉嚨，看到一旁監工抬腳照著自己屁股上踢來，大丈夫能屈能伸，胡小天雖然心中恨不能殺了這廝，可表面上仍然裝得誠惶誠恐，快步跟了進去，跟著其他人一起來到漏雨的地方，將貨物轉移到安全的地方。

海盜之中也分三六九等，這種粗重的工作當然都是一些剛剛加入這個陣營的新人來做，除了胡小天這個混入其中的傢伙以外，其他人大都是迫於無奈，為了保存性命而忍辱偷生投靠海盜的俘虜，雖然遭到這些監工的虐待卻都是敢怒而不敢言。

就在他們忙著搬運貨物的時候，貨倉的屋頂再度被颶風撕開一個巨大的裂口，狂風呼號挾帶著黃豆大小的雨滴從缺口中傾瀉而下，搬運的進度明顯受到了影響，幾名監工全都躲到一邊避雨，只苦了胡小天他們這幫苦力。

胡小天卻不覺得辛苦，這廝成功打入敵營內部，因為大家都是來自不同的地方，所以並沒人對他產生懷疑，胡小天和一名年輕健壯的男子兩人被編在一組，搬抬貨箱的時候，胡小天主動搭訕道：「這位兄台，尊姓大名？」

那男子警惕向四周看了看，確信無人關注到他們方才壓低聲音道：「我叫王三喜，是大康海州人，跟隨商船在海上被劫，所以才變成這個樣子。」

胡小天道：「巧得很，我也是大康人。」

王三喜驚喜道：「真的？」旋即又滿臉迷惑道：「我記得咱們三營之中並無其他的康人？」

胡小天低聲道：「我不是三營。」

王三喜道：「你一定是三營的。」

胡小天點了點頭，兩人將貨箱放下，此時遠處忽然傳來一聲淒慘的嚎叫，卻是一箱貨物從高處不慎掉落，正砸在一名中年人的腦袋上，將那人砸得腦漿迸裂，喪命當場。

眾人慌忙圍了上去，一名監工衝出來罵道：「看什麼看？娘的！真是蠢材，這麼簡單的活都做不好。」他指向胡小天和王三喜道：「你們兩個，過來，把屍體抬出去送到飛魚洞。」

胡小天不知飛魚洞是在那裡，所以沒有及時反應，王三喜見到他沒動，自己也沒動。那監工罵道：「聾了嗎？說你們呢，那黑小子，你聾了嗎？」

胡小天這才意識到黑小子是叫自己的，看來這幾天海風和陽光將自己的皮膚變得夠黑，於是趕緊快步上前，他和王三喜兩人架起屍首，向外面走去。

等來到外面，馬上就重新感受到狂風暴雨強大的威力，王三喜應該是往飛魚洞去了不止一次，輕車熟路在前方引路，帶著胡小天來到外面，兩人抬著那具屍體，逆風向飛魚洞走去，從王三喜的口中，胡小天得知飛魚洞乃是島上一個構造奇特的山洞，洞裡的水系直接和外面的大海相通，通常島上的俘虜死後都會從這裡投入下方的大海餵鯊魚。

來到魚洞外面，居然看到裡面亮著昏黃的燈光，王三喜低聲道：「你記住，到了那裡千萬不要多說話，羅五爺住在那裡。」

胡小天道：「哪個羅五爺？」心中暗忖，難道是去過東梁郡出使的羅千福？如此說來倒是不妙，他和自己見過面，自己現在又沒易容，若是遇到了羅千福豈不是會被他認出？

王三喜道：「就是咱們的五當家羅千福羅五爺。」

胡小天聽到果然是他，於是默運玄功開始改頭換面，這手功夫他還是從不悟那裡學來，同時學會的還有易筋錯骨，通過易筋錯骨可以改變身材，通過改頭換面可以控制面部肌肉改變輪廓外表。

王三喜因為是背對著胡小天走在前面，所以並沒有看到這位同伴的變化，其實就算他看到，也不會想到胡小天的容貌因何會在瞬間產生了這麼大的變化。

兩人走入飛魚洞，胡小天默默祈禱不要遇到羅千福，低頭問道：「王大哥，還有多遠？」

王三喜轉過身去，胡小天耷拉著腦袋，因為燈光昏暗，王三喜也沒有看清胡小天的面容變化，低聲道：「前面，就快到了。」

胡小天已經聽到海浪拍擊岩壁的聲音，猜到這裡必然有水域和外界相通，就在他們逐漸接近投屍地點的時候，胡小天察覺到遠處有腳步聲正向這邊接近，心中頓時生出警示，果不其然，很快就聽到一個熟悉的聲音叫道：「你們停下！」

胡小天和王三喜停下腳步，胡小天悄悄向聲音傳來的方向望去，看到一個瘦削的身影朝這邊走來，來人正是羅千福。

王三喜恭敬道：「五爺！」

胡小天也捏著嗓子叫道：「五爺！」

羅千福根本沒有看他們，顯然沒有將這兩個小嘍囉放在眼裡，胡小天心中暗歎，看來自己的擔心有些多餘了，羅千福的目光在屍體上掃了一眼，低聲道：「剛死的？」

王三喜道：「是！搬貨的時候不小心被貨箱砸死了。」

羅千福盯住屍體，猶如一隻看到獵物的惡狼，目光中沒有絲毫的憐憫和同情，他桀桀笑道：「送去獒洞。」

兩人跟著羅千福從前方的路口轉向右側，進入了另外一個洞口，胡小天本以為他會將屍體餵獒，等到了地方卻看到前方洞內有一個大鐵籠，鐵籠內關著一隻巨大的怪鳥，怪鳥像極了剛才自己在空中遭遇的那一隻，不過這隻怪鳥的雙爪被鐵鍊鎖住，雙翅也被鐵鍊捆縛，因為掙扎，翅膀和鐵鍊接觸的地方羽毛已經磨光，透出紅色的血肉，頭頂的羽毛已經變成了白色，看起來要比自己剛才遇到的那隻衰弱了許多，應該遭受了不少的折磨，這怪鳥身上的羽毛也是髒兮兮沾染了不少的泥濘。鐵籠的上方並沒有岩壁，直接和外界相通，傾盆的暴雨從天空中毫無遮攔地落在鐵籠之中。

羅千福將鐵籠上的一個三尺見方的小鐵門打開，讓兩人將屍體塞入鐵籠之中，王三喜面露不忍之色，此時方才看到胡小天的容貌，以為完全是一個陌生人，不由得咦了一聲，滿臉驚詫之色。

羅千福敏銳地轉過身來，怒視王三喜道：「什麼事情？」

王三喜慌忙將腦袋耷拉了下去：「五爺……我……從未見過這麼大的鳥……」

怪鳥發出一聲暴戾的鳴叫，嘴喙猛然向鐵籠外啄來，嚇得王三喜一屁股坐在地上，連屍首也拋到了一邊。

羅千福發出一聲桀桀怪笑，向胡小天做了個手勢，示意他把屍體塞入籠中。

胡小天拎起那屍首從鐵籠的小門塞了進去。

怪鳥一口叼起屍體，猛一甩頭，將屍體狠狠摔在鐵籠之上，一時間鮮血四處飛濺，有不少落在三人的身上，王三喜嚇得慘叫不斷，只差沒尿褲子了。

胡小天也裝出嚇得魂不附體的樣子，腦袋依然耷拉著，似乎不敢看那怪鳥，其實是擔心羅千福認出自己的本來身分。

羅千福不屑向王三喜看了一眼道：「你豈會認得？這是飛梟！天下間已經沒有幾隻了。」

此時羅千福的一名手下跌跌撞撞從外面跑了進來，驚慌失措道：「五爺！那隻飛梟又來了！」

羅千福聞言大喜過望，他大聲道：「去看看！」走了兩步又想起了什麼，指向胡小天兩人道：「你們兩個跟著一起過來。」

王三喜已經被這隻籠子裡的飛梟嚇得魂不附體，好不容易才站起身來，兩人跟在羅千福身後向外面走去，來到剛才進入飛魚洞的地方，借著天空中的閃電光芒，看到一個巨大的黑影正在蟒蛟島的上空盤旋，胡小天目力極強，在電光閃爍的剎那分辨出空中的那隻巨鳥就是自己此前遭遇的那一隻，巨鳥脖子上少了一圈羽毛，正是被自己親手拔掉，原來牠就是飛梟，卻不知牠和困在鐵籠裡的那隻是什麼關係？

羅千福轉向王三喜道：「你沿著扶梯爬到上面去！」他指了指飛魚洞上方的山坡，王三喜用力搖了搖頭，他也不是傻子，馬上明白羅千福是想讓自己去上方當誘餌，將空中的那隻飛梟吸引下來。

羅千福怒道：「去還是不去？」

王三喜撲通一聲在他的面前跪了下來，苦苦哀求道：「五爺，您就饒了我……小的家裡還有七十歲的老娘……」話音未落，羅千福冷哼一聲，右手一揮，從側方一道黑影撲了上來，一口就咬住王三喜的咽喉。

胡小天因為距離稍遠，雖然察覺到那邊的變化，卻沒有想到對方的攻擊如此迅速，再加上他的注意力主要集中在夜空中飛梟的身上。定睛望去，只見撲向王三喜的乃是一頭黑色獒犬，體型如同牛犢般大小，只一口就咬斷了王三喜的咽喉，王三喜自然是一命嗚呼。

胡小天心中暗暗自責，自己一時疏忽，竟沒能阻止這件事的發生，他倒不是要此時出手殺掉羅千福救出王三喜，只要主動替王三喜前去，這場悲劇或許就不會發生。

羅千福野獸般凶殘的目光向胡小天望去，冷冷道：「你去！」

一旁撕咬王三喜屍體的獒犬抬起頭來，沾滿鮮血的大嘴張開，露出滿口白森森的利齒。

胡小天點了點頭，從羅千福的一名屬下手中接過火炬，沿著石壁上的台階向魚洞上方爬去，等他爬到了最高處，按照羅千福的吩咐揮舞火炬，以此來吸引飛梟的注意力。

那隻飛梟在夜空中不停盤旋，接連發出憤怒的鳴叫聲，魚洞中被困的那隻飛梟也是不停哀鳴，聲音不停從洞口上方傳送出來。胡小天已經明白了羅千福的真正用意，他就是在利用裡面的那隻飛梟吸引同伴來救。不過空中的飛梟也是極其機警，雖然在空中盤旋，但是並沒有盲目俯衝下來，顯然意料到下方會有埋伏。

胡小天在風雨中揮舞火炬，直到火炬燃盡，仍然不見飛梟下來，在空中盤旋了半個時辰之後，選擇離島遠去。

羅千福終於喪失了耐心，他咬牙切齒地罵道：「孽障果然狡猾！」將胡小天從上面叫了下來。

羅千福應該是對胡小天剛才的表現非常滿意，低聲道：「你叫什麼？」

胡小天靈機一動：「王三喜！」再看王三喜，只剩下一堆白骨，已經被那頭凶惡的獒犬啃得乾乾淨淨，胡小天心中暗罵，這羅千福實在是死有餘辜，居然下手如此殘忍，縱容惡犬吃人。

羅千福道：「你留下，跟在我身邊做事吧。」

胡小天故作猶豫道：「五爺，可是貨倉那邊仍然在等著我回去搬貨呢。」

羅千福冷哼一聲道：「讓你留下你就留下，哪有那麼多的廢話。楊源，你去給他找身衣服換上，今晚飛梟就交給他照顧。」

一旁隨從答應了一聲。

幾人轉身返回魚洞，胡小天跟著楊源來到僕從居住的洞中，楊源找了一身乾淨的衣服扔給他道：「換上！」

胡小天笑了笑道：「楊大哥，我這一身都是泥水，總得洗個澡再換，省得弄髒了衣服。」

楊源打量了他一眼道：「小子，哪有那麼多講究？趕緊換上，別讓我難做。」

胡小天指了指洞口道：「勞煩楊大哥迴避一下，你在這裡我不好意思換。」

楊源又是好氣又是好笑，呸了一聲道：「瞧你尖嘴猴腮的醜樣子，以為老子樂意看你？」在他看來胡小天不過是被羅千福留下的人肉誘餌罷了，送死只是早晚的事情，他也懶得跟這廝解釋，轉身離開了山洞。

等到楊源走後，胡小天迅速脫下衣服，拿起為他準備的乾毛巾擦乾了身上水漬，又將給他準備的衣服換上，黑色的武士服，應該是島上的統一著裝，背後繡了個閻字，除了衣服之外還有一個鑄鐵腰牌，上面刻著飛魚，應該是一種身分標識。胡小天將匕首藏在靴筒裡，又將軟劍纏好，這才悠哉遊哉來到外面。

楊源帶著他來到關押那隻飛梟的鐵籠前，將一桿長槍交給胡小天道：「你記住，今晚要不停用長槍撩撥牠，不可讓牠有片刻安寧。」

胡小天暗罵這幫人殘忍，知道他們是想要通過這種方式吸引外面那隻飛梟到來，故意問道：「為什麼要撩撥牠？那牠豈不是要叫上一夜，咱們都別想睡了？」

楊源道：「你懂個屁，這隻飛梟已經老了，而且絕食多天，活不長了，五爺的意思是用牠來吸引外面的那一隻。」

胡小天道：「外面的那隻飛梟是牠兒子？」

楊源道：「誰知道是兒子還是女兒？總之跟牠有關，今天總算找到這裡來了，我們幾兄弟已守了七天七夜，想休息，呵呵，等五爺抓住外面那隻飛梟再說。」

胡小天撓了撓頭，故意做出仍然有些迷糊的樣子。

楊源道：「你真是笨到家了！」他又從胡小天手中奪過長槍，來到鐵籠前，用長槍擊打鐵籠。

飛梟高傲地昂起頭顱，根本沒有理會他的挑釁，這隻飛梟經過這些天和他們的交鋒已經知道了對方的目的，楊源罵道：「給我叫！」挺起長槍照著鐵籠裡面的飛梟刺去。

鐵籠雖然空間不小，可是對飛梟龐大的身體來說仍然局促，牠無可迴避，被楊源一槍刺中，卻一聲不吭，充滿憤怒的雙目死死盯住楊源。

胡小天看到楊源收回長槍，槍尖處鮮血淋漓，應該是戳破了飛梟的表皮，心中不由得有些驚奇，記得自己在空中和飛梟搏戰之時，那隻飛梟皮糙肉厚，連自己的玄冥陰風爪都無法撕裂牠的皮膚，為何楊源手中的長槍能夠戳破飛梟的表皮？故意道：「咦！牠的皮膚很薄啊，這麼不經戳！」

楊源道：「不是牠的皮薄，而是這桿長槍的矛尖乃是特製，利用鐵英晶母打造而成，珍貴得很呢，你千萬不要弄丟了。」他將長槍重新交給胡小天。

胡小天握槍在手，在鐵籠上敲了敲，那飛梟惡狠狠盯住了他，顯然將他也當成了仇人。

胡小天看到牢籠內那具屍體仍然未動，低聲道：「楊大哥，牠不吃死人啊！」

楊源道：「這東西脾氣大得很，被抓起來之後就開始絕食，五爺說了，再這樣下去撐不了幾天了，牠就快沒力氣了……」話音剛落，外面忽然接連傳來慘呼之聲，楊源停下說話，臉上流露出惶恐之色。他向胡小天道：「你先對付牠，我出去看看。」說完快步向外面跑去。

羅千福已經先行衝到魚洞外，卻見洞外的地面上已經橫七豎八地躺了四具屍體，幾人有的胸膛被撕裂開來，有的頭顱整個被扭下，原本佈置在暗處的捕鳥大網也被破壞。卻是飛梟趁著他們離去的功夫突然俯衝而下，將幾名在外面堅守準備捕獵他的海盜殺死。

飛梟極其狡猾，殺死埋伏者之後迅速飛上高空，羅千福出去的時候已經晚了，他指著空中怒吼道：「孽障，爾敢下來正面一戰！」

楊源和其餘幾人聞訊趕到，看到眼前的慘狀一個個嚇得魂不附體，羅千福怒道：「廢物，你們全都是廢物！」滿腔怒火全都遷怒到了下人身上。

胡小天望著籠中的飛梟不由得歎了口氣，深陷牢籠原本就是極其悲慘之事，更何況是性情如此高傲的飛梟，胡小天向那飛梟道：「你乖乖聽話，我這就放你出來，可是你不能與我為敵。」

那飛梟望著胡小天，彷彿明白了他的話。過了一會兒，頭顱忽然低垂下去，插入雙腿之間的鐵鍊，胡小天看到飛梟的舉動忽然感到不妙，慌忙阻止道：「別，千萬別！」

那飛梟雙爪用力，頭顱猛然揚起，只聽到喀嚓一聲，竟然傳來骨骼斷裂的聲音，然後龐大的身軀緩緩倒在了地上。

胡小天望著那轟然倒地的飛梟，整個人呆在那裡，只是遲上了一步，那飛梟竟然自絕而死，他傾耳聽去果然聽不到飛梟任何聲息，心中暗叫惋惜，難道這飛梟當真自絕而死了？

身後傳來急促的腳步聲，羅千福憤怒的聲音傳來：「混帳，牠為何不叫？」當他看到眼前一幕之時也是愣在了那裡，等他反應過來不由得悲怒交加，大吼道：「怎會如此？怎會死了？」

他從胡小天手中抓過長槍向飛梟的屍體刺去，連續刺了三槍，飛梟都毫無反應，羅千福斷定飛梟已死無疑，他讓人打開鐵籠，因為擔心飛梟詐死，他並未第一個選擇進入鐵籠，先是讓楊源進入籠中。

楊源戰戰兢兢來到飛梟身邊，仔細檢查了一下方才道：「死了，的確死了！」

幾人同時將目光望向胡小天，胡小天一臉無辜道：「跟我沒關係，牠是自殺的。腦袋插進鐵鍊裡用力一擰，就聽到骨骼斷裂的聲音，我也沒想到牠會自殺。」

羅千福怒極反笑，哈哈狂笑道：「死了也好，死了也好，你們幾個將牠的屍體給我拖出去，我倒要看看飛梟到底有沒有孝心？」

飛梟的屍體被扔在飛魚洞外，羅千福又讓人重新佈置大網，飛梟是有靈性的動物，如果天上的那隻飛梟得知同伴死亡必然不惜一切前來報復，那麼捕捉牠的機會就來了。

胡小天暗罵羅千福無恥，抓住了這隻飛梟已經瞭解到牠的性情難以馴服，為何還要殘害第二隻？

羅千福雙手圈起，開始模仿起飛梟的叫聲。

胡小天冷靜觀察著周圍的狀況，他要幫助那隻飛梟復仇，將這幫冷血的雜碎全都幹掉，就在此時，忽然看到那隻已經死去的飛梟身體動了一下，然後從地上猛然騰立而起，眾人誰都沒有料到這隻飛梟竟然是在裝死，包括胡小天在內都被這隻飛梟瞞過，胡小天自問自己的感知力一流，剛才也沒有感知到飛梟的呼吸和心跳，這隻飛梟裝死的本事居然可以以假亂真。

說時遲那時快，飛梟以驚人的速度震動雙翅，將距離牠身邊最近的兩名海盜拍擊了過去，兩名海盜躲避不及，被飛梟翅膀擊中，如同斷線風箏般飛了出去，一人直接撞擊在岩壁之上腦漿迸裂命喪當場，另外一人被這一擊拍打得飛出十多丈，重重落在地上，已經是骨斷筋折，口中鮮血狂噴不止，顯然也無法活命了。

飛梟揚起嘴喙正中前方一名海盜的面門，堅硬的嘴喙足可開山裂石，直接將海盜的頭顱破出一個血洞，嘴喙的尖端從他的後腦探伸出來，場面血腥，慘不忍睹。

羅千福暗叫不妙，慌忙大吼道：「抓住鐵鍊！」剩餘幾名大漢慌忙去抓鐵鍊，其中一人剛剛抓住鐵鍊，卻感覺到背心一涼，然後軟綿綿倒了下去，卻是胡小天在暗中出手，趁人不備抽出匕首，一下就刺入了那名大漢的後心。

飛梟雖然勇猛凶悍，但是苦於絕食多天體力大打折扣，而牠的雙爪被鐵鍊束縛在一起，等於失去了一件致命武器，一雙翅膀也是受傷頗重，束縛牠翅膀的兩條鐵鍊此時分別被人抓住，一邊是三名海盜，這邊卻只有胡小天一個。

飛梟震動翅膀，想要抖落這些人，胡小天將計就計，裝出一幅被飛梟拖得飛起的樣子，身軀橫飛而起，向另外那邊的三名海盜撞去，三名海盜躲避不及，和胡小天撞成一團，胡小天潛運內力，這一撞也是非同小可，有兩人已經被他撞得骨斷筋折，命喪當場，還有一人雖然沒有斷氣，也被他壓倒在地，胡小天下手絕不留情，匕首就勢捅入了對方的心窩。

飛梟震動雙翅，從地上飛起一丈左右，可是牠並沒有能夠繼續攀升，而是重重落在了地上。

羅千福的注意力全都集中在飛梟身上，並沒有留意到自已的手下被胡小天施展黑手暗殺，大吼道：「快！撒網，撒網！」

原本埋伏在周圍的六名海盜慌忙撒網，大網從上方鋪天蓋地向飛梟籠罩而去，飛梟竭力搧動左翅，一股強風向大網襲來的方向刮去，刮得大網改變了方向，並沒有能夠成功將飛梟困住。

胡小天向那幾名埋伏的海盜奔去，表面上是去幫忙，可實際上是要幫忙解除飛梟的這個麻煩。

羅千福挺起手中鐵英晶母打造的長槍瞄準了飛梟狠狠投擲出去，飛梟揚起右翅去拍打長槍，沒有將長槍擊飛，仍然被長槍刺中了肉翼，長槍貫穿牠右翅的骨骼，飛梟痛得慘叫了一聲，竭力震動雙翅，這次竟然成功從地上飛起。

胡小天此時也來到那幾名海盜身邊，看到飛梟越飛越高，已經上升到五丈高度，心中不由得大喜過望，看來多日的折磨並沒有讓飛梟忘記飛行的本能，但願飛梟能夠從此脫離險境，逃出生天。

此時高空中也傳來一聲憤怒的鳴叫，卻是另外一隻飛梟前來相救。那隻逃生的飛梟看到同伴來救，瞬間充滿了勇氣，竭力向上飛去，就在此時忽然聽到崩的一聲，一支巨箭從右側山岩之上激射而出，瞄準了這隻拚命逃生的飛梟，巨箭長約七尺，鏃尖猶如成人拳頭般大小，重重撞擊在飛梟的身體之上，鏃尖將飛梟的肌膚洞穿，深深射入飛梟的胸部，飛梟龐大的身軀在空中停頓了一下，然後直墜而下，重重撲倒在泥濘的地面上。

胡小天也沒有料到情況居然會如此變化，舉目望去卻是對面山岩之上佈置著一架巨弩，守在那裡的海盜看到飛梟要逃，所以果斷射出一箭，這一箭正中目標。

前來營救的那隻飛梟發出一聲悲鳴，牠從空中已經看清了下方發生的狀況，悲傷和對同伴的關注已經讓牠喪失了理智，不顧一切地從空中俯衝而下。

胡小天眼見這隻飛梟再被伏擊，一不做二不休，衝上去將六名正在準備捕鳥網的六名海盜盡數刺殺，然後又迅速向巨弩的方向靠近。

羅千福所有的精力都關注在空中飛梟的身上，根本沒有留意到胡小天這個潛伏在身邊的內奸，他大吼道：「準備放網！」他大步靠近那隻墜落的飛梟，一把將刺入牠翅膀的長矛摘下，仰視天空，卻見那隻飛梟以驚人的速度向下方襲來，又如一顆黑色流星般墜落。

夜空中一道閃電扭曲劃過，照亮羅千福猙獰醜陋的面孔，他在電光閃爍的剎那揚起長矛狠狠又在飛梟的身上刺了一記，奄奄一息的飛梟猛然仰起頭來，發出一聲悲戚的哀鳴。

空中的飛梟也以一聲憤怒的哀鳴回應，胡小天此時已經潛行到巨弩的位置，看到射手已經重新弩箭上弦，瞄準了空中的飛梟。

羅千福道：「千萬不可傷了牠的性命！」話沒說完，又是一槍刺落，飛梟再度哀鳴，他並不是要馬上將飛梟置於死地，而是不停折磨這隻將死的飛梟，真正的意圖要吸引空中飛梟來救。

胡小天看到此情此景簡直是目眥欲裂，羅千福這種歹毒的馭獸師實在是人間罕見，心腸太過毒辣，這種人死有餘辜，胡小天衝了上去，一把將弓手的嘴巴捂住，就勢匕首捅入了他的後心，那弓手連聲息都沒有發出就已經被胡小天幹掉。

胡小天將巨弩架起，瞄準了羅千福的後心，姥姥的，今天就讓你嘗嘗被弩箭射入胸膛的滋味。

羅千福並不知周圍埋伏的手下已被胡小天全都幹掉，望著那隻越來越近衝破風雨俯衝而至的飛梟，雙目中流露出興奮而貪婪的目光，他大吼道：「準備放網！」說完之後卻發現周圍並無回應，這才意識到有些不妙，抬頭去看，卻見原本埋伏的地方竟然沒有一個人影，羅千福轉向身後，看到後方只剩下楊源在跟著自己，又抬頭向架設巨弩的方向望去，看到一個黑影守在那裡，夜雨正疾，只能看到一個模模糊糊的影子，根本看不清對方的面容。

羅千福大聲道：「除非萬不得已，千萬不可傷牠的性命！」他讓楊源去放網處探明情況，從手中腰間掏出一樣東西。

此時飛梟已經俯衝而至，羅千福猛然將手中的東西投擲在那奄奄一息性命垂危的飛梟身體之上，蓬的一聲，飛梟的身上燃起綠色的磷火，飛梟因為烈火的焚燒而掙扎起來，一隻巨大的燃燒火鳥在暴風雨中振翅抽搐。

看到眼前一幕，空中飛梟發出陣陣淒厲哀嚎。

胡小天怒不可遏，瞄準羅千福的後心猛然扣動扳機，崩！的一聲弓弦巨響，那支巨箭衝著羅千福追風逐電般飛去。

羅千福雖然沒有轉身，卻因為那聲弓弦的崩響而心驚肉跳，出於本能的防範，他的身體向右側移動，正是這次移動讓他死裡逃生，巨箭貼著他的左側身體飛了出去，射空之後重重撞在巨岩之上，鏃尖深深貫入巨岩之中，撞擊剎那，火花四濺。楊源驚恐的叫聲在同時響起，卻是他已經發現了同伴的屍體。

胡小天一箭射空暗叫不妙，他的身軀已經在射出弩箭的時候完成了易筋錯骨，面容也再度發生改變，完全以一個駝背的形象出現，足尖一點，身軀從巨岩之上飛掠而下，直奔羅千福撲去。

羅千福看到一個穿著自己隨從服飾的駝子出現在面前，也頗感詫異，他並沒有聯想到這是自己剛收的人肉誘餌，更不會聯想到胡小天的身上，看到對方的來勢已經判斷出對方武功不凡，喉頭發出野獸般的嚎叫聲。

從飛魚洞內四隻碩大的獒犬從中衝了出來，隨之而來的還有黑壓壓一片蝙蝠。

胡小天早就聽夏長明說過，羅千福乃是一流的馭獸師，所以對此也有了心理準備，他刺殺的目標明確，先幹掉羅千福，那些被他控制的野獸自然潰散。

那些獒犬在地面一時間不可能攻擊到空中的胡小天，但是那群蝙蝠從四面八方而來，竟然阻擋住胡小天前行的去路，胡小天抽出腰間軟劍，施展出須彌天交給他的靈蛇九劍，劍光霍霍頓時將身軀包繞，形成了一面水滴不入的光幕外甲，蝙蝠攻到胡小天的身邊頓時被劍鋒斬殺，一時間鮮血橫飛，嘶叫不絕。

羅千福卻趁機逃竄到遠處，而此時那飛梟也從空中俯衝而至，一雙利爪直奔羅千福的面門抓去。

羅千福不慌不忙，向空中彈射出一顆彈丸，波的一聲在飛梟前方炸裂開來，黃色光芒，猶如閃電般耀眼奪目，飛梟被黃光刺目，短時間內竟然喪失了視覺，羅千福繼續向右前方逃去。

短暫的失明過後，飛梟迅速恢復了視覺，長鳴一聲繼續向羅千福追去。

胡小天被鋪天蓋地的蝙蝠逼迫得落在地上，雖然斬殺了一大片，可是無奈越來越多，嚴重拖慢了他前進的腳步。

一隻獒犬從側方猛撲而至，胡小天看準時機就是一腳，正踹在獒犬的腹部，將牠踢皮球一樣踢了出去，撞在那隻仍在燃燒的飛梟身上，獒犬慘叫一聲，綠色磷火也在牠的身上燃燒起來。

胡小天看到前方羅千福已經逃出二十餘丈，飛梟在他後方仍然窮追不捨，顯然是被仇恨蒙蔽了雙眼，不計一切想要復仇。胡小天暗叫不妙，羅千福為人狡詐陰險，肯定還有其他的機關埋伏，飛梟如果一味追趕前去，說不定會中了他的圈套，當前之際，唯有儘快趕上去及早殺死羅千福方才能夠粉碎他的陰謀。胡小天刷刷兩劍又斬殺十多隻蝙蝠，以劍光護住身體，騰飛而起，施展馭翔術向前方俯衝而去。

眼看那飛梟距離羅千福越來越近，羅千福忽然停下腳步，一把抓住一旁大樹上的繩索，一面預先埋設在這裡的大網，從樹頂上方鋪天蓋地般落了下來，將飛梟罩在其中，飛梟只顧著追殺羅千福復仇，最終還是中了他的圈套。

可是螳螂捕蟬黃雀在後，胡小天此時已經追到近前，羅千福怒道：「駝子！你究竟是何人？為何要與我作對？」

胡小天冷哼一聲：「要你命的人！」軟劍一抖，有如靈蛇般蜿蜒崎嶇刺向羅千福的胸口，羅千福喉頭嘶吼不斷，兩隻攀上山岩的獒犬從岩頂飛撲而下，血盆大口向胡小天咬去。

胡小天掃了一眼獒犬，手中軟劍來回劈刺，兩道凜冽的劍氣破空而出，已經將空中的獒犬攔腰斬斷。

羅千福看到胡小天竟然如此神勇，暗吸了一口冷氣，想不到此人竟然達到了劍氣外放的地步，他此時哪還敢戀戰，扭頭就向前方洞口鑽了進去。

胡小天沒有馬上追趕上去，而是先將大網割斷，將那隻飛梟放了出來，那飛梟脖子上的羽毛少了一圈，顯然就是此前自己在空中遭遇的那一隻。

飛梟頗有靈性，知道胡小天並無加害自己之心，再看到自己的同伴，如今已經磷火燃盡，只剩下一具焦黑的屍體，飛梟哀鳴了一聲。

胡小天道：「快走吧！他的幫手就快來了！」

飛梟似乎聽明白了胡小天的話，此時空中大批蝙蝠追趕而至，飛梟振翅向那群蝙蝠衝去，發出一聲聲淒厲的哀鳴，蝙蝠群應該是被飛梟的氣勢所懾，嚇得放棄攻擊一個個掉頭飛走，飛梟飛起三丈高度，又俯衝而下，抓住那隻正在地上啃食屍首的獒犬，雙爪用力，將獒犬撕成兩半。

此時遠方火炬星星點點朝這邊趕來，應該是其他海盜聞訊趕來。

胡小天悄然躲到一邊，從身上取出一個小瓶，倒出一顆丹藥塞入口中，這是夏長明給他的障目丸，這種藥丸的效用就是可以服下之後短時間避免被動物追蹤，隱匿身上的味道。然後胡小天又將身形面貌恢復為進入飛魚洞的樣子。

不多時約有二十多名海盜來到飛魚洞前，為首一人紫色面龐身軀高大，乃是蟒蛟島的三當家有紫面夜叉之稱的秦東羅，他和羅千福距離最近，所以聽到動靜之後第一時間過來查探情況，看到遍地死屍，秦東羅也不禁皺了皺眉頭，大吼道：「去仔細搜查一下，看看還有沒有活人！」

第六章

七彩血晶石

胡小天心中一動，倒不是被什麼七彩血晶石打動，
而是聽到三人談論這兩位閻家兄妹，
胡小天不由得想起了兩個人，閻伯光和閻怒嬌，
七彩血晶石如果真有他們說的那麼神奇，
那肯定會是許多男人夢寐以求的東西。

胡小天躺在那裡裝暈，沒多久就有一名海盜來到他的面前，摸了摸他的頸側，驚喜道：「這裡還有個活的。」

此時躲在暗處的楊源也被人找了出來。

羅千福在確信外面的情況已經安全之後，方才從飛魚洞內走出，胡小天看到這廝安然無恙，心中暗恨，如果不是那些蝙蝠和獒犬阻擋住了自己的去路，此時這廝已經成為一具死屍。

因為外面的風雨越來越大，眾人暫時回到飛魚洞內說話。

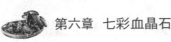

羅千福今天佈置了十多名手下圍獵飛梟，結果功敗垂成，讓他好生懊惱，聽說還有兩名手下活著，楊源是他的老下屬，他當然並無疑心，看到胡小天的時候，目光中充滿了疑惑，冷冷道：「剛才我在捕獵之時，你去了哪裡？」

胡小天道：「五爺……小的當時捨身向前，抓住飛梟身上的鐵鍊，怎料到那飛梟的力量奇大，將我拖飛出去甩到了一邊，然後我就眼前一黑暈過去了，等我醒來方才發現變成了這個樣子……」

秦東羅道：「五弟，究竟發生了什麼事情？我看到不少兄弟是被利器所傷，應該不是野獸所為。」

羅千福歎了口氣道：「我今天設下圈套想要活捉那隻飛梟，想不到半路殺出來一個駝子，他武功高強，竟然達到了劍氣外放的境地，若非我驅策蝙蝠阻擋住了他的去路，連我也要命喪他手。」

秦東羅聞言也是面色凝重，劍氣外放絕對是超一流高手，放眼當世只怕也沒有幾個，羅千福怎麼會招惹這樣厲害的對頭？秦東羅道：「五弟，不是我說你，你已經捕獲了一隻飛梟，又何須太過貪心？好生將這隻馴化就是。現在非但沒有抓住另外一隻，反而連這隻也死了。」

羅千福道：「三哥，你有所不知，我抓住的那隻飛梟早已老邁，就算我不殺牠，牠也沒有幾日好活了，空中那隻飛梟卻是不同，牠正當少年，至少有百年性命，牠才是無價之寶啊！」說到這裡，心中更是惋惜。他怒視楊源和胡小天道：「全都是廢物，平日裡我好酒好菜地養著你們，關鍵時刻一點用處都沒有，來人！把他們兩個給我扔到海裡餵鯊魚！」

楊源嚇得撲通一聲就跪下了：「五爺，饒命，五爺饒命！」

胡小天卻不見任何的慌張，傲然道：「五爺，連您都困不住飛梟，我們這些做屬下的又哪有那個本事？你想殺我們洩憤我們毫無怨言，可是你這樣對待自己的屬下，讓其他兄弟怎麼想？」

羅千福怒道：「大膽！」他性情怪戾，原本弄丟了飛梟正在氣頭之上，現在聽到一個小小下屬居然敢頂撞自己，更是火冒三丈。

秦東羅道：「五弟還請息怒，雖然今晚丟失了飛梟，可是罪責並不在你的這些下屬，你也說過那駝背刺客可以達到劍氣外放，已然是一派宗師的境界，他們遇上了也只有送死，算了吧！」

羅千福依然氣憤難平，咬牙切齒道：「看在三哥的面子上，我饒了你們兩個的性命，來人，把他們給我送去監牢！」

胡小天聞言心中大喜過望，正愁風大雨大找不到牢房在哪兒，正所謂踏破鐵鞋無覓處，得來全不費工夫，你送我去坐牢，老子求之不得。

秦東羅笑道：「現在監牢那邊早已人滿為患，哪還有他們待的地方，五弟，你今天損失了那麼多的手下，正是用人之際，我看還是讓他們戴罪立功吧。」

胡小天暗歎秦東羅多嘴，大好的機會就被他這一句話給攪黃了。

羅千福這會兒稍稍冷靜了下來，別的不說，單單是外面那一地狼藉也需要人手處理，惡狠狠瞪了兩人一眼道：「看在三爺的份上，我就饒了你們這一次，還不快謝過三爺！」

楊源趕緊給秦東羅磕頭，胡小天沒磕，只是躬身抱拳行禮道：「多謝三爺！」

羅千福正想罵他，外面又有人進入飛魚洞，他今晚這場動靜鬧得不小，驚動了島上不少的實力人物。

人還未到聲音已經先行傳了進來：「五哥，這大半夜的你還讓不讓人睡覺，搞得雞飛狗跳，整個蟒蛟島都不得安寧。」

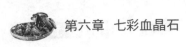

聽到這個聲音，秦東羅和羅千福居然同時站了起來。

胡小天心中暗自奇怪，來人叫羅千福五哥，看來應該是他的兄弟才對，何以羅千福會站起相迎，連秦東羅這位三當家都一樣站起？看來此人的身分在蟒蛟島必然極其重要。

進入飛魚洞的卻是一位年輕英俊的少年公子，此人乃是蟒蛟島六當家盧青淵，也是幾位當家中最小的一位，雖然年輕可是武功智謀都是一流，也深得島主閻天祿的器重，雖然排名老六，可是在島中的真實地位卻僅僅在閻天祿之下，就算秦東羅和羅千福也要對他禮讓三分。

羅千福笑道：「原來是六弟來了，不好意思，今晚我在圍捕飛梟，想不到打擾到兄弟休息了。」

盧青淵道：「咱們自己人有什麼客氣的？只是擔心打擾了島上的貴客，島主的侄子侄女剛剛來到蟒蛟島，打擾他們總是不好。」

羅千福經他提醒方才恍然大悟道：「我倒忘了！」

胡小天悄悄望去，卻見這盧青淵生得一表人才，哪像一個殺人放火海上搶劫的賊盜，看樣子更像是一個文弱書生。

羅千福道：「聽說島主的侄女生得美貌非常，六弟可曾見到過？」

盧青淵笑道：「的確美貌。」

羅千福道：「我還聽說那位閻公子這次前來是想向島主索求一樣至寶的。」說到這裡，三人同時笑出聲來，似乎遇到了一樣天大的笑話。

秦東羅笑道：「我也聽說了，據說是想要七彩血晶石的。」

羅千福道：「七彩血晶石乃是島主收藏的秘寶，乃天下至陽之物，專門治療男子隱疾，難道這位閻公子下面有毛病？」三人又同時笑了起來，雖然是發笑卻各有不同，秦東羅是覺得好笑，會心一笑，羅千福卻是哈哈嘲笑，至於盧青淵笑得溫文爾雅，顯然是為了附和兩人，禮貌一笑。

胡小天聽到這裡心中不由得一動，他倒不是被什麼七彩血晶石打動，而是聽到三人談論這兩位剛剛登島探望親戚的閻家兄妹，從他們的談話中胡小天不由得想起了兩個人，閻伯光和閻怒嬌，七彩血晶石如果真有他們說的那麼神奇，那麼肯定會是許多男人夢寐以求的東西，不會這麼巧吧！

可想想也很有可能，閻天祿是海盜，盤踞蟒蛟島，西川閻魁是山賊，盤踞天狼山，而且這麼巧都姓閻，更巧的是，這位閻公子剛巧出了下面的毛病。想起自己曾在閻伯光身上動的手腳，胡小天越發認定蟒蛟島的兩位貴客十有八九就是閻伯光兄妹倆。

胡小天對閻伯光無感，可是他和閻怒嬌之間卻有著無法斬斷的聯繫，在他出使西州之時和閻怒嬌因為陰差陽錯而發生了一段情孽，雖然當時是無奈之舉，而閻怒嬌也沒有追究他的任何責任，可是胡小天每每念及此事總覺得愧對閻怒嬌，畢竟當時人家還是雲英未嫁之身，自己是她的第一個男人，想到閻怒嬌嬌俏可人的模樣，胡小天心底不由得熱了起來。

羅千福口中的那個駝背刺客讓幾人都生出警惕，派人在飛魚洞周圍搜索了一陣，並沒有找到駝背刺客的蹤跡，連羅千福也沒有想到其實那個駝背刺客就潛伏在自己身邊。

經過這一番鬧騰眾人都已經感到疲倦了，秦東羅道：「已經不早了，大家還是各自回去歇息。」

盧青淵道：「我得先走了，明兒一早還得陪客人在島上四處轉轉。」

羅千福桀桀怪笑道：「這場颶風還不知要持續到什麼時候，六弟打算帶客人去哪裡轉？難不成在這樣惡劣的天氣中出海嗎？」

盧青淵淡淡笑道：「當然不會，五哥，如果明天風雨仍然繼續，我打算帶他們去水晶宮看看。」

羅千福聞言，臉上的笑容倏然收斂：「六弟可曾得到大哥的應允？」

盧青淵微笑道：「正是大哥的意思，大哥對他的這對侄兒侄女非常的疼愛，要我一定要招呼周到呢，只是水晶宮內道路錯綜複雜，沒有人比五哥更清楚那邊的狀況，所以我想請五哥出面引路。」

羅千福歎了口氣道：「也好！」

盧青淵抱拳笑道：「小弟先行離去，明日若是風和日麗，就會更改行程了。」眾人離去之後，羅千福叫來幾名手下，今晚飛魚洞死傷慘重，羅千福讓楊源和胡小天前去將屍體處理了，所謂的處理並不是掩埋，而是抬著屍體進入飛魚洞，直接從通海處扔下去餵了鯊魚。

胡小天原本打算等到形勢穩定之後幹掉羅千福，可是剛剛從盧青淵那裡聽到了閻家兄妹的消息，心中不由得有些好奇，到底此閻家兄妹是不是彼閻家兄妹？於是暫時按下殺死羅千福的心思，等到明天見到他們兩人再說。

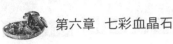

楊源和胡小天也算得上是難兄難弟，兩人將屍體處理乾淨，回到石室內休息，楊源已累得筋疲力盡，脫去衣服就躺在床上，黯然歎道：「今天差點就死了。」

胡小天故意憤憤然道：「五爺根本沒有在乎咱們死活。」

楊源嚇得一骨碌從床上坐了起來，有些緊張地來到門前聽了聽動靜，壓低聲音道：「三喜，你可不能亂說話，這些話若是讓五爺聽到，一定把你扔下去餵魚。」

胡小天聽到他稱呼自己三喜愣了一下，差點把這一事給忘了。他跟著歎了一口氣道：「楊大哥，有沒有換洗的衣服，身上的這套全都濕了，還沾滿了鮮血。」

楊源點了點頭，或許是同命相連的緣故，感覺和這位新來的王三喜親近了許多，他打開牆角的箱子找出衣服，遞給胡小天一套，充滿感觸道：「今晚死了那麼多兄弟，衣服倒是剩下了不少，這套你穿著應該合適。」

胡小天道：「可身上又髒又臭的，總得洗個澡再換！」

楊源苦笑道：「你還真是不少的窮講究，一看就知道你過去是個公子哥兒，跟我來吧！」他打開房門，帶著胡小天東拐西拐，來到了一處水池前，指了指水池道：「有些涼，不過湊合著洗！」

害人之心不可有，防人之心不可無，胡小天警惕性很強，生怕這水池中又藏著什麼此人的怪獸，故意問道：「楊大哥不洗？」

楊源道：「我沒你那麼多窮講究，累死了先回去睡，你回去開門小心一些。」

胡小天點了點頭，等到楊源走後，伸手在水池內探了探，確信裡面沒有藏著什麼吃人怪魚，這才脫光衣服進入水池。

這個淡水池水源來自於岩壁上方，應該是岩壁有一處石縫漏雨，外面的雨水透過縫隙流淌進來，胡小天洗乾淨身上的泥濘血跡，換上乾爽的衣服，走回暫住的石室，路過關押那隻飛梟的鐵籠之時，望著已經變得空空蕩蕩的鐵籠之時，心中不禁有些失落，如果自己早一些出手，或許就能救得飛梟的性命。

躡手躡腳返回了石室，看到楊源已經熟睡，這間石室就是過去羅千福的手下居住的地方，今晚死了那麼多人，自然空出了不少的鋪位，胡小天找了一處躺下，折騰了大半夜他也累了，不知不覺進入了夢鄉。

睡夢之中，腦海中出現一片汪洋，狂風肆虐，波浪滔天，隨同自己前來出征蟒蛟島的二十艘戰船在驚濤駭浪中苦苦掙扎，他聽到將士們悲愴的慘呼，看到戰船被整個打翻，看到士兵們為了自保不得不將大炮推入海中。胡小天霍然坐了起來，已經驚出了一身的冷汗。

當他意識到是自己在做夢的時候，唇角浮現出一絲苦笑，抬起袖口擦乾額頭上的冷汗，聽到楊源仍然在不遠處發出均勻的鼾聲，悄悄拉開房門走了出去，正看到遠處有人朝他們這邊走了過來，大聲道：「喂！楊源呢？讓他趕緊起來，五爺有重要事情找他！」

胡小天這才進門將楊源喚醒，楊源揉了揉惺忪的睡眼，聽聞羅千福找他，趕緊前去相見，不多時又回來，臉上多了幾分喜色，他向胡小天悄悄道：「三喜，好事兒，五爺讓咱們去水晶宮給客人引路。今天不用做苦差了，我提出和你同去，怎樣？我對你夠關照吧？」

胡小天連連稱謝，心中暗自慶幸，看來不用花費太大的功夫就能見到閻家兄妹了。此時外面的颶風比起昨夜非但沒有見效，似乎更大了，這樣惡劣的天氣下，船隊不可能前來攻島，胡小天想起昨晚那個惡夢，心中忐忑不已，希望船隊能夠及時找到避風之所才好，這場突如其來的颶風已經完全打亂了他預訂的計畫，他必須重新調整整個計畫，在颶風停歇之前，他將要面臨孤軍奮戰的局面，胡小天並沒有因為這樣的處境而感到害怕，反而產生了一種別樣的刺激。

簡單用完早飯之後，楊源帶著胡小天前往聽濤苑引路，雨已經停歇，可是風力卻增大了許多，因為是逆風行走，每走一步都變得異常艱難，再加上今天的溫度驟然下降了許多，走在外面感覺冷風無孔不入地鑽入衣服裡，楊源被凍得哆哆嗦嗦，不禁抱怨起來，早知如此還不如留在飛魚洞內當苦力。

胡小天對島上的道路並不熟悉，雖然現在天氣仍然是灰濛濛一片，可是已經能夠看清島上建築的輪廓，他抓住機會向楊源提問，從這廝口中套出不少情報，胡小天默默將監牢的方位記住，決定今晚就潛入監牢。

楊源當然沒有料到身邊這個新來的跟班是個潛入內部的野心家，因為昨晚的遭遇，反而感覺跟胡小天親近了許多，對胡小天有種知無不言言無不盡的意味，幾乎是有問必答。

兩人來到聽濤苑前，楊源敲門通報了一聲，兩人卻沒有被獲准入內，在聽濤苑的值守武士前往通報的功夫，他們兩人也只能老老實實在外面候著，楊源凍得鼻子都紅了，一邊跺腳取暖一邊罵道：「真是狗眼看人低，有什麼好得瑟的，一個看門狗而已，身分不見得比我們高貴到哪裡去。」

胡小天聽他抱怨不覺笑了起來，低聲勸道：「在人屋簷下怎敢不低頭，楊大哥，聽濤苑又不是咱們飛魚洞，再說了，島主的親戚身分原本就要高貴一些。」

楊源道：「這些看門武士可不是閻家兄妹的人，他們都是六爺的手下。」

胡小天故意道：「誰讓六爺得寵呢。」

楊源聽到這句話也沉默了下去，歎了口氣道：「論到勢力，咱們島上少有能夠比得過六爺的。」

兩人頂著冷風在聽濤苑的大門外等了足足半個時辰，方才見到有人出來，楊源這會兒凍得都流起了清水鼻涕，懊悔不迭，望著一旁老老實實站著的胡小天，心中暗歎，這廝倒是老實，自己還想著關照他，沒想到是把他給坑了，不過這小子看起來是比自己耐凍一些。

盧青淵爽朗的笑聲已經從裡面傳來：「閻公子，閻小姐這邊請！」

一個熟悉的聲音答道：「六當家客氣了！」

胡小天聽到這聲音已能夠斷定，來人是閻伯光無疑，不用問那位閻小姐就是閻怒嬌了，想到這裡，心底一股暖流經過，他和閻怒嬌雖沒多少感情基礎，可畢竟已有了肌膚之親，這種關係還是相當不一般的。

胡小天心中暗忖，看來西川天狼山的匪首閻魁和蟒蛟島的島主閻天祿一樣都是來自於渤海國，說不定也是當年因爭奪皇位而不得不選擇背井離鄉的一位王爺呢。

盧青淵率先走出大門，楊源和胡小天趕緊躬身向他行禮，楊源凍得牙關打顫，哆哆嗦嗦道：「小的楊源參見……六爺……」

胡小天也道：「小的王三喜參見六爺……」他故意沒有隱藏本來的聲音。

身穿白色貂裘的閻怒嬌聽到他的聲音不禁轉過身來，美眸盯住胡小天充滿了錯愕之色，自從和胡小天西川一別，她當時雖然下定決心再也不和此人相見，永遠將他們兩人之間發生的那段事情埋在心頭，徹底忘記胡小天這個名字，本以為自己可以做到，可是真正在離開之後，方才發現，自從那晚之後，胡小天已經在她的身體內鐫刻下深深的印記，讓她夢牽魂繞，無數次午夜夢迴都會想起這個人的樣子，所以聽到這熟悉的聲音馬上就想到了胡小天。

當閻怒嬌看到胡小天的面容，難以掩飾美眸中的失落之情，心中暗歎，他怎麼可能來到這裡？他現在應該在東梁郡好端端當他的城主，怎麼會到這茫茫大海的孤島之上？自己莫非是中魔了？為何會無時無刻都在想著此人？

胡小天並不迴避閻怒嬌的眼神，直愣愣望著她，故意拿捏出色授魂與的目光，閻怒嬌暗責這海盜無禮，不禁皺了皺眉頭。

閻伯光倒是沒有留意到胡小天，迎著冷風接連打了三個噴嚏：「這鬼天氣，哪比得上我們西川溫暖。」

盧青淵呵呵笑道：「閻公子說得是，海上風高浪急，一年之中有半數都是這樣的天氣。」

閻伯光縮了縮脖子道：「走吧，儘快去水晶宮。」

盧青淵讓楊源和胡小天在前方引路，楊源顯然被凍得已經感冒了，一路之上噴嚏不斷。胡小天也沒去過什麼水晶宮，跟在楊源身邊走著，一邊留意周圍的道路地形，在心中默默將之記下。

離開聽濤苑向北走了兩里多路，進入蟒蛟島的五座山峰之一的飛龍峰，山峰雖然不高，可是道路崎嶇難行，再加上這樣的大風天氣裡，每走一步都異常艱難。

剛剛進入山路，就聽到後方傳來一陣呼喊聲：「六爺！留步！」

盧青淵停下腳步，轉身望去，卻見後方一名武士匆匆趕來，他輕聲道：「有什麼事情？」

那武士抱拳道：「六爺，四爺突然發了急病，請您過去幫忙看看。」

盧青淵道：「我這還陪著客人呢。」

閻伯光笑道：「二當家，你不必管我們，還是救人要緊。」

盧青淵無奈點了點頭，向閻家兄妹抱拳道：「抱歉，盧某先行告退，兩位只管盡情遊玩，如果他們有什麼招待不周的地方只管對我明言，我絕對饒不了他們。」說完又叮囑楊源和胡小天道：「閻公子和閻小姐是島主的至親，乃是我們蟒蛟島的貴客，你們給我記住了，一定要招呼好兩位，不得有絲毫慢待。」

胡小天兩人連連點頭。

盧青淵走後，楊源依舊在前方引路，他讓胡小天去後方斷後，負責保護，主要是山路陡峭濕滑，避免客人跌倒。

閻怒嬌小聲道：「哥，真不明白，你為何一定要去什麼水晶宮？」

閻伯光笑了一聲，向楊源問道：「聽說你們島上有一件寶物，叫什麼七彩血晶石，就在水晶宮中？」

胡小天聽他發問禁不住想笑，這廝果然是惦記蟒蛟島的寶貝，可是這樣的作為也實在太明顯了吧。

楊源道：「啟稟閻公子，那七彩血晶石的確是在水晶宮內發現，只是現在水晶洞內已經沒有了七彩血晶石，島主已經將之收藏起來了。」

閻伯光哦了一聲。

閻怒嬌咬了咬櫻唇，這位二哥可真是不省心。這次前來蟒蛟島，一是為了給叔父送信，還有一個目的就是他想向叔父索求那塊七彩血晶石。不過抵達蟒蛟島之後，他們的這位叔父雖然對他們招待得無比熱情，可是並沒有主動提起要拿七彩血晶石相贈的事情，閻伯光礙於面子也沒有直接提出，今天提出前往水晶宮，其目的就是旁敲側擊，讓叔叔明白自己想要什麼。

前方道路越走越是崎嶇，閻怒嬌一時不察腳下一滑，嬌呼一聲身軀向後仰倒，幸虧胡小天及時伸出手去抓住她的手臂，輕聲提醒道：「小心！」

閻怒嬌聽到他的聲音，心中滌蕩不已，如果不是看清了此人的樣子，單從聲音來聽，肯定會認為胡小天就在自己的身邊。

前方楊源和閻伯光聽到動靜轉過身來，閻伯光道：「妹子，你小心一些！」閻怒嬌點點頭，俏臉微紅將手臂從胡小天手中掙脫開來，小聲道：「謝謝！」胡小天看到她粉面桃腮嬌羞蒙面的樣子，心頭不由得一熱，可是仍然裝出若無其事的樣子，放開閻怒嬌的手臂，繼續默默跟在身後。

走了半個時辰，方才來到了飛龍峰的半山腰，半山腰處林木掩映的地方藏著一個洞口，這裡就是眾人口中的水晶宮，守門的四名武士全都來自飛魚洞，和楊源都是非常熟悉，楊源上前將此行的目的告訴了他們，幾名武士馬上為他們放行。

進入山洞之後就躲開了外面刺骨的寒風，頓時感覺溫暖了許多，楊源拿了一支火炬，將另外一支交給了胡小天，兩人一前一後負責照明，剛開始的時候，洞口狹窄只能容納一人前行，沿著曲曲折折的道路向前走了一里多路，洞口開始變得寬闊起來，火炬光芒的映照下，岩洞的牆壁閃閃發光，胡小天舉目望去，看到岩壁之上佈滿了水晶，原來這裡卻是一個天然的水晶洞。

楊源介紹道：「從這裡往前走，全都是水晶。」

閻伯光道：「水晶宮也不過如此，黑乎乎的有什麼好看？」一旁閻怒嬌悄悄牽了牽他的衣袖，提醒他不要言行無狀，他們畢竟是客人，亂說話總是不好。

走過前方的拐角，感覺眼前突然一亮，光線從上方投射進來，胡小天抬頭望去，原來上方也是佈滿水晶，很多地方並無岩層覆蓋，水晶直接暴露在露天之下，所以天光透過水晶投射到洞內，宛如洞頂開了一個個的水晶天窗。

楊源道：「因為是陰天的緣故，今天的景色大打折扣，如果趕上風和日麗，陽光從上方照射進來，五顏六色瑰麗非常。」他指了指前方道：「這是擎天一柱！」

幾人舉目望去，卻見前方立著一根合抱粗的水晶柱，直挺挺向上，閻伯光看到那水晶柱不禁笑了起來。

楊源也笑了，向胡小天看了一眼，那表情分明是只可意會不可言傳。

他們幾個雖然沒有說話，可是閻怒嬌卻能夠猜到他們都聯想到了什麼，俏臉緋紅，下意識向胡小天看了一眼，卻見胡小天咧開嘴巴露出一口整齊的白牙，只覺這海盜的笑容如此熟悉，芳心中又不由得一陣煩亂，心中暗責，自己為何會時時刻刻都聯想到他？慌忙低下頭去匆匆向前方走去。

閻伯光走過水晶柱的時候還特地伸手過去摸了摸，心中想著討一個吉利，胡小天看到這廝的行徑，心中暗笑，大概圖騰膜拜就是出自於這樣的心理。

楊源對這裡的地形非常熟悉，對周圍的景物也是如數家珍，一邊走一邊向客人講述，不過大都是根據形狀再加上他自己的聯想，這廝的口才也算不錯，講得有些趣味。不過閻伯光對此卻沒什麼興趣，他最關心的就是七彩血晶石在何處發現。

楊源道：「水晶宮分成兩部分，咱們能夠看到的只是其中的一小部分，前面就是水晶花園了。」

說話間已經來到水晶花園，前方變得格外寬闊，地面牆面之上佈滿姿態各異的水晶，一簇簇一叢叢，遠遠望去猶如百花盛開，在水晶花園的上方洞頂，有一塊足有五丈直徑的水晶，光線通過這塊水晶投射進來，將整個水晶花園照射得亮如白晝，當然因為外面是陰天，所以裡面的光照也大打折扣，可以想像得到，如果今天風和日麗，陽光從外面通過水晶折射到洞內，光線在經過這些水晶叢的折射，這片水晶花園將會是美不勝收。

閻怒嬌在水晶花園遊覽之時，趁著身邊只有胡小天的時候，低聲問道：「你是哪裡人？」

胡小天並沒有直接回答：「小的出身卑賤，不值一提。」

閻伯光的聲音將他們的對話打斷，卻是閻伯光想要繼續前行，可是楊源卻說前方已經是蟒蛟島的禁區。

閻怒嬌暗自歎了口氣，走上前去道：「哥，你不必為難人家，算了，反正大都已經看過了。」

閻伯光心有不甘，可是妹子這麼說了，自己也不好堅持，搖搖頭道：「還以為這水晶宮有什麼稀奇，只不過是個破洞，早知蟒蛟島是這番模樣，我就不來了。」

閻怒嬌秀眉微顰，這個哥哥實在是太不省心。

閻伯光的話音剛落，卻聽洞內傳來一陣悠揚的琴聲，琴聲叮咚，宛如高山流水悅耳之極。

閻伯光聽到這琴聲不由得臉色沉了下來，怒視楊源道：「你不是說這裡是禁區嗎？為何會有琴聲傳出？」

「呃……這……我也不清楚……」楊源也不知如何解釋。

閻伯光的性情向來驕縱，更何況這蟒蛟島的島主是他的叔父，在他眼中跟自己家也沒有多大分別，一把將楊源推開，大步向前方走去。

閻怒嬌勸阻已經來不及了，只能跟著他追了上去，楊源和胡小天兩人只能跟在身後。

閻伯光大步流星走入前方洞內，卻見裡面比起水晶花園還要寬闊敞亮，天然水晶隨處可見，遠遠望去如同水晶叢林，又如現場佈滿了水晶刀劍，在右前方的一座水晶平台之上，一位白衣男子端坐其上，周身纖塵不染，正在那裡撫琴，在他身後還跟著兩位姿容俏麗的白衣女子。

楊源望著那名男子，有些詫異地眨了眨眼睛，因為那男子他從未見過，愕然道：「你……你是……」

那白衣男子並沒有理會他，仍然沉浸在自己的琴聲之中。

胡小天卻認得那名男子，那人竟然是他曾經在峰林峽所遇的落櫻宮少主唐鷩羽，胡小天實在是有些想不明白了，為何唐鷩羽也會出現在這裡？落櫻宮和蟒蛟島又是什麼關係？

閻伯光抱了抱拳道：「這位兄台，不知怎麼稱呼？」他不認識唐鷩羽，以為此人也是蟒蛟島的人。

胡小天隱約感覺到今天的情況有些不對，以傳音入密提醒閻怒嬌道：「小心，這裡非久留之地。」

閻怒嬌聽到他的提醒，咬了咬櫻唇，上前牽了牽閻伯光的衣袖道：「哥，咱們走吧，我不想再玩了！」

琴聲戛然而止，唐鷩羽深邃的雙目望向閻怒嬌，目光卻透出淫邪的意味，唇角露出一絲淡淡笑意道：「閻姑娘，既來之則安之，不如留下來聽我為你撫琴可否？」

閻伯光此時方才意識到有些不對，按理說蟒蛟島的人不敢對他們如此無禮，他怒道：「喂！你說什麼？你知不知道我們是什麼身分？」

唐鷩羽道：「你是誰並不重要，你爹是誰才重要！」

楊源驚慌失措道：「咱們走，咱們趕緊走！」

可是後方卻突然傳來轟隆隆一聲響動，胡小天轉身望去，卻見後方的洞口已經被人用巨石封住。

閻伯光下手也頗為狠辣，一抬手，一支袖箭直奔唐驚羽激射而出，既然對方想要對他們兄妹不利，他當然也沒有手下留情的必要。

袖箭倏然來到唐驚羽的面前，唐驚羽笑容不變，屈起手指迎向射來的袖箭輕輕一彈，奪的一聲，袖箭調轉方向，以來時數倍的速度射了回去，不過目標並非是閻伯光，而是楊源。

楊源是最先逃走的那個，袖箭噗地射入了他的頸後，從前方咽喉破出血洞鑽了出去，楊源一聲不吭地撲倒在了地上，手足仍然抽搐不已。

目睹唐驚羽如此神功，閻家兄妹二人都是面容慘白，閻伯光心中懊悔到了極點，若是知道這水晶宮內藏有如此魔頭，他說什麼也不會到這裡來玩。

唐驚羽輕聲歎了口氣道：「何必呢？何苦呢？好端端地說話不成嗎？非得要逼我出手，殺一個人不要緊，可是弄髒了這麼美的水晶花園實在大煞風景了。」他的目光轉向閻怒嬌馬上變得溫柔起來，柔聲道：「閻姑娘不要害怕，我對你沒有絲毫惡意，只要你乖乖聽我話，我一定好好對待你，不如你做我的妾侍怎麼樣？」

此人真是無禮至極，偏偏這種無禮的話卻要通過溫文爾雅的語氣說出來，非但沒有讓人對他生出好感，反而覺得此人越發可惡。

閻伯光怒道：「你知不知道這裡是什麼地方？我叔叔乃是蟒蛟島主，你不怕他知道你的作為殺了你？」

唐驚羽道：「殺了我？他有這個本事嗎？乖乖聽話，束手就擒，我就看在你妹子的面子上暫時饒了你的性命，如若不然，我讓你現在就血濺當場！」

閻伯光從腰間抽出佩劍，擋在妹妹身前：「只要我閻伯光還有一口氣在，任何人都休想碰我妹子。」

唐驚羽點了點頭道：「好！」話音剛落，右手拉起琴弦，一顆水晶彈丸扣在琴弦之上，叮的一聲，手指鬆開琴弦，水晶彈丸激射而出，直奔閻伯光而來。

閻伯光還沒有來得及揚起長劍做出反應，水晶彈丸已經彈射在他的長劍之上，震得他虎口發麻，長劍立時拿捏不住，噹啷一聲落在了地上。

閻伯光面色慘白，心知自己和對方的武功相差甚遠，他顫聲道：「你究竟是何人？我們往日無冤近日無仇，你為何要與我們兄妹作對？」

唐驚羽道：「並非是要與你們兄妹作對，只是想借人一用，你應該感到慶幸，自己多少還有些價值。」

閻怒嬌雖然身處險境，卻並未亂了方寸，暗暗觀察唐驚羽，尋找時機，準備射出袖箭。

此時卻看到那海盜躬身將地上的長劍拾了起來，閻怒嬌心中暗奇，卻不知他究竟想要幹什麼？難道他要保護他們？

如果不是胡小天躬身拾劍，唐驚羽幾乎忽略了這個尖嘴猴腮的海盜，他充滿嘲諷地望著胡小天，心想這廝簡直是不自量力。

胡小天握劍在手，一雙虎目盯住唐驚羽道：「打開山洞放我們走，我放你一條生路。」

唐驚羽彷彿聽到了人世間最可笑的笑話，哈哈大笑起來，笑得幾乎連眼淚都流出來了：「你說什麼？」

胡小天向前一步，擋在閻怒嬌的身前，微笑道：「你又不是聾子，再說我也沒心情跟你重複第二遍！」

「大膽！」伴隨著唐驚羽的一聲怒叱，他再度牽動琴弦，一顆水晶彈丸以比剛才快上一倍的速度射向胡小天，這次的目的並非是擊落他手中的長劍，而是直取胡小天的面門，他要射穿大膽海盜的腦袋。

胡小天的目光盯住那顆水晶彈丸，然後一劍揮出，這一劍正中水晶彈丸，叮的一聲，水晶彈丸被反彈到了一旁角落。胡小天手中長劍仍然嗡嗡響個不停，這柄劍乃是閻伯光的配劍雖稱不上什麼絕世神兵，可是其材質也非尋常，劍身剛性十足。

唐驚羽見到這個不起眼的小海盜竟然一劍將自己射出的水晶彈丸震飛，而且面不改色，此時方才意識到原來閻家兄妹身邊還有那麼一位厲害人物。唐驚羽緩緩點了點頭，臉上的表情瞬間變得凝重了許多，伸出手去，一旁白衣女郎將一支箭囊遞向他，唐驚羽從箭囊中抽出了一支羽箭，箭尾扣在琴弦之上，唇角帶著一絲冷笑：「小子，接我一箭試試！」

鏘！一聲琴弦鳴響，羽箭隨之向胡小天當胸奔襲而去，胡小天覷定來箭方向，向前跨出一步，手中青鋼劍劃出一道弧線，意圖將羽箭挑落，可是唐驚羽一箭射出之後馬上又射出第二箭，第三箭，這兩箭卻是分取閻伯光兄妹，兩箭射的全都不是要害，其目的卻是要胡小天疲於奔命無法兼顧。

閻家兄妹兩人的武功只是一般，胡小天聽到三聲琴弦響動就判斷出唐驚羽的目的，方才跨出一步，然後就向後急退，手中青鋼劍左支右擋，將三支羽箭盡數擊落在地下，唐驚羽這三支羽箭雖然勁力不小，但是比起胡小天和他在峰林峽交手之時仍然遜色不少，胡小天心中暗忖，唐驚羽看來仍然沒有拿出真正的實力。

唐驚羽輕聲道：「不壞！不壞！能夠擋住我的三箭，你在江湖中應該算得上一號人物了，不知這位小兄弟高姓大名？」

胡小天道：「我只是蟒蛟島的一個小小跟班罷了，奉了我家島主之命特來保護兩位貴客，你雖然不認識我，可是我卻認得你！」

唐驚羽心中一驚，可轉念又想到這小子十有八九是在信口胡說，故意拖延時間，想要等人過來救他們，他悄然使了一個眼色，兩旁侍女向兩旁散去，唐驚羽此時已經對胡小天提起了足夠的重視，他緩緩將古琴豎起，棱立在水晶台之上。

胡小天道：「堂堂落櫻宮少主居然躲在蟒蛟島的地洞之中想要暗算他人，盡是幹些見不得天日的醃臢事情！」

唐驚羽聽到對方竟然一語道破他的身分，心中不禁暗暗吃驚。

閻怒嬌看到那兩名白衣女子迅速散向兩旁，分明是要散開來攻擊，悄聲提醒胡小天道：「公子小心，她們想要分頭攻擊。」

胡小天點了點頭低聲道：「你自己小心一些。」

閻怒嬌聽到他的聲音，分明就是胡小天無疑，可是看他的面容卻並不相像，隱然猜到對方應該可能是易容了，一顆芳心怦怦直跳，難道當真是胡小天不成？如果當真是他，那該是怎樣的驚喜？

閻伯光看到兩人相互關心不禁有些好奇，妹妹跟這黑皮小子很熟嗎？閻怒嬌小聲道：「哥，咱們對付那兩名白衣女子。」

閻伯光應了一聲，目光卻望向胡小天的手中，他的佩劍如今已經落在了胡小天的手中，胡小天反手將劍柄遞給了他，提醒他道：「保護好你妹妹！」話音剛落，足尖一點，已經騰空飛掠而起。

唐驚羽的注意力自始至終都沒有離開過胡小天身上，在胡小天啟動的剎那，他的攻擊也完全施展開來，豎起的古琴七根琴弦被依次拉動，在一陣清脆悅耳的樂曲聲中，七支羽箭依次射出，羽箭追逐著胡小天的身影，在空中變幻出曲線不同的軌跡，尋常的射手只能射出直線軌跡，而落櫻宮的這位少主竟然可以在頃刻之間射出不同的曲線，雖然羽箭在空中飛行的軌跡不同，但是最終的目的只有一個，那就是躍起在空中，宛如大鳥般向唐驚羽飛掠而來的胡小天。

咻！咻！咻！羽箭破空發出尖銳的嘶鳴，胡小天飛起的同時已經抽出藏在腰間的軟劍，劍身一抖，光芒四射，寒光凜凜的光霧瞬間包繞了他的全身，七支羽箭有三支射中了胡小天身體外周的光霧，盡數被胡小天擊落，在這呼吸之間，胡小天已經掠過一半的距離。

唐驚羽一雙瞳孔驟然收縮，從胡小天的身法，他已經判斷出對方的實力絕不次於自己。唐驚羽從古琴底部抽出一張古樸的黑木弓，身軀盤旋上升，在虛空中已經拉開弓弦，扣上一支羽箭，波地一聲鬆開弓弦，羽箭旋轉向胡小天射去。

胡小天對唐驚羽的箭法早已有所領教，知道這廝已經到了隔空御箭的地步，不過自己也不差，看看是你的隔空御劍厲害，還是老子的劍氣外放厲害！胡小天挺起軟劍一記金蛇纏身，將射向自己的羽箭撥開，旋即隨手就劈出一記，這一招卻是誅天七劍中的一式，如果手中握著的是藏鋒，胡小天或許能夠隨心所欲地外放劍氣，可是軟劍在手中的感覺和重劍完全不同，這一劍並沒有成功放出劍氣。

胡小天對此也早有心理準備，刷刷刷，連續劈出七劍，沒辦法，既然成功率偏低就只能用次數來彌補，老子就不信這個邪，只要能夠達到十分之一的機率，就能要了你的性命，可胡小天今天的成功率居然連十分之一都沒有達到。

七劍劈完沒有一劍成功外放劍氣，而唐驚羽在此時又連續向胡小天射出三箭。

三箭呈品字形向胡小天飛去，兩人的距離已經不到五丈，唐驚羽手中的黑木弓看似簡樸，可是射出的羽箭卻速度驚人，三支羽箭離開弓弦之後，先是呈品字形，然後在飛行中迅速變成了六支，唐驚羽這手一分為二的射術乃是落櫻宮絕學。

胡小天不敢怠慢，軟劍旋轉，在前方形成一面光盾，叮叮咚咚，羽箭接連撞擊在光盾之上，每撞擊一次，光芒就減弱一分，胡小天將六支羽箭盡數格擋在外，軟劍形成的光盾也完全消失。

唐驚羽傲立於一根水晶柱之上，手中黑木弓宛如滿月，弓弦之上扣著一支黑色羽箭，近距離向胡小天的眉心射去。

胡小天衝向唐驚羽的時候，兩名白衣女郎也分別取出白木弓向閻伯光兄妹發起攻擊，兄妹兩人利用隨處可見的水晶柱作為掩護，一邊閃避對方射來的羽箭，一邊向她們靠近，對他們來說有個最大的優勢，那就是對方應該是想留下他們的性命，雖然不斷施射，卻並沒有瞄準他們的要害。

閻怒嬌的身法比起閻伯光還要快捷許多，她也不知什麼緣故，自從離開西川之後，內力突飛猛進，她當然不會想到，在和胡小天春風一度之後，胡小天一不小心利用射日真經傳給了她一些內力，雖然對胡小天只意味著一小部分，可是對閻怒嬌來說，她的內力卻發生了脫胎換骨的變化，她貼身在水晶柱後，躲過對方的羽箭，然後閃電般揚起右手，一支袖箭倏然射了出去。

這一箭正中一名白衣女郎的咽喉，那女郎發出一聲慘呼，命喪當場。她的慘叫聲吸引了同伴注意，另外那名白衣女郎循聲望來的時候，閻伯光宛如豹子般竄了出去，一劍刺入那女郎胸膛，閻伯光武功雖然泛泛，下手卻極其陰狠毒辣。

叮！胡小天再度擋住了那支黑色羽箭，箭桿一震，無數黑色粉塵從箭身之上彌散開來，胡小天慌忙屏住呼吸，身體急墜而下，右手一個下意識的反挑，卻想不到這一次反挑居然成功將劍氣外放。

唐驚羽暗算胡小天，本以為自己此計得手，卻想不到這廝居然還能夠發出這麼厲害的反擊，而對凌厲劈來的劍氣，唐驚羽接連後退，連續變幻身形仍然無法躲開劍氣覆蓋的範圍，緊急關頭揚起手中黑木弓去遮擋，劍氣劈中黑木弓，喀嚓一聲，黑木弓從中被劈成兩半。

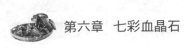

唐驚羽嚇得棄去黑木弓，身體向後反折，劍氣雖然有所減弱，可是威勢仍在，將他頭頂的白玉髮冠劈斷，唐驚羽滿頭的黑髮披散下來，他的雙目中充滿震駭莫名的光芒，普天之下能夠達到劍氣外放的人物並沒有幾個，他感到內心深處有些發冷，唐驚羽意識到自己有些害怕了。

胡小天落在地面之上，看到那黑色粉末仍然兜頭蓋臉地落下來，從胸腹處鼓起一口氣噗地吹了出去，宛如狂風席捲，將那片黑色毒霧吹了個乾乾淨淨。

此時閻家兄妹已經成功將唐驚羽的兩位美女徒弟剷除，胡小天握住軟劍，冷冷望著唐驚羽道：「唐驚羽，受死吧！」

唐驚羽失去了黑木弓似乎也失去了鬥志，尤其是看到胡小天剛才居然可以劍氣外放，更是放棄了戀戰的心思，他果斷做出決定，轉身向水晶叢林中逃去。

胡小天大吼道：「哪裡走？」他挺劍追了上去，照著唐驚羽的背影就是一劍，這會兒如有神助，再次劍氣外放成功，可是在劍氣追上唐驚羽之時，他的身影已經消失在水晶叢林之中，劍氣劈砍在一根水晶柱之上，將水晶柱從中削成兩段。

胡小天大步追入水晶叢林之中，身後響起閻怒嬌關切的聲音：「公子莫追！」可是她的提醒並沒有起到太大的作用，胡小天已經緊跟著唐驚羽進入水晶叢林。

閻伯光意味深長地看著妹妹。

閻怒嬌有些不滿地瞪了他一眼道：「你盯著我看做什麼？」

閻伯光道：「你跟他好像很熟嘛？」

閻怒嬌嗔道：「你有沒有正經事做，快走，這水晶叢林是個陣法！」

胡小天追入水晶叢林之中很快就發現不對，到處都是水晶，雖然有些地方可以看到唐驚羽的身影透射過來，可追上去一看，卻是撲了個空，一連幾次都是如此，很快胡小天就被弄得暈頭轉向，非但找不到唐驚羽，甚至連回去的路也找不到了，遠處傳來唐驚羽得意的大笑聲：「小子，你們就等著活活餓死在這裡吧！」

胡小天明明聽到唐驚羽的聲音，可是追上去卻再度陷入水晶叢林之中，此時他方才意識到自己陷入了一個迷陣。

這時候聽到一個關切的聲音從遙遠的地方傳來：「公子，你在哪兒？」

胡小天從聲音中分辨出是閻怒嬌，他大聲道：「我在這兒！」他的聲音洪亮中氣十足，遠遠傳了出去，可是馬上又意識到不妙，唐驚羽未必離開，或許這廝就躲藏在附近等候偷襲，他提醒道：「閻姑娘，你要小心，千萬不要說話！」

閻怒嬌在遠處聽到，心中一陣溫暖，暗道，他是在關心我？他一定是胡小天。

閻伯光也不懂陣法，跟著妹妹進入水晶叢林，聽到胡小天的話，這廝陰陽怪氣道：「他好像很關心你呢。」

閻怒嬌瞪了他一眼，小聲道：「別說話，小心被敵人發現咱們的蹤跡。」

閻伯光一臉的不服氣，心想你不讓我說話，剛剛還不是你問人家在那裡？還公子公子？明明是個黑臉小海盜好不好！

閻怒嬌一臉凝重，並沒有急於找到胡小天，一邊在水晶叢林中穿行，一邊留意周圍的動靜，這水晶叢林有許多人為佈置的痕跡，她一眼就看出這裡暗藏著一個陣法，如果不通陣法之人錯入迷陣，恐怕一輩子都轉不出去了，剛才唐驚羽所說的活活餓死絕非危言聳聽，閻怒嬌心中暗暗祈禱，唐驚羽千萬不要隱藏在水晶叢林中伺機偷襲才好。

胡小天站在水晶叢林之中，警惕地望著周圍，生怕唐驚羽突施冷箭，他朗聲道：「唐驚羽，你算不算男人？簡直就是一隻縮頭烏龜，我看你們落花宮全都是縮頭烏龜，難怪會將箭宮的名字都拱手讓人，現在只敢叫什麼落櫻宮，我看應該叫落敗宮才對！」

胡小天一邊說話一邊傾聽周圍的動靜，他的感知力至少可以輻射到周圍十丈的範圍內，不過唐驚羽也非尋常人物，也一定善於隱匿行蹤。

閻怒嬌和閻伯光兩人也是極盡謹慎，閻伯光只顧著觀察周圍，卻忘了看腳下的情況，右腳不巧踢在一根豎起的晶筍之上，痛得他哎呦慘叫了一聲，閻怒嬌嚇得慌忙伸手捂住他的嘴巴。

就在此時，一道白影無聲無息從後方欺近了他們，閻怒嬌從水晶折射的人影中覺察到了危險的到來，驚呼道：「小心！」她牽著閻伯光的手臂向右側奔去。

一直隱藏在水晶叢林中的唐驚羽此時意識到閻怒嬌居然懂得陣法，而胡小天也意識到了唐驚羽就在附近向閻家兄妹發起攻擊，怒吼道：「唐驚羽，納命來！」胡小天的這聲呼喝只是裝腔作勢，他根本沒辦法走出這座迷陣，雖然聽到聲音就在附近，可是偏偏無法找到前往那邊的道路。

第七章

水晶宮

水晶宮並非只有一個入口，
唐驚羽將入口封住後，挾帶閻伯光從另一洞口離開，
離開時射出一支爆裂箭，爆裂箭炸裂洞頂晶石，將出口封住，
唐驚羽親眼看到自己一箭射中了閻怒嬌的後心，
認為她必死無疑，閻怒嬌若是死了，
單憑著胡小天應該無法破除陣法。

唐驚羽猶如鬼魅般跟了上去，揚起白玉弓，一箭射向閻怒嬌的後心，生死關頭他下手絕不容情，雖然他抱著將閻家兄妹活捉回去的念頭而來，可是因為胡小天的出現，他不得不臨時更改計畫，也沒有足夠的把握將兄妹兩人帶走。

閻怒嬌被這一箭正中後心，發出一聲嬌呼，身軀撲倒在了地上。

閻伯光看到妹妹被射中，驚得目眥欲裂，慘叫道：「妹妹……」話未說完，唐驚羽已經來到他的身後制住他的穴道，將他夾在臂膀之下。

胡小天聽到閻怒嬌的那聲驚呼，一顆心提到了嗓子眼，他揮動手中軟劍，瘋狂向周圍劈砍，接連幾棵水晶柱被他砍倒，唐驚羽聽到周圍水晶柱轟隆隆倒地的聲響，心中頓時駭然，他本來還想將閻怒嬌的屍體帶走，可生怕胡小天誤打誤撞殺過來，真要如此，自己只怕不會是他的對手，趁著胡小天還未到來，唐驚羽帶著閻伯光匆匆離開。

胡小天一連擊倒了數根晶柱，無奈仍然看不到其他人的影蹤，就在他心急如焚之時，卻聽到一個微弱的生息道：「公子，我……我沒事……」

胡小天聽到閻怒嬌發聲，方才知道她仍然活著，他又擔心唐驚羽仍然沒有離去，提醒道：「你小心一些。」

閻怒嬌剛才被唐驚羽一箭射中了後心，不過她的身上穿著護體寶甲，雖然這一箭沒有射穿寶甲，可是箭鏃之上蘊含的內力也震得她經脈渙散，痛徹骨髓，剛才雖然沒有昏迷過去，但是她也清楚自己無力營救二哥，只能眼睜睜看著唐鷩羽將哥哥劫走，確信唐鷩羽離去之後，她方才忍痛爬了起來。

唐鷩羽之所以果斷射殺閻怒嬌其實是想要一石二鳥，殺掉閻怒嬌之後，單憑胡小天根本沒有能力走出這座迷陣，任他武功高強，只怕也要活活困死在迷陣之中。閻怒嬌步履艱難地找到胡小天，雖然只是不到十丈的距離，卻已經耗盡了她身體的多半力量。

胡小天看到她終於現身，驚喜地迎了上去，還未走到近前，閻怒嬌噗地噴出一口鮮血，嬌軀一晃向地下倒去，胡小天慌忙伸出臂膀攬住她的香肩，關切道：「閻姑娘，你受傷了？」

閻怒嬌搖了搖頭，虛弱無力道：「你放開我……」

胡小天知道現在若是放開她，恐怕她馬上就要倒在地上，低聲道：「我扶你坐下再說。」看到閻怒嬌唇角沾滿鮮血，揚起袖口想要幫她擦淨。閻怒嬌將俏臉偏到一邊，然後又回過臉來，盯住胡小天的雙目道：「你……你究竟是誰？」

胡小天道：「在下王三喜！」

閻怒嬌道：「你不必騙我，我知道你是誰！」綠寶石般的美眸盯住胡小天，她心中已然斷定了胡小天的真正身分。

胡小天微笑道：「無論我是誰，總之我對你沒有任何惡意。」

閻怒嬌道：「我二哥被他抓走了，咱們快去救他！」

胡小天點了點頭，取出一顆歸元丹讓閻怒嬌服下，閻怒嬌還未將丹藥咽下，就感到一陣心血沸騰，轉身又吐出了一口鮮血，唐驚羽的這一箭威力實在不小。

胡小天又取出一顆丹藥遞給閻怒嬌，安慰她道：「你不用擔心，唐驚羽應該是只想劫人，目前還不會對你二哥有加害之心。」如果唐驚羽想殺他們兄妹，剛才就已經動手，當然不會再帶走閻伯光那麼麻煩。

閻怒嬌喘了口氣，堅持想要前行，走了一步卻明顯步履維艱。胡小天道：「我背你吧！」

閻怒嬌咬了咬櫻唇，用力搖了搖頭。

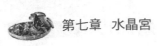

胡小天道：「要麼我抱你？閻姑娘，我真不是想占你便宜，照你現在這個狀態，恐怕等咱們走出去，你二哥也遇到危險了。」

閻怒嬌道：「你究竟是誰？」

胡小天真是有些哭笑不得了，到這種時候她心中惦記的卻仍然是這件事，笑道：「你不是已經猜到了？為何還要問？」

閻怒嬌堅持道：「你把面具拿下來。」

胡小天無奈搖了搖頭，轉過身去，再回過臉來已經恢復了自己本來的樣貌，閻怒嬌看到他的真容，明白自己果然沒有猜錯，一顆芳心加速跳動起來，又感到氣血翻騰，胸口也疼了起來，慌忙捂住胸口，秀眉微顰。

胡小天心中暗道，就算我生得英俊也用不著如此激動啊！可他也理解，畢竟自己是閻怒嬌生命中的第一個男人，應該說是唯一一個，人家女孩子激動也是正常。

胡小天道：「我背你？」

閻怒嬌垂下螓首顯然是默許了，確定眼前人是胡小天，別說是背，就算是抱，她也不會說半個不字。

胡小天背起閻怒嬌，望著前方的水晶叢林一陣頭疼，反正他是走不出去。

閻怒嬌在他肩頭道：「你向右走，這……是一個陣法……」

胡小天道：「我就知道是個陣法，可惜我不懂啊。」

閻怒嬌道：「你按照我的指引向前走就是。」

胡小天讚道：「我發現你還真是冰雪聰明、秀外慧中，不但懂得解毒，還懂得陣法。」

閻怒嬌小聲道：「這個世界上還有比你更聰明的嗎？」女兒家心思細膩，心中暗忖，我就算真如你所說，最後還不是中了你的圈套，上了你的賊船，其實她和胡小天的這段孽緣還真怪不得胡小天，當時是她為了救哥哥所以才主動要求人家那麼做的，閻怒嬌本以為自己是個拿得起放得下的人，可是事後卻對胡小天念念不忘，這也是她始料未及的。

胡小天道：「你們兄妹好好在西川待著，怎麼會橫跨整個中原來到蟒蛟島？」

閻怒嬌道：「我還沒問你，你反倒問起我來了。」

胡小天道：「閻天祿當真是你的叔父？」

閻怒嬌點了點頭道：「是！」

胡小天道：「這麼說來你應該是渤海國的郡主。」

閻怒嬌心中暗忖，他好像知道不少事，不可以，自己並不知道他前來蟒蛟島的真正目的，不能因為自己對他的感覺而忽略了最重要的一件事，他究竟是敵是友？

胡小天從閻怒嬌的沉默中已經猜到了她心中所想，微笑道：「你不用如此警覺，現在咱們兩人就在一條船上，我就算害天下人也不會害你。」

閻怒嬌小聲道：「那可未必！啊！」

胡小天故意雙手一鬆，閻怒嬌嚇得尖叫起來，可隨即胡小天溫暖有力的雙手又抓住她的雙腿，落手的地方有意無意偏上了一些，閻怒嬌俏臉一熱，咬了咬櫻唇，換成別人這樣對她，她決計無法忍耐，可胡小天卻不同。

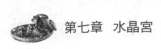

胡小天道：「你叔父和落櫻宮究竟有什麼仇隙？」

閻怒嬌道：「不清楚，我過去從來都沒有見過這個人，也從未聽說過我爹、我叔父他們和落櫻宮有什麼恩怨。」

「那就奇怪了，不知唐驚羽出手對付你們的真正目的是什麼？」胡小天嘴上這麼說，可心中卻認定唐驚羽必然是想利用閻家兄妹去威脅閻天祿，又或者想要威脅閻魁也有可能。

水晶宮並非只有一個入口，唐驚羽讓人將入口封住之後，挾帶著閻伯光從另外一個洞口離開，離開洞口之時不忘射出一支爆裂箭，爆裂箭炸裂洞頂晶石，將出口封住，唐驚羽親眼看到自己一箭射中了閻怒嬌的後心，認為她必死無疑，閻怒嬌若是死了，單憑著胡小天應該無法破除陣法，走出自己佈置的迷陣，任這廝武功如何高強也唯有困死的份，不過唐驚羽考慮周全，還是做足措施，就算胡小天誤打誤撞走出迷陣，來到這裡也無法離開。

閻伯光被爆炸聲驚醒，望著那被封堵的洞口，想起剛剛被唐驚羽一箭射殺的妹妹，一時間悲從心來，他哀嚎道：「唐驚羽，我們天狼山和你們落櫻宮往日無冤近日無仇，你因何要這樣害我們？你殺了我妹妹，就是和整個天狼山為敵，就是和整個蟒蛟島為敵。」

唐驚羽不屑笑道：「什麼天狼山，不過是群馬匪罷了，你們閻家一個海盜一個馬賊，這種禍害天下的敗類，人人得而誅之。」

遠處一群人正在向山上趕來。

閻伯光看到山下人影，彷彿看到了救星，大聲叫道：「救命！救命！」

唐驚羽將他扔在了地上，也沒有封住他的啞穴，只是用黑布蒙上了他的眼睛，然後冷眼旁觀山下那群人漸漸接近。

從山下上來的四五十人，走在隊伍正中的乃是蟒蛟島主閻天祿，他有鐵背蒼龍之稱，非但擁有數萬訓練有素的海盜，還修煉的一身橫練功夫，刀槍不入。

閻天祿左邊是六當家盧青淵，右邊走著三當家秦東羅，後方是四當家蔣興權和五當家羅千福。除非是島上發生了重大的事情，很少會出現五位當家全都聚齊的場面，至於二當家現在並不在島上。

唐驚羽看到眾人前來並沒有流露出絲毫的畏懼，他緩緩摘下白玉弓，彎弓搭箭，寒光閃閃的鏃尖指向閻伯光的咽喉。

閻天祿那一行人來到距離唐驚羽十丈處停下腳步，他們雖然人數眾多，但是畢竟投鼠忌器，看到閻伯光被唐驚羽控制在手中，誰也不敢輕易上前。

秦東羅怒道：「你是什麼人？竟敢劫持我蟒蛟島的貴客？」

盧青淵在唐驚羽手中的白玉弓上掃了一眼道：「落櫻宮的人吧？連武器都如此的高貴不凡，看來應該是落櫻宮少主唐驚羽到了。」單從對方手中所持的武器，他就已經判斷出對方的身分，這位蟒蛟島最年輕的當家，卻是心思最為縝密的一個，難怪他會受到閻大祿的器重。

閻伯光雖然看不清眼前的情景，但是聽到眾人的聲音，已經知道救星到了，哀嚎道：「他……他殺了我妹妹……」此時他方才想起妹妹被唐驚羽殺死的事情。

眾人都是面色一沉，閻天祿兩道濃眉凝結在一起，雖然聽到如此噩耗，他卻仍然沒有亂了陣腳，畢竟是雄霸一方的梟雄人物，閻天祿心中已經下定必殺唐驚羽之心，沉聲道：「蟒蛟島和落櫻宮從未有過什麼糾葛，不知你為何要踏足蟒蛟島，傷害我的親人？」

唐驚羽道：「閻島主，明人不說暗話，你將《射日真經》和林金玉交給我，我便饒了你侄子的性命。」

閻天祿直到現在仍然能夠壓得住心中的火氣，淡然道：「什麼《射日真經》我從未聽說過，你所說的林金玉我也不認識，唐公子是不是聽信他人讒言，所以才會有所誤會？」

唐驚羽道：「若無切實把握，我也不會找上你。閻天祿！我給你半個時辰！」

閻天祿冷冷道：「唐公子大概不瞭解我的為人，我從不和別人談條件，你以為殺了我侄兒，你就能活著離開蟒蛟島？」

唐驚羽呵呵笑道：「那我倒要試一試了，看看你們究竟有沒有本事將我留在這裡。」他忽然調轉鏃尖瞄準對面的人群就是一箭，這一箭並非射向閻天祿，而是瞄準了人群邊緣的一名海盜，那海盜哪能躲開唐驚羽的一箭，慘叫一聲已喪命當場。

閻天祿以傳音入密向身後羅千福道：「五弟，你負責引開他的注意力。」然後又朗聲道：「老四，你帶弟兄們退後。」在眼前的情況下，太多人留在這裡反倒是一個大麻煩，唐驚羽心狠手辣，雖然他沒有直接攻擊蟒蛟島的五位當家，可是他射殺對方陣營中跟隨前來的海盜決不會失手。

唐驚羽道：「閻島主，還望你拿出一些誠意，據我所知，你的那位在西川當馬匪的兄長，對這個兒子可是疼愛得很呢。」

閻天祿繼續以傳音入密向身邊兩人道：「東羅，回頭我從正面攻擊，你負責救人，六弟，你負責阻斷他的後路。」閻天祿並沒有什麼射日真經，直到現在他都不明白為何落櫻宮要找自己的麻煩。

蔣興權率領海盜們已經退到了遠處，羅千福也隨之退後，現場只剩下閻天祿、秦東羅和盧青淵三人。

閻伯光聽到周圍的動靜，生怕閻天祿會放棄自己，顫聲道：「叔叔救我！」

閻天祿並非不管侄子的死活，而是他根本拿不出什麼射日真經，他縱橫半生，見慣風浪，即便是在被動的局面下也明白應當如何解決，若是因為唐驚羽的要脅而選擇讓步，局勢只會變得越發被動。

唐驚羽看到對方開始漸漸後退，雙目之中泛起一絲得色，此時頭頂傳來鳥鳴之聲，卻是一群海鷗振翅從空中向他俯衝而來，唐驚羽仰頭張望的剎那，閻天祿已經向他衝了上去，鐵背蒼龍動如脫兔，以驚人的速度衝向唐驚羽，與此同時秦東羅和盧青淵開始啟動。

唐驚羽並沒有料到閻天祿的速度如此驚人，轉瞬之間兩人之間的距離已經拉近到五丈。

閻天祿始終沒有表示出要讓步的意思，他的目的就是要給唐驚羽造成閻伯光在他心目中並沒有那麼重要的印象，讓唐驚羽認為此時再用閻伯光的性命要脅自己並沒有什麼作用，反而會喪失戰機，甚至喪命在自己的鐵拳之下。

閻伯光看到叔父竟然不顧自己的性命衝上前來，嚇得面如死灰，心中暗叫完了，只怕自己今日要死在蟒蛟島上，如果當初能夠預料到現在的處境，他無論如何都不會踏出西川半步。

閻天祿啟動之時，唐驚羽並沒有絲毫的猶豫，他果斷放棄了閻伯光，足尖一點，身軀向後疾退，咻的一箭向閻天祿射去。

閻天祿竟然不閃不避，一拳砸向鏃尖，羽箭撞擊在閻天祿的拳頭之上竟然無法射入他的肌膚半分，非但如此，還被閻天祿的一拳砸得鏃尖歪斜。唐驚羽也不禁心中震駭，沒想到閻天祿竟然已經練成了金剛不壞之身。

羅千福操縱的鷗鳥成千上萬隻宛如雪片般將鏖戰中的幾人身形全部籠罩，閻天祿心中暗歎，這羅千福做事也真是糊塗，讓他吸引唐驚羽的注意力就夠了，沒想到他居然弄出這麼大陣仗，這下不止是影響到唐驚羽，連他們的視線也受到影響了。

在週邊觀戰的那幫海盜只看到前方漫天遍地全都是飛鳥，一個個心中暗讚五當家的手段厲害，蔣興權道：「五弟，咱們過去幫忙！」

羅千福道：「四哥還是稍安勿躁，以大哥他們的武功制住唐驚羽綽綽有餘！」

唐驚羽連續射出的三箭都未能讓閻天祿後退半步，閻天祿距離他已經不到一丈的距離，唐驚羽遠距離攻擊的優勢已經消失殆盡，雙目中流露出惶恐的光芒，單以武功而論，他絕不是閻天祿的對手。

就在此時漫天的飛鳥之中，一隻灰色大雕現出身來，灰雕之上端坐一位身材瘦小的灰袍老者，那老者雙眸深陷，精光畢露，手中一張黑木弓，弓如滿月，箭鏃瞄準閻天祿激射而來。

閻天祿並沒有料到這群飛鳥竟然為敵方做出掩護，有一位敵人早已藏身在鳥群之中潛伏在空中，羽箭奔襲而至，閻天祿怒吼一聲揮拳迎向羽箭，此前每次崩開唐驚羽射來的羽箭並非是依靠他堅韌的身體，而是籠罩在周身的一層護體罡氣。

羽箭擊中無形罡氣，竟然發出氣爆之聲，拳箭相撞的剎那，以此為中心，一股氣浪向周圍輻射而去，數十隻飛鳥被這強大的氣浪給震落在地，半數已經死去。

老者射出第一箭之後，第二箭居然只是拉滿弓弦，並未在弓弦上搭上箭矢，崩的一聲，這聲音雖然並不響亮，可是卻如同有人重重在閻天祿胸膛擊了一拳，閻天祿感到胸口一空，然後那老者又是一箭射來，這一箭蘊含了無可匹敵的力量，閻天祿雖然再次用鐵拳將此箭震飛，卻感覺一股無形箭氣如針芒般扎在自己的心口，閻天祿的雙目之中充滿震駭之色，對方竟然已經達到了凝氣為箭的境界，閻天祿緊緊抿住雙唇，一言不發大踏步向右前方奔去。

老者駕馭灰雕緊隨其後，照著閻天祿又是連續射出三箭，閻天祿竟然從前方懸崖邊緣一躍而下。

秦東羅已經靠近閻伯光的身邊，他一把將閻伯光抓起，大吼道：「五弟！撤陣！」他是嫌飛鳥太多，已經嚴重影響到自己的視線了，此時身後盧青淵也已經來到，低聲道：「三哥，怎樣？」

秦東羅道：「已經救出來了，你快去幫大哥！」他一邊說話一邊拍擊著面前亂衝亂撞的飛鳥，突然後心一涼，秦東羅低頭望去，卻見一支染血的鏃尖從自己的胸前透了出來。

唐驚羽從前方衝了過來，張開白玉弓照著秦東羅的咽喉就是一箭，秦東羅仰頭便倒。他和盧青淵交遞了一個心領神會的眼神，盧青淵一聲悲吼道：「三哥，三哥！唐驚羽，我跟你拚了！」

唐驚羽彎弓搭箭瞄準了盧青淵的右肩又是一箭，盧青淵慘叫一聲，捂住肩頭，鮮血沿著手指縫隙汩汩流出。

閻伯光因為雙目被蒙，不知周圍究竟發生了什麼事，惶恐道：「救我……」

羅千福驅散飛鳥，眼前一幕讓眾人驚駭莫名，卻見閻伯光仍然坐在地上，嚇得魂不附體，周身顫抖不止，三當家秦東羅卻躺倒在地上，咽喉中箭，命喪當場，六當家盧青淵也是肩頭中箭，周身染血，可是大當家閻天祿卻不知所蹤。

眾人慌忙向前方圍攏而去，蔣興權抱起盧青淵的身軀關切道：「六弟！六弟！你怎麼了？」

羅千福卻是從血泊中抱起了秦東羅的身軀，含淚悲呼道：「三哥！三哥……」他一邊大聲哭著，一邊試探秦東羅的脈門和呼吸，悲不自勝道：「三哥遇害了！」聽聞秦東羅遇害的消息，周圍哭聲一片，秦東羅為人慷慨仗義，深受島上群盜的愛戴，同時他從小追隨在大當家閻天祿的身邊，是最為忠誠的一個。

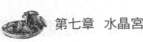

盧青淵一手捂著肩頭，額頭佈滿冷汗，臉色蒼白，顯然在忍受著莫大的痛楚，他顫聲道：「二哥是被唐驚羽害死的，咱們……咱們要為三哥報仇……」這番話頓時引起了群盜的回應，群盜齊聲道：「為三當家報仇！」

羅千福道：「兄弟們，咱們先去找到島主再說！」

眾人開始回去報訊，沒過多久時候，整個蟒蛟島的海盜幾乎傾巢而出，開始在飛龍峰之上展開地毯式的搜索。

胡小天和閻怒嬌兩人並不知道外面發生了如此天翻地覆的變化，胡小天背著閻怒嬌終於走出了迷陣，來到出口處，卻發現洞口已經坍塌被落石封住，胡小天放下閻怒嬌，趴在岩壁之上傾耳聽去，以他的聽力也感覺不到外面的變化，看來坍塌的地段不短，空氣中還彌散著火藥的味道，看來應該是人為炸毀，心情不由得變得沉重起來，低聲道：「這唐驚羽好生歹毒，竟然將洞口封閉了。」

閻怒嬌道：「應該還有出口，我曾經聽叔父說過，這水晶宮直接和海底相通，他應該不會騙我，這裡面肯定存在一條通往海底的通道。」

胡小天道：「咱們現在是在飛龍峰頂，找到那條通道豈不是要一直向下走到海底去？」

閻怒嬌道：「這座迷陣應該不是短時間內能夠佈置起來的，看來唐驚羽在島上潛伏了不少時候了。」

胡小天道：「也許這島上有他的內應，這座迷陣的規模可不是一個人可以建起的。」他想起了羅千福，水晶宮屬於羅千福的管轄範圍，這裡藏著那麼一座迷陣，羅千福不可能不知道，如果迷陣是羅千福所建，那麼他的目的何在？他和唐驚羽之間是不是有所勾結？只是他們為何要謀害閻家兄妹？真正的目標到底是誰？

閻怒嬌讓胡小天背著她重新走入迷陣，她認為迷陣的出口不止一個，只要找出其他的出口，或許就能夠找到那條通往海底的通道。

功夫不負有心人，在經過兩個時辰的搜索之後，閻怒嬌終於找到了另外一條出路，循著這條出路走入水晶洞的另外一條分支，走了一段平路之後，就開始明顯下行，又走出一段距離，前方光線漸漸變得暗淡下來，很快就變得伸手不見五指，這當然影響不到在黑夜中可以視物的胡小天。

閻怒嬌卻因為黑暗的緣故摟緊了胡小天的肩頭，可能是意識到自己過於緊張了，小聲道：「你累不累？」

胡小天笑道：「不累！」耳邊已經聽到隱隱有海浪之聲，他聽力靈敏，閻怒嬌此時還未有覺察，胡小天停下腳步仔細聽了聽道：「就在前方了！」他大踏步走去，接連拐過幾道彎，看到前方山洞已經到了盡頭，低頭望去，卻見地面上出現了一個黑魆魆的洞口，波濤聲就是從這洞口中傳上來的。

閻怒嬌此時也已經聽到了，輕聲道：「這洞口應該就是直通海底的地方。」

胡小天道：「我背你下去！」

閻怒嬌道：「休息一下再說！」

胡小天將她放了下來，然後從懷中取出一顆夜明珠，光芒將周圍照亮，映出閻怒嬌那張羞花閉月的俏臉，她的臉上充滿了擔憂的表情，二哥被唐驚羽擄走，生死未卜，她又怎能放心得下。

胡小天趴在地洞邊緣向下看了看，以他的目力也看不到底，他們現在的位置應該還在飛龍峰的半山腰，也就是說距離下方很可能有百丈的高度。

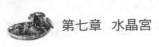

閻怒嬌道：「這洞穴直上直下，你背我下去恐怕不易，不如你獨自一人離開，等你脫困之後，再找人打通洞口救我出去。」

胡小天搖了搖頭道：「我才不會把你一個人留在這裡。」

閻怒嬌聽他這樣說，心底暖洋洋的無比溫暖，嘴上道：「你不必管我，我們甚至連普通朋友都算不上。」

胡小天聞言笑了起來，閻怒嬌含羞嗔道：「你笑什麼？」

胡小天來到她身邊：「咱們已有夫妻之實，難道還算不得普通朋友？」

閻怒嬌聽他提起這件事，芳心中又羞又急，揚起粉拳在他背後捶了一拳：「你答應我不說……」

胡小天道：「這些事以後再說，咱們還是儘快離開這裡，不然萬一那個唐驚羽將你二哥擄走了，咱們去哪裡找他？」

閻怒嬌聽到這件事不由得又緊張起來，雙手搭在胡小天肩頭，胡小天剛才已經脫下外袍，撕成布條搓成繩索，將閻怒嬌牢牢綁在了自己的身上，隨著胡小天的綁緊，兩人的身體變得緊密無間，閻怒嬌羞得俏臉通紅，還好胡小天背對著她，沒有看到她此時的尷尬。

胡小天將那顆夜明珠遞給閻怒嬌拿著，忽然問道：「咱們若是順利救出了你哥哥，你打算怎麼謝我？」

閻怒嬌被他問得一怔：「什麼？」

胡小天已經來到洞穴的邊緣，利用金蛛八步開始向下爬行，閻怒嬌看到他們已經脫離了洞口的邊緣，這地洞根本就是直上直下，不過還好洞壁之上有不少縫隙和突出不平的岩石，便於攀附，對胡小天這樣的高手而言，算不上什麼太大的挑戰。

閻怒嬌道：「你想要多少銀子？」

胡小天被她的回答逗笑了，哈哈大笑，然後一個飛縱，在閻怒嬌的驚呼聲中凌空飛躍一丈有餘，抓住了右側突出的一塊山岩。胡小天調侃她道：「到底是山賊家的閨女，張口閉口就是要錢，不過你們天狼山應該也有不劫財，劫色的事情吧？」

或許是因為特殊的環境讓兩人之間的距離迅速拉近了許多，閻怒嬌附在胡小天的耳邊小聲道：「你想怎樣？你敢劫色？」

胡小天繼續下行，笑道：「我幫你救人，你得知恩圖報，不如，以身相許怎麼樣？」

閻怒嬌有些難為情的皺起了鼻翼，過了一會兒方才道：「上次不是已經報答過你了……」雖然她生性大方豁達，可是這種話說出來也是極其的難為情。

胡小天笑道：「上次也是我幫你。」

閻怒嬌羞不自勝，忽然張開嘴巴在胡小天的肩頭輕輕咬了一口，又怕咬疼了他，馬上又放開口，胡小天卻誇張地大叫起來，雙手一鬆，彷彿從地洞上失手滑落，閻怒嬌也跟著尖叫，可馬上胡小天又抓住了下方的岩石，她這才意識到胡小天是故意嚇自己，嬌嗔道：「你好壞，人家不理你了。」

胡小天道：「男人不壞女人不愛，你心中怎麼想，我明白！」難怪都說男女搭配幹活不累，這樣的處境下非但沒有覺得枯燥，反而感到一種別樣的情趣。

海浪的聲音越來越大，胡小天憑聲音判斷出他們距離海面已經不遠，閻怒嬌用夜明珠照亮了一下，胡小天發現他們距離下方的海面還有不到十丈，這樣的距離大可一躍而下，不過他想起了一件很重要的事情：「你會不會水？」

閻怒嬌搖了搖頭道：「不會！我從小在山裡長大，不懂水性。」

胡小天道：「那也沒關係，我背著你，你趴在我身上，咱們就游出去了，不過必須要先找到出口。」

閻怒嬌道：「只要迎著風吹來的方向游過去，就可以找到出口了。」

「聰明！」胡小天讚了她一句，已經來到了海面上方，閻怒嬌將自己束髮的綢帶解下，揚起在空中，以此來觀察風向，判斷出海風吹來的方向，她指了指前方道：「那邊應該是出口。」

胡小天點了點頭，提醒閻怒嬌先屏住呼吸，然後帶她一起進入海水之中，洞內的海浪雖然比起外面小了不少，可是也稱得上波濤洶湧，小浪一尺多高，胡小天逆浪而行，更何況背上還背負了一個人，需要花去比平時游泳數倍的力量，閻怒嬌對水性一竅不通，胡小天指點她如何呼吸，浪頭打來的時候屏住氣，等到潮水過去，馬上呼吸。

水下的這個地洞非常寬闊，胡小天游出三百丈左右，看到前方隱約有光芒閃現，只是那光芒閃爍明顯不是外界的天光，好像是火光，他低聲將自己的發現告訴了閻怒嬌。

閻怒嬌也察覺到了這一變化，心中不禁暗暗驚奇，難道這山底水洞之中還有人住？

胡小天小心翼翼向前方游去，波濤比剛才似乎平靜了一些，胡小天開始加速之時，隱然感覺水流有了些微妙的變化，轉身望去，卻見椅子尺許高度的背鰭就在距離自己身後五乂處急速向他游弋而來，胡小天心驚膽顫，乖乖，了不得，該不是那麼倒楣，竟然在這裡遇到了鯊魚？

很多時候就是想什麼來什麼，周圍的海面宛如打地鼠一般露出了一個又一個的背鰭。

閻怒嬌有些後知後覺地驚呼道：「鯊魚！」

此時後方的一條鯊魚已經閃電般來到距離他們不到五尺處，張開血盆大口準備向獵物發動致命一擊。

胡小天不知哪裡來的力量，內息在丹田氣海中膨脹開來，身體猛然一挺，竟然脫離海面飛起，一條鯊魚隨之騰躍起來，大嘴咬向胡小天的雙腳，只差半尺的距離就會咬住，可惜差之毫釐失之千里，鯊魚的身體重重跌落到海面之上，胡小天卻借著這一挺之力在海面上飛掠出五丈的距離，眼看身體就要重新落入海面，從海底一條鯊魚破浪而出，張開大嘴等待獵物落入牠的巨口之中。

胡小天看準方向，一拳狠狠擊中惡鯊的鼻子，身體借著反作用力再度升騰而起，在半空中利用馭翔術向上騰起三丈的高度，然後俯衝而下海面之上一頭又一頭的惡鯊躥升出來，放眼望去要有數百條之多，一時間白浪滾滾宛如開鍋一樣。

閻怒嬌看到下方情景感到一陣頭暈眼花，趕緊閉上了眼睛，心中明白兩人命懸一線，只要胡小天的判斷稍有差池，兩人必然落入群鯊的巨口之中。胡小天連續幾個騰躍，距離前方火光已經越來越近，他看得真切，前方水面之上矗立著一塊三丈見方的礁石，礁石之上燃燒著一堆篝火，篝火旁屹立著一人，那人身軀高大，虎目炯炯，看到這方凶險的情景，大聲喝道：「上來！」

胡小天抬腳將一條躍出水面的惡鯊踢飛，然後凌空一躍，在空中連續兩個翻騰穩穩落在礁石之上，一條惡鯊跟在他身後衝上了礁石，張口就咬，被礁石上那人揚起拳頭，一拳狠狠砸在惡煞的腦袋上，那人神力驚人，竟然一拳將鯊魚砸得腦漿迸裂，翻滾著落入海水之中，馬上被牠那幫窮凶極惡的同伴湧上去吞噬一空。

卻聽閻怒嬌驚喜萬分道：「叔叔！」

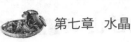

礁石上那人也是喜出望外：「怒嬌！真的是你嗎？」

胡小天這才知原來這地底水洞之人竟然是蟒蛟島的大當家閻天祿，看到閻天祿渾身血跡斑斑，臉上充滿疲憊，卻不知堂堂蟒蛟島的大當家因何落到了如此田地？

胡小天解開繫帶將閻怒嬌放下，閻怒嬌也發現了叔叔的狀況不佳，衝上去扶住閻天祿的臂膀關切道：「叔叔，叔叔你怎麼了？」

閻天祿因為剛才的出拳而牽動了傷勢，他喘了口氣道：「不妨事，被小人暗算了！」一雙虎目充滿警惕地盯住胡小天道：「你是誰？」

閻怒嬌看了胡小天一眼方才道：「他……他是您的手下。」

閻天祿搖了搖頭，如果沒有看到胡小天剛才的身手，他或許會相信侄女的話，可是剛才看到胡小天在群鯊之中蹦跳縱橫的情景，他才不會相信胡小天是自己的手下，冷冷道：「在我的印象中，蟒蛟島上還沒有人擁有這樣的輕功，你到底是誰？快快將你的身分照實招來，如果敢有半句欺瞞，我要了你的性命！」雖然身處困境，可是島主的威勢仍在。

胡小天哈哈大笑，不以為然道：「話誰都敢說，可是以島主現在的狀況，你自問有這個能力嗎？」

閻天祿心中明白對方已經看出自己傷勢不輕，臉上的表情卻沒有流露出任何懼色，冷笑道：「你不知道這是在誰的地盤上？」

胡小天道：「明白，看來閻島主已經在地上待膩了，居然選擇來到地下水洞中享受生活，真是佩服佩服！」

「呃……」閻天祿頓時老臉發熱，想要利用島主的身分震住對方顯然不可能。一旁閻怒嬌突然轉過身去嘔吐起來，卻是因為看到海面上群鯊爭食同伴的場景讓她噁心的嘔吐起來。胡小天趕緊上前拍了拍她後背關切道：「你有沒有事？」

閻天祿又不是傻子，他閱盡滄桑一眼就看出兩人的關係並不尋常，可是在他的印象之中，侄女前來蟒蛟島的時候並沒有此人隨行，真是奇怪，到底他來自何方？

閻怒嬌喘了口氣道：「我沒什麼事，叔叔，他是我朋友，你不用擔心。」

閻天祿的表情稍稍緩和了一些。

胡小天道：「閻島主，還是暫且收起你的敵意，無論你喜不喜歡願不願意，現在咱們都同坐在一條船上，如果對立下去，也許咱們都會被困在這裡，大家還是放下成見，先想辦法從這裡逃出去再說。」

閻天祿並沒有回應他。

胡小天從懷中掏出一顆歸元丹遞給閻天祿道：「這是歸元丹，能夠幫助你治療內傷。」他以此來表示自己的誠意。

閻天祿看了看閻怒嬌，閻怒嬌向他微微點了點頭，示意胡小天沒有惡意，他這才接過歸元丹塞入口中，然後默默走到一旁盤膝坐在篝火邊開始運功療傷，過了一會兒看到閻天祿頭頂白霧嫋嫋，宛如蒸籠。

胡小天和閻怒嬌都不敢打擾他，也在篝火旁坐了，靜靜烘乾自己的衣服，閻怒嬌又冷又睏，不知不覺中靠在胡小天的肩頭打起了瞌睡。胡小天卻不敢有絲毫大意，始終警惕關注著閻天祿。

閻天祿此時緩緩睜開雙目，兩人目光相遇，閻天祿的目光中已經沒有了剛才的敵意，他低聲道：「你們怎麼到了這裡？」

胡小天道：「這要問你的好兄弟羅千福，究竟在水晶宮內藏了什麼？因何落櫻宮的唐驚羽會在裡面？」

閻天祿的表情頓時變得怒氣沖沖，他並非是因胡小天的話而起，而是想起了剛才自己被兄弟設計的事情。

胡小天看到他的表情，再聯繫到閻天祿目前的狀況，已經將事情猜了個大概，笑瞇瞇道：「看你的樣子，也是被人設計了，告訴我，設計你的是不是你的好兄弟羅千福？」

閻天祿怒道：「跟你有什麼關係？」

他的聲音驚醒了閻怒嬌，閻怒嬌以為兩人又要發生衝突，慌忙勸阻道：「大家都消消氣，現在並不是爭鬥的時候。」

胡小天道：「怒嬌你放心，我不會跟老人家一般見識。」

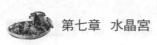

閻天祿怒道：「喂！小子，你說誰是老人家？」

胡小天道：「鬍子一大把，脾氣卻如此暴烈，也難怪，換成是我也會生氣，被兄弟們坑成這個樣子。」

閻天祿霍然站起身來，指著胡小天的鼻子吼道：「小子，我現在就把你扔進海裡餵鯊魚。」

「誰怕誰？」胡小天寸步不讓。

閻怒嬌急切之間也站了起來：「不要……」胸口卻是一痛，牽動了內傷，捂著胸口俏臉煞白的蹲了下去，閻天祿和胡小天趕緊過來，一人攙住她的左臂，一人攙住她的右臂，同時關切道：「怒嬌，有沒有事？」

閻怒嬌歎了口氣道：「沒事，被唐驚羽射了一箭，還好我有寶甲防身。」

閻天祿咬牙切齒道：「我和落櫻宮勢不兩立。」

胡小天道：「唐驚羽能夠潛入水晶宮中，還在水晶宮內佈置了迷陣，沒有蟒蛟島的內應是萬萬不可能的，攘外必須安內，找落櫻宮報仇之前，你還是好好想想清理門戶的事情。」

閻天祿被胡小天說中了痛處，不由得歎了口氣道：「我大意了……」神情黯然，默默坐回原來的位置。

胡小天道：「你淪落到如今的地步，只怕對付你的不僅僅是羅千福一個吧，盧青淵中途找了個藉口離去，想必也是這件事的謀劃者之一。」

閻天祿道：「小子，你究竟是什麼人？為何對這些事會知道得如此清楚？」

胡小天道：「我是誰並不重要，你的侄子閻伯光被唐驚羽帶走，咱們必須儘快去救他。」

閻怒嬌道：「叔叔，你一定有辦法救他的對不對？」

閻天祿點了點頭安慰她道：「一切都包在我的身上！」可是話說得容易，以他現在的狀況，別說是救人，就算是自保都有問題。

胡小天當然不會相信，歎了口氣道：「有些事說跟做是兩碼事。」

閻天祿怒道：「小子，為何你總是跟我作對？」

胡小天道：「雖然我不清楚外面發生了什麼事，可是你既然能被人逼到這裡來，就證明蟒蛟島的形勢已由不得你來掌控。」

閻天祿被胡小天揭穿了真實處境，不由得長歎了一口氣道：「沒想到他們會這樣對我，竟然請了落櫻宮的宮主唐九成出山暗算於我！」

胡小天聽到唐九成也來到了蟒蛟島，心中不由得一沉，雖然他並沒有見過唐九成，可是他領教過唐驚羽的箭法，唐驚羽已經到了以箭馭氣的境界，那麼唐九成的功力顯然更加深不可測，難怪閻天祿會敗得如此淒慘。

閻天祿再不隱瞞，將自己因何落到如此境地的緣由，從頭到尾說了一遍。

胡小天聽完，雖然他和閻天祿此前處在敵對的立場上，也不由得對他生出了些許同情，短短的一日之間，閻天祿從蟒蛟島的島主淪落成為一個惶惶而不可終日的逃犯，的確讓人唏噓，不過想起閻天祿此前的行為，他剛剛萌生出的一點同情頓時一掃而光，輕聲道：「閻島主的敵人恐怕不止是落櫻宮吧？」

閻天祿道：「你什麼意思？」

胡小天道：「蟒蛟島還囚禁了一千多名大康的水軍，閻島主不會不清楚吧？」

閻怒嬌眨了眨美眸，此時她方才知道胡小天前來的真正目的，又不由得開始擔心起來，胡小天應該是為了營救大康水軍而來，這樣說他和叔叔就是敵非友。

閻天祿望著胡小天忽然哈哈大笑起來，他點了點頭道：「你是來救人的？」

胡小天微笑道：「不可以嗎？」

閻天祿道：「那些水軍來自於東梁郡，乃是胡小天的手下，看來你是受了胡小天的委託而來。」

閻怒嬌心中暗道，他何止是受了委託，根本他就是胡小天。

胡小天點了點頭道：「你和東梁郡方面並無仇隙，因何要對水軍下手？主動挑起仇隙？」

閻天祿抿了抿嘴唇，歎了口氣道：「現在我方才明白，盧青淵狼子野心，故意幫我挑起事端，可歎，我竟然相信了這廝的鬼話，攻擊中陽的商船隊伍。」

從他的口風中，胡小天聽出他和胡中陽應該是舊相識，一直以來胡小天對胡中陽的財富來源都頗感好奇，看來胡中陽應該和蟒蛟島過從甚密。

胡小天道：「咱們不妨談個交易。」

這句話其實正合閻天祿的心意：「什麼交易？」

胡小天道：「我幫你重奪蟒蛟島島主之位，你幫我救出胡中陽和那幫大康水軍。」

閻天祿道：「你有什麼資格跟我談條件？只要我養好內傷，出去之後振臂一呼，必然萬眾歸心，蟒蛟島乃是我一手建立，又怎會讓他人輕易奪去？」

胡小天笑道：「閻島主對自己真是有信心，你的幾位兄弟既然敢對你下手，想必已經做好了各方面的準備，恐怕你走出去，你過去的弟兄都會對你倒戈相向。」

閻天祿再度沉默了下去，胡小天說得沒錯。他點了點頭道：「這裡有一個出口可以游到外面，但是外面必然有很多人在搜捕，我們只要現身必然會暴露。」他停頓了一下又道：「唐九成已經修煉到了凝氣為箭的地步，我被他射中了三箭，若非有乾坤鏡護心，只怕已經死在了他的手下，雖然如此我也被他重創經脈，如今的戰鬥力只剩下昔日的四成。」閻天祿將自己的狀況據實相告，表現出十足的誠意，這就意味著他同意和對方合作。

閻怒嬌看到兩人之間劍拔弩張的狀態終於得到緩和，也終於可以放下心來。

胡小天道：「只有一個出口嗎？」

閻天祿道：「還有一個出口，就是你們來的地方。」

胡小天搖了搖頭道：「水晶宮的兩個出口都已經被封閉，而且就算我們能夠走出去，出口外也一定佈滿了埋伏。」

閻天祿道：「除此以外還有一個出口！」

胡小天聞言大喜，閻天祿身為蟒蛟島主，自然對這裡的情況一清二楚。有他帶路，想要離開困境應該不難。

閻天祿道：「蟒蛟島下方水域相通，想要上島，還有一個出口位於飛魚洞。」

閻怒嬌驚呼道：「你是說咱們從這裡游過去？下面全都是鯊魚怎麼可能？」

胡小天望著在礁石周圍海面上巡弋的鯊魚，低聲道：「鯊魚雖然可怕，可是和人比起來還是要可愛得多。」

閻天祿道：「不錯！」

胡小天道：「這裡距離飛魚洞有多遠？」

閻天祿道：「七里水路！」

胡小天聽完也不由得吐了吐舌頭：「是不是只有這片區域有鯊魚？」

閻天祿道：「越是靠近飛魚洞，鯊魚越多。」

胡小天道：「那咱們還是選擇你逃進來的路線，大不了殺出一條血路。」

閻天祿道：「晚了！」他望著礁石周圍湧動的群鯊道：「其實還有一個辦法！」他說完，從腰間掏出一個瓷瓶，向胡小天道：「借劍一用。」

胡小天將軟劍遞給了他，閻天祿將瓷瓶的瓶塞擰開，在軟劍上倒了一些黑水。

胡小天雖然隔著一段距離，仍聞到那黑水腥臭撲鼻，捏著鼻子道：「什麼？」

閻天祿道：「七星海蛇的毒液，這瓶毒液乃是從蛇王身上所取，奇毒無比！」

他將軟劍淬毒之後，收好了瓷瓶，然後揮動軟劍向海面蕩動，一條巨鯊魚張口就向軟劍咬來，這些鯊魚實在凶悍。閻天祿就勢一揮，軟劍刺入鯊魚的嘴巴內，然後迅速他又將軟劍抽了回來，鯊魚的身體落入水中，沒多久就看到那鯊魚肚皮朝上翻出水面，這會兒功夫已經被毒死。

閻怒嬌看到叔叔的作為已經明白了他的用意，他是要用這條鯊魚當誘餌，毒殺周圍的鯊魚群，果不其然，周圍鯊魚發現同伴死了之後，一個個爭先恐後地撲了上去，開始吞噬同伴的血肉，不多時，那條鯊魚已經變成了骨架，於是有更多的鯊魚被毒殺，死亡以驚人的速度蔓延著，轉瞬之間，海面上到處漂浮著鯊魚的屍體。

閻天祿看到眼前情景哈哈大笑，閻怒嬌卻因為受不了同類相殘的場面藏身在胡小天的身後，閉上眼睛實在不忍去看。

胡小天雖然感覺到閻天祿這樣的手法有濫殺動物之嫌，可是眼前的狀況下也的確想不出太好的辦法，短短的時間內，周圍的海面就已經平靜下來。

閻天祿將軟劍還給了胡小天，不無得意地向他揚了揚頭。

胡小天小心將軟劍插回鞘中，以後用劍必須要小心了，好好的軟劍被沾上了劇毒，傷到別人無所謂，若是不小心傷到了自己豈不是麻煩。

閻天祿道：「小子，準備好了嗎？」

胡小天笑道：「這還用準備啊？老人家，你還走得動路嗎？」

閻天祿哈哈大笑，笑到中途，卻又因為胸口疼痛戛然而止。

閻怒嬌知道叔叔向來好強，輕聲道：「不如咱們休息一下再走。」

閻天祿搖了搖頭道：「救人如救火，咱們出去得越晚，伯光的危險就越大。」

胡小天背起閻怒嬌向閻天祿道：「勞煩島主引路！」

閻天祿點了點頭，飛身從礁石之上跳了下去，落在一條死去鯊魚的肚皮上，然後踩著這條鯊魚的屍身繼續向前方騰躍，又來到另外一條鯊魚的屍體上，如此接連騰躍前進。

胡小天雖然背著閻怒嬌，可是身法比起閻天祿還要靈活許多。看到胡小天背著閻怒嬌在鯊魚屍體之上蹦跳自如，身輕如燕，閻天祿心中不由得暗歎，果然是長江後浪推前浪，在年輕人面前不服老是不行了。

鯊魚的屍體竟然蔓延數里，胡小天暗自感歎想不到閻天祿的蛇毒如此厲害。距離飛魚洞還有兩里距離的時候，前方再也看不到鯊魚的屍體，閻天祿轉身望去，卻見胡小天踩在一條鯊魚屍體之上，破浪而行，竟然是用內力催動那條已經死去的鯊魚向前方前進。

閻天祿好勝心頓時興起，準備也學著胡小天的樣子繼續行進。

胡小天卻道：「老人家，你內傷不輕，還是別逞強了，這鯊魚肚皮上還可容納一人，上來吧！」

閻天祿狠狠瞪了他一眼，雖然心中很是不服氣，可也清楚自己現在的狀況，如果一味逞強，只會讓內傷加重，於是輕輕一躍來到胡小天和閻怒嬌所在鯊魚的肚皮上，胡小天催動那條鯊魚繼續向前方行進，按照閻天祿的指揮不時改變方向，閻天祿以傳音入密向胡小天道：「前方就是飛魚洞，從底部進入洞口還要爬上三十丈高度的懸崖。」

胡小天低聲回應道：「飛魚洞內會不會有人防守？」

閻天祿搖了搖頭道：「這下面乃是群鯊彙聚之所，羅千福應該不會想到我們會選擇這條道路逃出來，而且唐九成射中了我三箭，多半人都會認為我已經死了。」

說話間已經來到當初棄屍的橋下，過去鯊魚聚集之地，現在居然連一條鯊魚也沒有見到，應該是群鯊全都一窩蜂湧到剛才他們所在的礁石周圍去吞噬同伴的屍體，這兒反倒空了。

胡小天傾耳聽去，確信上方沒有動靜，方才背著閻怒嬌跳躍到山崖之上，施展金蛛八步向上方爬去，閻天祿隨後攀上山崖，他的動作雖比不上胡小天輕盈靈活，但是每爬升一步都是穩紮穩打，雙手有力。三人先後爬到上方，看到長橋之上果然沒有任何人在。

胡小天輕車熟路，來到此前自己所住的石室內，找出衣物，三人分別換上。此時外面傳來腳步聲，三人慌忙藏身到房門兩旁，卻聽外面一人歎了口氣道：「想不到島主居然被人所害！」

另外一人道：「島主武功蓋世，怎會發生這樣的事情？」

「聽說是被落櫻宮主人唐九成所殺，我親眼看到了屍體，絕不會有錯。」

「哎！島主英雄一世竟然落到如此淒涼的下場。」

「三爺也死了，咱們蟒蛟島真是攤上大麻煩了。」

閻天祿並不知道秦東羅被殺的消息，聞言目眥欲裂，過去雖然他最為器重老六盧青淵，可是與他感情最好的卻是秦東羅，聽到這個噩耗他雙目都變得赤紅。

房門輕動，兩人推門走了進來，胡小天和閻天祿分別衝上前去，他們各自抓住一人，將之抵在牆壁之上。

其中一人看到閻天祿，嚇得魂不附體，正是剛才說親眼看到閻天祿屍首的那人，還以為自己遇到鬼了，閻天祿咬牙切齒道：「你敢多說一個字，我就扭斷你的脖子！」大手抵住他的咽喉道：「說！羅千福在哪裡？」

第八章

蛟龍令

胡小天一看，上面寫著——蛟龍令三個大字，
方才明白了閻天祿的意思，敢情這貨是有恃無恐，
還以為人家是個笨蛋，結果居然是自己考慮不周。
閻天祿得意洋洋，心中暗忖，
小子居然敢看輕我，老子吃的鹽都比你吃的米多！
知不知道什麼叫薑是老的辣？

那人嚇得魂飛魄散，可是他感受到閻天祿手掌的溫度，確信眼前絕不是死人，顫聲道：「五爺……他……他在聚義堂……為……為您守靈呢……」閻天祿點了點頭，手上猛然加力，喀嚓一聲已經將此人的脖子擰斷。

胡小天也是同樣將另外一名海盜擊斃，現在是非常時期，蟒蛟島上狀況不明，決不能輕易將他們的行蹤洩露出去。

閻天祿恨恨道：「為我守靈？這幫混帳從哪裡弄來了屍體？」

胡小天道：「應該是用這種方法讓你的部下死心，趁機奪權。」

閻天祿道：「走，咱們去聚義堂看看！」

胡小天道：「你打算就這樣大搖大擺的走出去？恐怕到不了聚義堂就會被人發現行蹤，盧青淵他們一定有所準備，你還是考慮清楚再說。」

閻天祿看到那死去的兩名手下頭上全都紮著白布，於是將白布取下，在自己的頭上紮好。

胡小天心中暗笑，閻天祿偽裝的方法也太蹩腳了些。他從懷中取出一張人皮面具遞給了閻天祿，離開東梁郡之前他從秦雨瞳那裡要來了幾張人皮面具，一直帶在身上，雖然他有易筋換骨改頭換面的本事，可畢竟多些準備方能有備無患。

閻天祿也不說謝，將人皮面具戴好，胡小天也找出一張遞給了閻怒嬌，至於他自己反倒沒有那個必要，就算這樣走出去也沒有幾個人認識。

有了閻天祿這位蟒蛟島島主當嚮導，自然不用擔心會在蟒蛟島迷路，他們隨著人流來到聚義堂。發現聚義堂外已圍得水泄不通，根本沒機會進入其中。

閻天祿帶著他們兩個來到聚義堂前方土坡上的一棵大樹旁，率先爬了上去，胡小天抬頭看了看天空，又是颳風又是打雷的，現在爬樹豈不是遭遇雷劈的危險大增，閻天祿在樹上向他們招手道：「上來，這裡可以看到！」

胡小天搖了搖頭，讓閻怒嬌在下方等著，自己也隨著爬了上去，站在高處向聚義堂望去，卻見聚義堂前方的院子裡也站滿了人，那些人應該是蟒蛟島的大小首領，全都身穿白色孝服，靈堂前方，有三人站在那裡，正中一人是六當家盧青淵，兩旁分別是羅千福和蔣興權。

卻聽羅千福道：「島主被落櫻宮賊子所害，我們必然要為島主報仇，血洗落櫻宮，將元兇唐氏父子抓到島主的墳前，砍了他們的人頭祭拜。」

眾盜齊聲道：「血洗落櫻宮，為島主報仇！」

胡小天以傳音入密向閻天祿道：「你的這幫手下還算忠心。」

閻天祿不無得意地回應道：「只要我現在站出去，馬上他們全都會聽從我的指揮。」說完之後發現胡小天一臉的不信，怒視胡小天道：「怎麼？你不信？」

胡小天道：「信！不過你現在要是站出去，恐怕第一時間就會成為箭靶子。」

閻天祿暗吸了一口冷氣，胡小天的這番話並非危言聳聽，盧青淵已經當眾宣佈了自己的死訊，現在站出去，保不齊他會指認自己是個冒牌貨，眼前之計，唯有暫時忍耐，且聽這幾個狼子野心的傢伙要怎麼做。

羅千福又道：「兄弟們，國不可一日無君，家不可一日無主，咱們蟒蛟島歷經島主數十年刻苦經營方才有今日之規模，島主被奸人所害，這個仇我們必須要報，可是我們首先要推舉出一位新島主，繼承島主遺志，率領我等為島主報仇雪恨！」

人群中有人道：「五當家，您足智多謀，我看就由您來擔當島主之位。」

羅千福大聲道：「諸位兄弟見笑了，羅某何德何能怎敢擔此重責，我六弟盧青淵年輕有為，目光遠大，深得島主生前器重，早已是島主指定的繼承人，我看這島主的位子由六當家擔當最為妥當。」

人群中馬上有人開始應和，連四當家蔣興權也點頭稱是，盧青淵雖然年輕，在六位當家中資歷尚淺，可是他頭腦精明，做事成熟老練，其能力早已被島上眾賊認同，所以一經羅千福提議，馬上就獲得了多半人的支持。

閻天祿看到這裡，氣得牙關咬得咯咯作響，恨不能現在就衝出去揭穿幾人的陰謀，胡小天猜到他的想法，及時提醒他道：「小不忍則亂大謀，你現在衝出去只怕已經於事無補。」

盧青淵抱拳道：「承蒙諸位兄弟錯愛，我盧青淵何德何能，豈敢擔此大任，不過島主被奸人所害，我二哥又不在島上，三哥也被人暗算，兩位哥哥一力推辭，我只能硬著頭皮接下這個責任，青淵在此向諸位兄弟聲明，青淵絕非貪戀權位之人，等到我二哥返回蟒蛟島後，我就將領導蟒蛟島的權力交還給二當家。」

眾人竊竊私語，都認為盧青淵這番話是出自本心。

閻天祿咬牙切齒道：「奸賊！真是氣煞我也！」

胡小天卻道：「衝著他這句話，我看你們的二當家只怕也危險了。」

盧青淵道：「島主屍骨未寒，我將島主和三當家的遺體已經存放在水晶棺中，供諸位兄弟弔唁，今日乃我蟒蛟島之恥，我們和落櫻宮從此勢不兩立，我盧青淵就算賠上這條性命，也一定為島主報仇，為咱們蟒蛟島討還這個公道。」這句話頓時又帶動了眾人的情緒，一時間群情激奮。

雨卻越下越大，眾盜開始有序進入聚義堂拜別兩位當家，胡小天本不想湊這個熱鬧，可是閻天祿卻非要進去看個究竟，他們隨著人群進入靈堂，耐心跟在後面足足走了半個時辰方才來到水晶棺前，向棺中躺著的那人望去，發現裡面的死者竟然長得和自己幾乎一模一樣，閻天祿心底咯噔一下，幸虧這小子剛才提醒自己不要貿貿然露面，現在公開露面很可能會被人暗殺不說，自己根本無法證明自己的身分。

胡小天也看清了水晶棺內死者的樣貌，由此看來盧青淵和羅千福等人準備謀反已經由來已久，他忽然想起羅千福前往東梁郡送信的事情，難道交換人質也是這兩人計畫中的事情？

兩人在身後海盜的催促中離開了靈堂，來到外面和等候在那裡的閻怒嬌會合在一處，閻天祿雖然戴著面具，仍然可以看到他的目光黯然，他向來認為自己統治下的蟒蛟島固若金湯，現在方才知道其實內部早已暗潮湧動。

胡小天道：「老人家，你也看到剛才的狀況了，單憑著咱們三個恐怕無法逆轉大局。」

閻天祿因為他稱呼自己老人家而惡狠狠瞪了他一眼道：「小子，害怕就走，沒人讓你幫我！」

胡小天不由得笑了起來：「你忘了咱們剛才的約定？你幫我救人，我幫你重登島主之位。」

閻天祿指了指前方，三人尋了一個無人的茅草屋走了進去，暫時躲避風雨，閻怒嬌來到窗前負責望風，閻天祿冷冷望著胡小天道：「小子，你究竟是誰？老老實實交代，否則休想我跟你合作！」

胡小天道：「做海賊的難道都是出爾反爾嗎？」目睹閻天祿已經就快到了山窮水盡的地步，他想要翻身，唯一的機會就是跟自己合作，胡小天自然不再擔心他會加害自己，微笑道：「在下胡小天，咱們過去雖沒見過面，可是已打過交道了。」

閻天祿驚得目瞪口呆，他雖然知道對方是東梁郡的人，可是並沒有想到身為東梁郡城主的胡小天居然敢獨自一人潛入蟒蛟島，這廝的膽子可真夠大，閻天祿心中將信將疑，先向侄女看了一眼，閻怒嬌點了點頭，等於證明了胡小天的身分。

閻天祿壓低聲音道：「你好大的膽子！」

胡小天道：「不是你抓了我的人，還用他們的性命要脅，我才懶得到你這座淒風苦雨的破島上受苦。」

閻天祿歎了口氣，造化弄人，他和胡小天之間此時已經是友非敵，如果不是看透了他的處境，胡小天也不會主動坦誠身分，閻天祿黯然道：「我真是悔不當初，被盧青淵那賊子的花言巧語迷惑，落到如今眾叛親離的下場。」

胡小天道：「亡羊補牢猶未晚矣，只要咱們先進入監牢之中，會合我的那些手下，就有反轉大局的機會。」

閻天祿沒有說話，胡小天以為他乃在猶豫，低聲勸道：「僅憑著咱們三人的實力是不可能和他們抗衡的，雖然你是島主，島上有不少人尊敬你，但是盧青淵大肆散佈你的死訊，又弄了一具幾可亂真的屍體讓人瞻仰，只怕現在就算你站出來，也未必有人相信你是真的，明槍易躲暗箭難防，落櫻宮的人現在也未必離開，咱們唯有先救出我的手下，才能有幫手，到時候我們依仗著監獄的高牆之利，向他們發起反攻。」

閻天祿道：「若是他們不肯相信我的身分怎麼辦？」

胡小天笑道：「走一步看一步，你已經落到如今的境況，再壞還能壞到哪裡去？與其坐以待斃，不如我等攜起手來背水一戰。」

閻怒嬌輕聲道：「叔叔，我認為胡公子說得沒錯。」

閻天祿搖了搖頭，女生向外，果然是顛破不滅的真理，自己是旁觀者清，已經看出侄女和胡小天之間已然生出情愫了，閻天祿道：「走，那就前往監牢。」

胡小天道：「有沒有密道潛入其中？」

「什麼？」閻天祿有些愕然。

「密道！難道你想大搖大擺地走進去？老人家，您不是老糊塗了吧？」胡小天有些哭笑不得了。

閻天祿呵呵笑道：「當然要大搖大擺地走進去。」

胡小天心想這貨的腦子當真是無可救藥了，難道不怕暴露？就算別人不認識他現在的樣子，也不可能隨便放他們進去。

閻天祿看出胡小天對自己的鄙視，仰起頭充滿傲慢道：「我是什麼人？我是蟒蛟島主！」

「得加個前字，現在已經江山易主了。」胡小天不失時機地往傷口上撒鹽。

閻天祿居然嘿嘿笑了一聲，從腰間掏出一塊黑鐵令牌，在胡小天眼前晃了晃。

胡小天湊近一看，卻見上面寫著——蛟龍令三個大字，方才明白了閻天祿的意思，敢情這貨是有恃無恐，還以為人家是個笨蛋，結果居然是自己考慮不周。

閻天祿得意洋洋，心中暗忖，小子居然敢看輕我，老子吃的鹽都比你吃的米多！知不知道什麼叫薑是老的辣？

胡小天故作糊塗道：「這令牌有什麼用處？」

閻天祿道：「有了這枚令牌，就可以在蟒蛟島暢通無阻。」

胡小天道：「島主都死了，令牌還有用？」

閻天祿知道這廝是故意在氣自己，咧嘴笑道：「盧青淵應該沒那麼早想到這些事情。」他將蛟龍令扔給胡小天道：「走！去提審你的那幫手下。」

今晚蟒蛟島大半人馬都跑去聚義堂弔孝了，加上風雨飄搖，監獄大門緊鎖，外面也不見有人駐防，胡小天來到大門前重重敲了敲大門，過了一會兒，大門上打開了一個小窗，從中露出一張警惕的面孔，沉聲道：「什麼人深夜前來？」

胡小天將手中的蛟龍令出示給那名警衛：「六爺讓我過來提審胡中陽！」之所以由他出面，是因為閻天祿在蟒蛟島為眾人矚目，擔心會被人識破身分。

那人看了看蛟龍令，當然不會看出任何的破綻，關上小窗，緩緩打開了大門。

胡小天率先走了進去，閻天祿和閻怒嬌緊隨其後。

監獄背靠山岩而建，走入監獄的正門，其實就是走入了一座山洞的入口，山洞經過人工斧鑿，牆壁光華齊整，經過這條長長甬道之時，每隔一段距離牆壁上都會有一盞魚油燈，乃是採用海中鯨魚油脂作為燃料，可以長時間點燃而不熄滅。甬道每一個轉折處都有警衛嚴防，走過長達五十丈的甬道，方才正式進入監牢區。

這座監牢遠比胡小天想像中戒備更加森嚴，如果按照他當初的計畫，想要潛入其中只怕難於登天，正所謂塞翁失馬安知非福，如果不是這場突如其來的風暴，怎麼會讓他遇到了閻天祿。

利用蛟龍令，他們三人順利進入了監區。

負責內部監區的頭領袁杜生前來參見，驗過胡小天手中的蛟龍令之後，他恭恭敬敬道：「不知尊駕此次前來有何吩咐？」

胡小天沉聲道：「你只怕還不知道吧，現在蟒蛟島已經推舉六爺為咱們的新任島主，六爺當眾立誓，要為老島主報仇雪恨，根據我們掌握的情況，島主遇害很可能和胡中陽有關，所以我等奉命前來提審胡中陽。」

胡小天說得合情合理，袁杜生不知是計，見到蛟龍令如同島主親來，馬上帶著胡小天一行來到關押胡中陽的牢房前。

胡中陽正在熟睡，聽到外面的動靜慌忙坐了起來，他大聲道：「我要見島主，爾等將我囚禁於此，不讓我和島主見面究竟是什麼意思？」

胡小天已經知道胡中陽和閻天祿之間早就相識，兩人應是合作多年，至於因何發生了矛盾，閻天祿派人攻擊胡中陽的商隊，並將他囚禁在這裡，目前不得而知。

胡小天揮了揮手，示意袁杜生打開牢門，微微側過面龐道：「你們暫且退下，我有話要單獨問他！」

閻天祿和閻怒嬌兩人齊聲道：「是！」然後做了個請的動作，示意袁杜生等人儘快離開，袁杜生並沒有生出疑心，提醒道：「此人的脾氣又臭又硬，只嚷著要見島主，什麼話也不肯說。」

等到周圍人離去之後，胡小天在胡中陽面前蹲了下來。

胡中陽雙手雙腳都被上了鐐銬，頭髮蓬亂，臉上佈滿污穢，顯然遭受了不少的折磨，昏暗的燈光下，他茫然望著胡小天道：「我要見島主，我從未有背叛蟒蛟島的意思，他為何要如此待我？」

胡小天故意道：「島主被奸人所害，不幸身亡了！」

「什麼？」胡中陽聞言大驚失色，用力搖了搖頭道：「你騙我，島主武功蓋世，怎會被奸人所害？」

胡小天道：「我騙你作甚？不但是島主遇害，連三當家也死於暗殺，不然我等為何要披麻戴孝？」

胡中陽這才留意到胡小天的裝扮，明白對方所說的應該是事實，不由得鼻子一酸，虎目之中滾滾落下淚來，充滿悲愴道：「島主……你死得冤枉啊！」

在外面負責望風的閻天祿聽到胡中陽在監牢內為他哭泣，心中不禁感慨，他之所以下令攻打胡中陽的商隊，是因為盧青淵向他進言，胡中陽此次前往渤海國經商是假，真正的目的卻是負責幫助東梁郡方面和渤海國聯絡，商討兩者聯手剿滅蟒蛟島的事情，閻天祿信以為真，這才決定派人攻打，將胡中陽的船隊一網打盡，俘虜了數千人。

其實此前閻天祿也想過要跟胡中陽見上一面，當面問問他為何要背叛自己，可他還沒有來得及提審胡中陽，島上就發生了這樣的劇變。

胡小天道：「島主如此對你，想不到你居然還會為他落淚。」

胡中陽哽咽道：「島主對我有知遇之恩，若非島主眷顧，我永無發跡之日。」

胡小天冷笑道：「既然島主對你如此大恩，你為何要背叛島主投靠胡小天？」

胡中陽道：「我從未背叛島主，我也沒有投靠過胡小天，只是東梁郡關乎到我的切身利益，我之所以幫他，也是因為共同利益使然。」

胡小天道：「你從胡小天那裡借了戰艦水師，難道不是想對蟒蛟島不利嗎？」

胡中陽叫苦不迭道：「區區一千水軍又豈能對蟒蛟島造成威脅？我從胡小天那裡只是借兵護航，並無針對蟒蛟島的意思，嗨！現在說什麼都已經沒用了，島主他已經去了……」胡中陽看來是真對閻天祿有著很深的感情，說著說著又開始落淚。

胡小天聽到這裡，已經基本確定胡中陽雖然和閻天祿是一夥的，可是他的初衷也不是坑害自己，於是不再隱瞞自己的身分，以傳音入密向胡中陽道：「胡財東！

你看看我是誰！」

胡中陽愕然向他望去，卻見眼前竟然出現了胡小天的面孔，胡中陽驚得目瞪口呆，他以為是自己看錯了，用力眨了眨眼睛，確信絕不是自己眼花，低聲道：「你……你……」

胡小天道：「胡財東不必驚慌，蟒蛟島今日發生重大變故，盧青淵、羅千福勾結落櫻宮唐九成父子暗害閻島主，三當家已經被害。」

胡中陽從他的話中聽出端倪，壓低聲音道：「你是說島主他……他沒事？」

胡小天點了點頭道：「自然沒事。」他指了指外面，胡中陽順著他的目光望去，看到閻天祿雄壯的背影，方才知道胡小天這次是和閻天祿一起來的，他心中又驚又喜，驚的是他們這樣明目張膽地混入監牢，時刻都有暴露的風險，喜的是自己終於有了獲救的希望。

胡中陽低聲道：「我早就感覺盧青淵有些不對，原來他才是幕後黑手。」

胡小天道：「外面起了颶風，隨我前來的船隊一時間無法抵達蟒蛟島，想要扭轉局面只能靠咱們自己了。」

胡中陽點了點頭。

胡小天將一柄匕首掏了出來，這柄匕首乃是他特地隨身攜帶的一把削鐵如泥的寶刃，悄然將胡中陽手上腳上的鐐銬切開，又將匕首遞給了胡中陽，低聲吩咐道：

「這柄匕首你先收著，等我們離開之後，你想辦法脫身，再救出咱們的其他人。」

胡中陽道：「監獄這裡的防守雖然嚴密，可是裡面並無多少高手在內，我可以控制住這邊的局面。」

胡小天道：「你解救他們之後，將監獄的大門暫時封閉，監獄這邊地勢獨特，易守難攻，監獄這邊的事情必然會吸引島上大部分的注意力。你們這邊開始行動之後，我和閻島主他們趁機出手對付盧青淵和羅千福。」胡小天已經仔細想過，想要以少勝多，必須採用擒賊先擒王的策略。

胡中陽聽完胡小天的計畫，連連點頭，胡小天也沒有逗留太久的時間，說完之後馬上離開。

閻天祿從頭到尾都沒有說一句話，跟著胡小天離開了監獄，外面的風雨似乎小了一些，閻天祿會望監獄的方向道：「如何？他究竟是怎樣說的？」

胡小天道：「天亮之前，他會採取行動將牢中的囚犯全都救出來。」

閻天祿道：「如何去救？」

胡小天笑道：「他自有辦法，咱們要做的就是抓緊時間控制住盧青淵，此人乃是奪島謀反的罪魁禍首，只要控制住他，你才能重新公開自己的身分。」

閻天祿點了點頭道：「擒賊先擒王，跟我想到一塊去了。」

胡小天搖了搖頭道：「這叫以彼之道還施彼身。」他伸手拍了拍閻天祿的肩膀道：「老人家，你當島主這麼多年，該不會連幾條逃生密道都沒有吧？有道是狡兔三窟……」

不等他把話說完，閻天祿就已經向他瞪起了眼睛，這小子實在混帳，居然把自己比喻成了兔子，老子有那麼膽小嗎？閻天祿恨恨點了點頭道：「跟我來！」

閻天祿當然有密道，而且是只有他一個人知道的密道，雖然他一直都沒有識破盧青淵的嘴臉，可是身為蟒蛟島主，他自然要給自己留下一條後路。

胡小天和閻怒嬌跟著閻天祿走入這條密道，來到中途，前方出現了一個分叉口，閻天祿指向左側的洞口道：「從這裡走過去，可以一直抵達我住的地方。」

胡小天道：「右邊通往哪裡？」

閻天祿道：「通往水源地，蟒蛟島大半的生活用水都源自那裡。」

胡小天心中暗忖，閻天祿為何要在密道中建設這樣一個分支，難道他已經想過有一天或許會發生眾叛親離的事情，如果發生了這樣的事情，他會不會通過控制水源來報復？想起他對付群鯊的手段，胡小天不寒而慄，若是他用七星蛇毒灑在水源之中，只怕這島上的海盜大半都要死去。

閻天祿道：「咱們分頭行動，我回去查看情況，你們兩人前往水源地，將這瓶東西灑入水井之中。」他將一個瓷瓶遞給了胡小天。

閻怒嬌在一旁不由得倒吸了一口冷氣，她以為叔叔要在水源中下毒。

胡小天道：「多數人都是無辜的，你這麼做是不是太狠了點？」

閻天祿桀桀笑道：「無毒不丈夫！別把我想得那麼狠，島上的多數人都是我的兄弟，這瓶叫鬆骨散，不是什麼毒藥，投入水源之中，他們只要服用了這裡的水，就會渾身痠軟無力。」

胡小天接過瓷瓶，閻天祿將如何進入水井的辦法告訴了他們，然後道：「事情辦完之後就在這裡等我，最多半個時辰，我會回來跟你會合。」

胡小天猜到閻天祿肯定還有秘密不想讓自己知道，所以才找了個藉口將自己支開，閻怒嬌關切道：「叔叔，您一定要小心！」

閻天祿笑道：「放心吧，只有我才是這蟒蛟島真正的主人！」說完他大踏步向前方走去。

胡小天搖了搖頭，牽住閻怒嬌的柔荑道：「咱們也趕緊走吧！」

閻怒嬌嗯了一聲。

胡小天擔心她的傷勢，低聲道：「要不要我來背你？」

「不用！」脫離險境之後，閻怒嬌反倒變得靦腆起來。

兩人向右側洞口中走去，約莫走了三里多路，就已經走到了盡頭，胡小天按照閻天祿的交代，移開牆面上的磚塊，不一會兒功夫就現出了一個洞口，胡小天將腦袋探了出去，發現牆外就是水井，從他所處的位置到井底水面還有十餘丈的距離，胡小天將瓷瓶打開，把裡面的白色粉末全都倒入深井之中。

其實水源日夜都有專人看護，只是誰也不會想到下面居然還有一條地道通往這裡，更不會想到蟒蛟島的島主會派人投毒。

胡小天做好這一切，然後又將牆磚恢復原狀，看到閻怒嬌靠著牆壁站在那裡，俏臉之上毫無血色，看來她仍然在遭受內傷的折磨。來到閻怒嬌身邊，趁著她不備，一把將她攔腰抱起，閻怒嬌還未明白怎麼回事，就已被胡小天橫抱在懷中，含羞道：「放下我，別讓人看到！」

胡小天不禁笑了起來，這地洞之中除了他們兩個，哪還有其他人在，他附在閻怒嬌的耳邊小聲道：「我怕你累著！」

閻怒嬌也不再掙扎，或是沒了力氣，或是默許了胡小天的做法，俏臉貼在胡小天的胸膛，靜靜傾聽著他強健有力的心跳，芳心中溫暖無比，只希望這一刻永遠不要過去才好。

胡小天來到他們剛剛和閻天祿分手的地點，左等右等還是沒人，連閻怒嬌也不禁有些心急了：「我叔叔怎麼過去這麼久還沒有回來？該不是出了什麼事？」

胡小天道：「咱們去看看！」

閻怒嬌猶豫了一下，終於還是點了點頭。

兩人從左邊的洞口進入，向前走了約兩里的路途，就發現已經到了盡頭，抬頭望去，看到一條地洞筆直向上，閻天祿應該是從這裡爬上去的，胡小天看到前方有一行字跡，拿出夜明珠照亮，看到上面寫著：小子，出爾反爾，不守承諾！老老實實留在地洞保護我寶貝侄女，蟒蛟島的事情我自能解決。

胡小天和閻怒嬌對望了一眼，他歎道：「老狐狸，居然放我們鴿子！」閻怒嬌最為關心的還是閻天祿的安危，咬了咬櫻唇道：「怎麼辦？我叔叔受傷了，他現在的狀況如何能夠敵得過那麼多的惡人？」

胡小天道：「他是蟒蛟島主，手裡肯定有許多不為人知的底牌，我看這老傢伙是找幫手去了。」

閻怒嬌道：「咱們上去看看！」

胡小天牛來就是個好奇心極大的主兒，自然是連連點頭，不過他可不想讓閻怒嬌再跟著他冒險，低聲道：「還是我一個人上去打探情況，你在這裡等我就是。」

閻怒嬌知道自己現在受了內傷，就算跟過去也是個累贅，於是點了點頭道：「你也要多加小心。」

胡小天笑道：「放心吧，我去去就回。」這廝施展金蛛八步沿著牆壁攀爬而上，等到了盡頭，卻發現頭頂有石板覆蓋，用力一推，卻紋絲不動，伸手摸去，發現石板上面刻滿圖案，想必是密鎖之類的機關，他可沒有解開密鎖的本事，只能折返回來，將上方的情況告訴閻怒嬌。

閻怒嬌聽他說完，讓他背起自己去上面看看，胡小天帶著閻怒嬌重新回到石板下方，閻怒嬌用夜明珠照亮石板上的圖案，輕聲道：「這裡暗藏著一個機關，是我們家族秘傳，破解應該不難。」她伸出手去將圖案重新排列，沒過多久，就看到那石板無聲向一側移動開來，上方露出一個洞口。

胡小天背著閻怒嬌爬了上去，兩人所在的地方是一間藏兵庫，裡面擺放著形形色色的武器，原來閻天祿有收藏武器的愛好，他從各種管道搜集武器，收藏頗豐。

這間藏兵庫極大，胡小天被琳琅滿目的藏品所吸引，看看這個，摸摸那個，嘖嘖稱奇道：「難怪老狐狸不肯讓我們跟上來，原來這裡還藏著那麼多的寶貝，不但是個老狐狸，還是個老摳門！」

閻怒嬌不禁笑了起來，胡小天兵器架上摘下一柄長刀，握在手中頗為沉重，他雖然帶了一柄軟劍出來，可畢竟那柄軟劍並不適合使出誅天七劍，這柄長刀份量十足，胡小天從黑鯊魚皮劍鞘中抽出長刀，只覺得一股冷森森的寒意撲面而來，長刀比常見的要細窄一些，更像是東洋刀，不過沒有東洋刀的弧度，刀背寬厚，刀刃極薄，刀身之上佈滿魚鱗一樣的紋路，胡小天在手中揮舞了一下，感覺頗為滿意，直接收為己用。

閻怒嬌在一旁道：「你試試這件內甲！」

甲嗎？」

胡小天走了過去，卻見閻怒嬌手中拿著一件五彩斑斕皮甲，胡小天笑道：「寶甲嗎？」

閻怒嬌道：「如果我沒看錯，這件內甲是用七星海蛇的外皮製作而成，不但輕薄，而且刀槍不入。」

「刀槍不入？」胡小天接過去看了看，又遞給閻怒嬌道：「你穿上！」

閻怒嬌道：「我有了一件護甲，用不上兩件，還是你穿上，明槍易躲暗箭難防，不是說落櫻宮唐氏父子來到了蟒蛟島，你有護甲防身也可提防他們的冷箭。」

胡小天知道她說的很有道理，於是脫去外衫，將護甲穿上。胡小天又挑了一支單筒望遠鏡，這玩意兒在航海中很有些用處。

閻怒嬌也挑選了一支連弩，一柄彎刀。這藏兵庫中的寶貝實在是太多，如果專心下來挑選，只怕一整天也無法挑完，兩人都想著救人的事情，尋找到襯手的武器之後馬上離開。打開了藏兵庫的大門，沒走出就看到前方有兩個洞口，胡小天心中暗歎，閻天祿能夠當上蟒蛟島主絕非偶然，他隱藏的秘密還不知有多少。

閻怒嬌望著前方兩條通道也不禁有些為難，小聲道：「咱們該往哪邊去？」

胡小天道：「管它呢，男左女右，你走左邊我走右邊。」

閻怒嬌搖了搖頭，小聲道：「我不要跟你分開。」

胡小天呵呵笑道：「逗你玩的，那就夫唱婦隨，我走哪邊，你走哪邊！」

閻怒嬌雖然知道胡小天是在占自己的便宜，可是芳心中卻甜蜜蜜無比受用，胡小天選擇了左邊的洞口，兩人一路向前，走出沒多遠就遇到一道石門，閻怒嬌打開密鎖，兩人繼續前行，一連通過了三道石門，前方已經是崎嶇不平的山岩，兩人攜手向前方走去，走了幾步卻感覺周圍有所異動，胡小天抬頭望去，卻見洞壁之上懸掛著數以千計的蝙蝠，閻怒嬌借著夜明珠的光芒也看到了頭頂的情景，嚇得驚呼了一聲，又慌忙掩住自己的嘴唇。

胡小天向她做了個噤聲的手勢，發現那些蝙蝠應該是都在熟睡，並沒有攻擊他們的意思，兩人躡手躡腳向前方走去，可是沒等他們走出幾步，洞頂的蝙蝠便潮水般向他們湧了過來，閻怒嬌最怕蝙蝠，尖叫一聲就不顧一切地向前方逃去。

胡小天無奈搖了搖頭，他一個箭步就跨了出去，瞬間來到閻怒嬌的身邊，閻怒嬌只覺得被胡小天抱起，他兔起鶻落，腳步快如閃電，饒是如此，也無法擺脫這無處不在的蝙蝠，胡小天邊跑邊抖，足尖一點，一個箭步跨了出去，前方就是洞口，他抱著閻怒嬌在一團蝙蝠的包圍中衝出洞口，本以為終於有機會逃出蝙蝠的包圍圈，可是衝出洞口之後方才聽到驚濤駭浪的聲音，這座蝙蝠洞的出口竟然是臨海的百丈高崖，胡小天和閻怒嬌同時低頭望去，卻見下方波濤怒號，白浪滔天，沒等閻怒嬌回過神來，兩人的身軀就向海面直墜而下。

閻怒嬌失聲驚呼，胡小天也叫了起來，實在是太突然了，閻天祿這個老傢伙居然設了這麼一個機關！

就在兩人準備再次迎接高台跳水的命運時，一個巨大的黑影出現在他們的下方，胡小天定睛望去，卻是那隻被他拔毛的飛梟，心中不由得一涼，壞了！這隻飛梟難道要趁人之危，落井下石，報復自己？

飛梟展開雙翼，宛如漂浮在空中的一個浮島，胡小天別無選擇，大不了再故技重施把牠身上的毛都拔乾淨，提了一口氣，丹田氣海向外馭氣卸力，緩緩落在飛梟的背上。飛梟並沒有攻擊他們的舉動。

閻怒嬌不知道飛梟究竟是敵是友，看到牠越升越高，芳心中一陣害怕，緊緊擁住胡小天，螓首埋在他懷抱之中不敢再看，心中暗忖，就算是被摔死也沒什麼好遺憾的，畢竟能和心愛的人相守在一起。

胡小天已經看出飛梟並無惡意，伸出手掌輕輕撫摸了一下飛梟的脖子，飛梟卻誤會了他的意思，猛然扭過頭來，雙目警惕十足地盯住胡小天，以為他又想拔毛，胡小天笑著舉起雙手：「老弟，別誤會，我可沒有拔毛的意思，你很夠意思啊，居然知道報恩。」他猜測，飛梟之所以在危急關頭救了他們，追根溯源還是自己從羅千福捕鳥網中將牠救出。

飛梟帶著兩人飛到懸崖頂部，尋找了一處，胡小天拍了拍牠的頸部指了指地面，飛梟居然領會了他的意思，尋找無人之處，悄然落地。

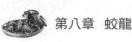

胡小天率先跳了下去，然後又接住從飛梟身上跳下來的閻怒嬌，胡小天向飛梟抱拳道：「多謝老弟相救，我還有要事在身，咱們後會有期。」他準備離去之時，卻沒想到飛梟一口將他的袖口叼住。

胡小天轉向飛梟，卻見牠雙眼似乎有淚水蕩漾，充滿祈求，胡小天道：「你有事求我？」

飛梟不能開口說話，只是叼住他的衣袖不放。

胡小天道：「是不是捨不得我？」

飛梟依然不放。

「難道是想我幫你報仇？也罷，我一定殺了羅千福幫你報仇！」

飛梟還是不肯放開。

閻怒嬌也看出這飛梟頗有靈性，一定是有事要請胡小天幫忙，小聲提醒胡小天道：「你想想，牠還有什麼心願？」

胡小天苦笑道：「我又不懂鳥語，怎麼知道牠到底在想什麼？」環顧四周，忽然發現已經到了飛魚洞附近，胡小天頓時想起這飛梟不會無緣無故地將他們放在此地，難道是想他幫忙找回死去同伴的屍體？胡小天道：「你是不是要我找你的親人？」

第九章

假傳死訊

盧青淵仍然身在靈堂，
飛魚洞那邊群鳥亂飛的事情已經傳到了他的耳朵裡，
盧青淵隱約覺得有些不對，自從閻天祿失蹤之後，
他的內心始終都沒有踏實過，雖然他假傳閻天祿的死訊，
讓島上群盜信以為真，並暫時竊得島主之位，
可是短期內想要替代閻天祿在群盜心中的地位根本沒有任何可能。

飛梟居然放開了胡小天的衣袖。

胡小天心中也是倍感驚奇，飛梟竟然聽懂了自己的話？他試探著道：「牠死了！」那隻被羅千福擒獲的飛梟最終死於羅千福之手，不過聽羅千福所說，就算他不動手，那隻飛梟也是垂暮之年，沒有多少時間好活了。飛梟被殺之後，屍體並沒有被羅千福扔掉，應該是羅千福還想用飛梟的屍體引誘這隻飛梟到來，所以暫時將飛梟的屍體扔在飛魚洞外。

胡小天道：「也罷，我幫你去將牠的屍體解救出來。」

他和閻怒嬌向飛魚洞走去，飛梟也跟著他們前行，胡小天道：「你不用跟我，你目標實在太大，」他指了指上方的天空，飛梟馬上明白了他的意思，振翅向夜空中飛去。

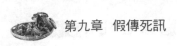

閻怒嬌望著飛梟遠去的身影，由衷讚道：「這是我見過最聰明的鳥兒！」

胡小天望著她綠寶石般的明眸，微微一笑道：「未必吧！」

閻怒嬌眨了眨眼睛，有些迷惘道：「莫非還有更聰明的鳥兒？」

胡小天嘿嘿笑道：「我這裡倒是有一隻。」

閻怒嬌這才明白他是什麼意思，羞澀難奈，快步向前方走去，啐道：「不理你了，壞人！」走了兩步卻又停下腳步，轉身向胡小天道：「你不去飛魚洞了？」

他們今晚已經是二度來到飛魚洞，飛魚洞現在處於無人駐守的狀態，他們殺掉留守海盜的事情並未被人發覺。

死去的那一隻飛梟被燒焦的屍體仍然扔在飛魚洞外的鐵籠裡面，難怪飛梟要找他幫助，飛梟雖然神勇，可是面對這鐵籠卻毫無辦法，胡小天抽出從藏兵庫中找到的長刀照著鐵籠一刀劈去，刀鋒斬過手腕出席的鐵柵竟然毫無阻滯感，如同切豆腐一樣暢快，胡小天心中驚喜無比，沒想到誤打誤撞居然得到了一把寶刀。當下將鐵籠盡數斬斷，將飛梟焦黑的屍體拖了出來。

一直在空中盤旋的飛梟俯衝下來，用翅膀推動死去飛梟的屍體，又用嘴喙去觸碰牠已然焦黑的頭部，希望能用這樣的方式將牠喚醒，可是卻徒勞無功。

飛梟悲傷到了極點，仰首哀鳴，聲震雲霄。

胡小天慌忙提醒牠道：「老弟別叫，你把那幫賊人招來就麻煩了。」

飛梟非但不停，反而叫得越發急促。

胡小天暗忖，這飛梟或許是要通過這種方式吸引羅千福的注意力，吸引他回來報仇。看到自己的話對飛梟毫無作用，胡小天趕緊拉著閻怒嬌一起去飛魚洞上方的山坡觀察情況，他們來到安放巨弩的位置，發現巨弩已經被一塊巨石砸得稀巴爛，負責在這裡值守的海盜也被巨石砸得腦漿迸裂而亡，想來應該是飛梟從高空中拋下落石所為。

胡小天從高處望去，卻見遠方正有百餘個身影飛速向這邊趕來，應該是被飛梟的叫聲吸引，他掏出望遠鏡看了看，為首的那人正是羅千福。

羅千福身穿孝服，他並沒有料到飛梟會在這個節骨眼上到來，雖然知道自己應該在聚義堂守靈，可是聽到飛梟的叫聲不斷從飛魚洞方向傳來，終究還是心癢難耐，他太想得到這隻飛梟，終於橫下心來，不管其他人怎麼說，今晚必須要前往飛魚洞將飛梟擒獲。

羅千福遠遠就看到飛梟在飛魚洞前悲鳴不斷，那隻已經死去的飛梟居然被牠從鐵籠中弄了出來，羅千福心中暗奇，牠究竟是怎樣辦到的？羅千福揮了揮手，身後隊伍分散開來，呈扇形向飛梟包圍而去，眾人手中全都拿著一支鐵筒。

胡小天從未見過這樣的武器，心中暗暗好奇，同時又為飛梟擔心。不過這飛梟的性命應該無礙，羅千福設下這麼多的圈套，無非是想將牠活捉，應該不會輕易下殺手。

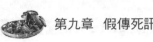

飛梟仍然守在那死去的同伴身邊，忽然牠轉過身來，舒展雙翅，羅千福大聲道：「不要讓牠逃了！」

飛梟卻沒有逃走的意思，振動雙翅飛升了一小段距離，然後向羅千福俯衝下來。

羅千福雙目之中充滿狂熱，他知道飛梟是前來復仇的，長袖一揮，一顆彈丸從右手中激射而出，蓬的一聲，一片耀眼奪目的光華照亮暗夜，他投出的卻是一顆閃光彈，以強光讓飛梟的視力出現暫時失明。雖然飛梟的目光暫時受到影響，其他人也是一樣，數十名羅千福的手下揚起手中的鐵筒，瞄準飛梟前來的方向，憑著感覺啟動機關，數十道白色的水線射向飛梟。

飛梟因為暫時性失去了視力，看不清對方的攻擊，那數十道白色水線已經將牠的身體籠罩起來。那白色的液體黏性極大，落在飛梟身上，馬上就將牠的翅膀黏住，飛梟張開的雙翼一經併攏就再也無法打開，重重栽倒在地上。

羅千福正在得意之中，卻見前方一人凌空飛掠而來，黑暗中看不清那人的面目，羅千福道：「射他！」

手下眾人故技重施，揚起鐵管對著空中人就射。胡小天剛剛看到他們利用這種方法將飛梟困住，當然不會重蹈覆轍，身軀在半空之中，手中長刀以誅天七劍的劍掃無極揮出，一道凜冽的刀氣竟然脫離刀身向對方陣營飛去，那些射出的白色液體遭遇到這霸道無匹的刀氣，頃刻間被震為霧氣，刀氣破開白霧，在白霧中形成了一道狹窄輕薄的罅隙，然後以驚人的速度奔向羅千福的陣營，噗噗噗！一陣輕微的聲響過後，有九人的身軀攔腰而斷。

連胡小天自己都沒有想到這一刀竟然會發揮出這麼大的威力，羅千福瞋目結舌，短暫的惶恐過後馬上反應了過來，他吹響頸上佩戴的豎笛，身軀卻連連後退，從飛魚洞後方的山崖之上升起一團黑色的煙霧，那團煙霧向胡小天飛速席捲而來。

這會兒功夫，羅千福陣營之中又有三人被弩箭射殺，卻是閻怒嬌在高處為胡小天掩護，看到幾人想要從後方襲擊胡小天，果斷下手，將之射殺。

胡小天宛如猛虎出閘，他知道羅千福是一個極其高明的馭獸師，想要避免他層出不窮的馭獸攻擊，就必須要先將他剷除，揮刀殺入敵方陣營，勢不可擋，手中長刀上下翻飛，竟然沒有一合之將。

蝙蝠群從四面八方向胡小天包圍而去，阻擋在他和羅千福之間形成一堵黑色的高牆，胡小天揮舞長刀無畏向前方蝙蝠群撞去。凜冽的刀氣率先擊中蝙蝠形成的幕牆，然後從中心向周圍炸裂開來，一時間蝙蝠血肉橫飛，中心現出一個丈許直徑的缺口，胡小天準備從洞口衝出，可不等他靠近幕牆，蜂擁而至的蝙蝠群已經將缺口堵上。

胡小天雖然神勇，可是周圍全都是蜂擁而至的蝙蝠，他不得不將長刀揮舞得風雨不透，以此來抵擋蝙蝠的圍攻。

羅千福轉身望去不由得呵呵冷笑，就在此時，忽然發現那蝙蝠群不知為何突然向四周散去，羅千福心中一怔，慌忙吹奏豎笛，意圖重新控制蝙蝠向對方發起攻擊，可是無論他怎樣努力，那些蝙蝠卻不再聽從他的指揮，有的蝙蝠甚至開始轉變方向朝著他們一方飛撲而來，前來襲擊他們的不僅僅是蝙蝠還有海鳥。

羅千福心中大駭，他第一時間就猜測到，周圍肯定有一位高明的馭獸師潛伏，偷偷破壞了他對蝙蝠群的控制，羅千福一邊逃跑一邊向周圍張望。飛魚洞近在咫尺，可是不等羅千福靠近，就有數百隻海鳥從空中俯衝而下，密密麻麻封鎖住洞口，朝著羅千福撲面攻來。

羅千福喉頭發出古怪的呼喝之聲，身若遊魚，他步伐獨特行走在地面之上猶如滑冰一般，瞬間已經轉移到數丈之外。原本被他控制的蝙蝠群如今也改變了立場，蝙蝠群組成的黑風向他席捲而來。

周圍慘叫聲不斷，羅千福的那百餘名手下，不是被胡小天殺死就是被閻怒嬌射殺，剩下的都處於鳥獸的攻擊之下，一個個自身難保，更談不上保護羅千福了。

羅千福驚駭莫名，眼看胡小天越追越近，心中更是慌張，已經無心戀戰，喚來自己的灰雕，在胡小天趕來前爬到了灰雕背上，那灰雕帶著羅千福向夜空中飛去。

羅千福在空中向下方俯瞰，想起剛才的情景仍然心有餘悸，揮袖擦去額頭的冷汗，心中暗恨，不知這些人究竟是什麼來路，居然如此厲害。羅千福暗暗歎了一口氣，眼看著就要得手的飛梟又被人從中破壞，只是那飛梟中了自己的如膠似漆之後，根本動彈不得，除了自己，誰也沒有解除牠束縛的本事。

灰雕突然發出一聲鳴叫，將羅千福從思緒中拉回現實，他舉目望去，卻見空中無數海鳥向他包圍而來，羅千福慌忙從腰間取下一支短笛，吹奏起來，他吹奏得並不是一首完整的樂曲，時而如雀鳥鳴叫，時而如杜鵑泣血，海鳥聽到他的笛聲開始紛紛避讓，卻不願散去，上下翻飛，在他前方的天空中形成一個巨大的黑白相間的巨環，羅千福準備從巨環的中心飛出，卻見在海鳥形成巨環的對側，一位男子傲立於一隻雪雕之上，雙手負在身後隔空望著自己。

羅千福看到那白色雪雕，雙目之中陡然迸射出灼熱的光華，雪雕雖然比不上飛梟，可也是不可多得的珍禽，比起他騎乘的這隻灰雕不知要強上多少倍，更讓他感到羨慕的是，對方不僅僅擁有一隻雪雕，在他的身後還有一隻雪雕如影相隨。羅千福心中又嫉又恨，嫉妒的是對方居然擁有如此珍禽，恨的是，剛才驅馭群鳥，遣散蝙蝠的那個馭獸師必然是眼前這個年輕人。

羅千福並沒有將對手看在眼裡，雖然對手剛才就表現出了一流的馭獸實力，但是在羅千福心目中，天下間能有資格和他一戰的馭獸師並不多，羽魔李長安應該算得上一個，至於這個小子，年紀輕輕，看起來不過二十出頭，在江湖中也沒什麼名號。對方馭獸的本領應該在自己之下。

羅千福冷哼一聲，也從灰雕身上站起，呼喝聲中，灰雕抖動雙翅，以驚人的速度衝向海鳥組成的巨環，羅千福負在身後的雙手已經悄然從背後抽出了兩隻連弩，他要一舉射殺對面的馭獸師，控制這兩隻雪雕，羅千福心中激動到了極點，想不到今日居然有如此機會，不但可以活捉飛梟，還有人主動將雪雕送上門來，若是他能夠一舉三得，那麼放眼天下，他當得起馭獸至尊的稱號。

羅千福心中想得太美，人往往在被慾望衝昏頭腦的時候容易發昏，羅千福也不外如此，在他駕馭灰雕從海鳥形成的巨環中通過的時候，那數千隻海鳥驟然向中心收縮。羅千福本以為自己已經將海鳥控制住，卻沒有想到在自己穿越巨環中心的時候海鳥突然失控，不！應該是被那年輕人控制才對。

羅千福所乘的灰雕面對眾鳥狂攻的場面也慌亂起來，不顧一切地拚命撲著翅膀，試圖衝出眾鳥的圍攻，雖然牠體型巨大，無奈海鳥太多，而且一個個奮不顧身地向牠捨身飛撲。不停有飛鳥撞擊在羅千福和灰雕的身上，羅千福倉促之中駕馭灰雕再次向下俯衝。試圖擺脫飛鳥的圍困，自從他修習馭獸之術以來，還從未像今日這般狼狽過。

那出現在天空中的年輕馭獸師正是夏長明，夏長明操縱兩隻雪雕一左一右向羅千福攻擊而去，羅千福雖有心一戰，可是身下灰雕卻被嚇破了膽子，竟然一路向下俯衝而去。

胡小天仰首觀察著天空中的動靜，本來羅千福逃離讓他非常遺憾，可是看到這廝逃到半空中卻被群鳥逼退，又看到夏長明和雪雕出現在空中，此時方才知道那些瘋狂攻擊自己的蝙蝠群因何散去。

眼看羅千福被夏長明逼得向下降落，胡小天怎會錯過此等良機，大步向羅千福迫降的位置衝了過去。

羅千福一邊留意上方的動靜，一邊也不忘下方的胡小天，看到他果然向自己奔來，心中殺機頓生，揚起雙手連弩瞄準胡小天，咻！咻！咻！連續施射。

胡小天揮動長刀在自己身前形成一道光盾，將羅千福射來的弩箭盡數擊落，然後向前跨出一大步，騰空飛起數丈，雙手擎起長刀高過頭頂，狠狠就是一刀劈了下去，一道凜冽的刀氣劃破夜色，追風逐電般向羅千福射去。

刀氣無形，羅千福雖然看不到，可是單從刀氣撕裂空氣的驚人嘯叫就已經知道對方的這一刀威力非凡，倉促之中一個跟頭從灰雕身上翻滾下去，姿態極其不雅，可事實證明他的判斷非常正確，羅千福剛剛脫離了灰雕的身上，就聽到那灰雕一聲哀鳴，鮮血和羽毛亂飛，竟然被胡小天外放的刀氣一分為二，活活劈成了兩半。

羅千福為了馴服這隻灰雕也耗費了不少的精力，眼看著自己的寵騎死得如此淒慘，羅千福心中痛到了極點，他揚起雙弩再度向胡小天施射。

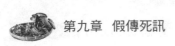

胡小天看到羅千福已經落在了地上，料定他無法逃出自己的追擊，揮動長刀將羅千福射來的弩箭擊落，冷冷道：「羅千福，趕快將飛梟放了，不然我今天就讓你身首異處。」

羅千福怒吼道：「無膽鼠輩，竟然害我寵騎壞我大事，今日我定叫你有去無回！」話說得雖然硬氣，可心底卻已經沒了底氣，因為羅千福看到又有三人從不同方向加入戰團，這三人卻是針對他剛剛帶來的那幫手下，出手毫不容情，但凡有反抗者盡數格殺。

羅千福看到正中一人，雙手帶著烏黑發亮的玄鐵手套，每出一拳必有一人喪命，對此人的出手，羅千福可謂是熟悉無比，這分明是島主閻天祿，羅千福此驚非同小可。

胡小天也留意到那三人的到來，正中一人正是蟒蛟島主閻天祿，想不到他果然找了幫手回來，閻天祿朗聲道：「小子，把這個逆賊留給我！」

羅千福明明親眼看到唐九成射殺閻天祿，而且閻天祿從高崖之上墜落海中，卻沒有料到他會在這裡出現，頓時嚇得魂飛魄散，這會兒功夫後路已經被胡小天封鎖，閻天祿和另外兩人封住他另外可能的退路，羅千福抬頭仰望上空，夏長明站在雪雕之上，驅馭數千隻海鳥籠罩夜空。他現在的處境可謂是上天無路，入地無門，更讓羅千福感到恐懼的是，今天駕馭雪雕出現的這名馭獸師手段要在自己之上，等於他最厲害的殺招已經無法起到了作用。

羅千福惶恐之中竟然跪在了地上，連連叩頭道：「大哥饒命！大哥饒命！」

閻天祿冷哼一聲：「混帳東西！現在知道讓我饒你性命了，你背叛我的時候，有沒有當我是你大哥？」

羅千福磕頭不斷，這廝奴顏婢膝的模樣連胡小天都看不過去了。

閻天祿道：「看在當初你我結義的份上，我就給你一個痛快！」

羅千福重重叩頭，額頭都被他磕青了，俯首之時，三道冷箭從他的背後向前發出，咻！咻！咻！三支冷箭近距離射向閻天祿。事發突然，出乎所有人的意料之外，三支冷箭無一例外地射中閻天祿的胸膛。在發射冷箭的剎那，羅千福宛如兔子一般從地上騰躍而起，雙手揮出一蓬毒砂。

閻天祿雙手護住面門，任憑那三支羽箭射在自己的胸前，內息吞吐，身周護體罡氣驟然擴展膨脹，將毒砂盡數倒逼回去。

羅千福顯然沒有料到閻天祿在受傷之後仍然擁有如此強大的戰鬥力，躲避不及，周身反倒被自己揮出的毒砂籠罩，慘呼一聲，雙手捂住面門。閻天祿已經大步趕了上去，狠狠一拳擊中羅千福的胸膛。

在閻天祿揮拳的同時，聽到胡小天大聲疾呼道：「手下留情……」胡小天之所以為羅千福求情絕不是心慈手軟，而是看到飛梟被這廝暗算，擔心沒辦法救治。

閻天祿的這一拳已經狠狠砸在羅千福的胸膛之上，只聽到喀嚓一聲骨骼斷裂，羅千福口中鮮血狂噴，倒飛出足足五丈有餘，剛好落在胡小天的腳下，胡小天看到這廝仍然沒有斷氣，馬上挺起軟劍抵住羅千福的咽喉，剛才胡小天還在用刀，可是看到閻天祿出現，這廝的心眼兒何其靈活，馬上收刀入鞘。

胡小天道：「說！你對飛梟用了什麼？」

閻天祿大步走了過來，怒道：「混帳東西，居然敢暗算我！」

羅千福雙目被毒砂所迷，此時目不能視，咧開嘴巴瘋狂大笑起來，一邊笑，一邊有鮮血順著他的嘴角滲下，形容可怖。他嘶聲道：「閻天祿，沒想到這樣你都不死……」

閻天祿道：「你老老實實交代，究竟是誰在背後策劃？不然我必將你羅氏一門斬草除根！」

羅千福哈哈狂笑道：「你還是多多擔心一下你自己吧！」

「你說什麼？」

羅千福陰測測道：「你心中明白！」他忽然伸手抓住軟劍，意圖將咽喉撲到劍尖之上，胡小天及時將軟劍抽了回來，雖然如此，軟劍仍然將羅千福掌心肌膚劃破，原本這點傷勢不至於死，可是閻天祿曾經在軟劍上餵毒，毒素循著羅千福的傷口進入他的血液，轉瞬之間羅千福的身體就劇烈抽搐起來，瞬間就已經一命嗚呼。

胡小天暗叫惋惜，自己還沒有來得及詢問解救飛梟之法，想不到羅千福就這麼死了。

閻天祿對這個背信棄義的結拜兄弟憎惡之極，這樣殺死他仍然不夠解恨，上前抓住他的髮髻，抽出腰間匕首將羅千福的腦袋齊根割了下來，裝入革囊之中。

剛剛從藏身處過來和閻天祿相見的閻怒嬌看到眼前情景，不禁感到毛骨悚然，停下腳步，一時間竟不敢靠近。

閻天祿向閻怒嬌笑道：「怒嬌，別怕！此等賊子就算將他碎屍萬段也不為過。」他又轉向胡小天道：「小子，你不守承諾，答應我在地洞中保護怒嬌，現在居然帶她來到這裡冒險。」

胡小天嘿嘿笑道：「老人家，不守承諾的是你吧？答應跟我們會合，自己卻偷偷逃掉。」

「逃掉？你也不看看這是在什麼地方？誰能逼我逃走？」閻天祿充滿倨傲道。

胡小天也看出他此時已經恢復了元氣，從剛才對羅千福出手就能夠看出來，羅千福的三支冷箭沒有射入他的體內，應該是他身穿護甲的緣故，可是他以內息激發毒砂，反撲到羅千福身上，全都是依靠自身的內力，胡小天不禁感到奇怪，這麼短的時間內，閻天祿何以恢復得如此神速？看來這位蟒蛟島主還有許多不為人知的秘密。

閻天祿道：「儘快離開這裡吧，用不了多久援軍就會到來。」他抬頭向夜空中看了一眼，夏長明騎乘著雪雕仍然在空中翱翔，復又向胡小天深深看了一眼道：「小子，看來你對蟒蛟島花費了不少的心機。」

胡小天微笑道：「人不犯我我不犯人，如果不是老人家欺人太甚，我也不會大老遠跑到這裡來吹風淋雨。」

閻天祿哈哈大笑，他點了點頭道：「有沒有興趣陪我去找盧青淵算帳？」

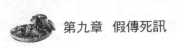

胡小天猜到他提出邀請的用意，閻天祿的內傷應該沒有完全恢復，否則以他高傲的性情，斷然不會向自己這個外人求助，胡小天笑道：「就這樣堂堂正正地走過去嗎？」

閻天祿笑道：「有句話你說錯了，這蟒蛟島什麼時候都是我來當家。」

盧青淵仍然身在靈堂，飛魚洞那邊群鳥亂飛的事情已經傳到了他的耳朵裡，盧青淵隱約覺得有些不對，自從閻天祿失蹤之後，他的內心始終都沒有踏實過，雖然他假傳閻天祿的死訊，讓島上群盜信以為真，並暫時竊得島主之位，可是短期內想要替代閻天祿在群盜心中的地位根本沒有任何可能。

一名海盜神色驚慌地衝入聚義堂內，上氣不接下氣道：「報……島……島主，大……大事不好了！」

盧青淵面色一沉，怒道：「混帳東西，也不看看這是什麼地方？若是驚擾了島主亡魂，我要了你的腦袋！」

那海盜顫聲道：「島主……監牢那邊囚犯鬧事，殺了守衛，如今已經將那邊完全控制。」

盧青淵心中一驚，監牢那邊關押著一千多名囚犯，那些囚犯也不是普通人，而是新近俘虜的大康將士：「當真？」

「千真萬確！」那海盜壓低聲音道：「他們還大聲高喊，說……說……」望著盧青淵目光中流露出畏懼之色。

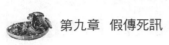

盧青淵道：「你只管說出來就是！」

海盜道：「他們說島主和五當家聯手謀害了大當家……」

盧青淵一把抓住這名海盜的衣襟，嚇得海盜將剩下的半截話咽了回去，盧青淵怒吼道：「你敢胡說！」

那海盜顫聲道：「島主明鑒，這些話絕不是我說的，而是那些囚犯在喊，現在很多人都聽說了。」

此時四當家蔣興權從外面走了進來，恰巧看到眼前一幕，不由得微微一怔：「六弟！」

盧青淵這才將那名海盜放開，餘怒未消道：「此子當真可惡，居然敢妖言惑眾。」

蔣興權道：「監獄那邊發生了暴亂，目前已經被胡中陽率領囚犯控制。」

盧青淵道：「四哥還聽說了什麼？」心中暗自警惕，蔣興權從頭到尾都被蒙在鼓裡，難道說他也對自己產生了懷疑？

蔣興權道：「大哥屍骨未寒，這種時候島上最忌諱的就是以訛傳訛，胡中陽對蟒蛟島知之甚深，我看那麼多的謠言根本就是他故意編造出來，禍亂軍心的。」他向水晶棺中閻天祿的屍體看了一眼道：「我們兄弟之間情比金堅，越是在這種時候越是要團結一致。」

盧青淵重重點了點頭道：「四哥，咱們先將監獄的動亂平息之後再說。」外面卻又傳來驚呼之聲，兩人對望了一眼，同時向外走去，卻見外面執法長老楊宗同率領一群人押著三人走了進來，盧青淵慌忙迎了上去，大聲道：「楊長老，發生了什麼事情？」

楊宗同長歎了一口氣道：「島主，五當家被人殺了！」說話間他將手中的革囊抖落開來，從中滾出了一顆血淋淋的頭顱。

眾人齊聲驚呼，向那人頭望去，雖然人頭遍佈血污，可是從外表形狀上仍然可以辨認出是羅千福無疑。

盧青淵內心一陣發寒，讓他感到恐懼的絕不僅僅是羅千福被殺的事情，羅千福被殺只證明一件事，蟒蛟島主閻天祿根本沒死，他不由得想起落櫻宮主人唐九成充滿信心的那番話，被他射中三箭，閻天祿縱然不死，也必然經脈受損武功全廢。

蔣興權怒道：「什麼人殺了五當家？」

楊宗同指了指面前的三人道：「就是他們三個！」

盧青淵嘴唇緊緊抿在了一起，雙目充滿警惕地望著前方三人，正中一人身形魁梧，輪廓像極了島主閻天祿，看到盧青淵望向自己，那人的目光毫不畏懼地跟他對視。

盧青淵點了點頭道：「把他們拖出去斬了！」他的話說完之後，所有人都無動於衷，顯然沒有起到任何效用。

蔣興權目瞪口呆，一時間不知到底發生了什麼。

盧青淵瞬間明白了什麼，他冷冷望著對面幾人道：「怎麼？想造反？」

正中身材魁梧的那人哈哈大笑，他雙臂一抖，掙開繩索，揚起手來，將臉上的面具揭去，止是蟒蛟島主閻天祿。圍觀眾人看到島主居然活著現身，一個個震駭莫名，目光向水晶棺望去，那水晶棺中明明躺著一具屍體。

閻天祿大聲道：「盧青淵啊盧青淵，你居然勾結外人害我，枉我對你如此信任，將你當成同胞手足一般對待，可你卻如此對我，你該當何罪？」

蔣興權看到大哥出現，用力眨了眨眼睛，如果說眼前就是閻天祿，那麼水晶棺內究竟躺著的是什麼人？

盧青淵冷笑道：「楊長老，你身為執法長老竟然居心叵測，從哪裡找來的這個冒牌貨？竟然敢冒充我大哥！」他為人狡詐奸猾，馬上混淆黑白，指鹿為馬。

閻天祿冷冷道：「盧青淵，你以為聯手落櫻宮就能將我害死，謀奪我島主的位子，霸佔蟒蛟島，蒙蔽我蟒蛟島數萬兄弟？你將自己想得太高明，也將我想得太簡單了。」他一步步逼近盧青淵。

盧青淵絕非尋常人物，平靜站在那裡，並沒有後退半步，望著不斷逼近的閻天祿道：「你究竟是何人？為何要冒充我大哥？」

閻天祿道：「小畜生！死到臨頭還敢胡說？」

盧青淵朗聲道：「諸位兄弟，你們千萬不要被此人的外表所騙，他根本就不是大當家，楊宗同，你勾結外敵，冒充大當家，意圖顛覆蟒蛟島，你該當何罪？」

楊宗同道：「盧青淵，你休要狡辯，究竟誰是真誰是假，大家心裡清楚，水晶棺中根本就是你找來的冒牌貨，不信現在咱們便開棺驗屍。島主的胸前有一個蛟龍紋身，蛟龍的左眼乃是一顆與生俱來的紅痣，你可敢當眾證明！」

盧青淵大聲道：「有何不敢！來人！開棺！」

閻天祿唇角露出一絲冷笑，他認定盧青淵已經無路可退，所謂開棺只不過是想要拖延時間罷了，不過開棺也好，當著眾弟兄的面，徹底揭穿盧青淵的陰謀，閻天祿停下腳步道：「開棺，我倒要看看你還要怎樣狡辯？」

盧青淵找來兩人將水晶棺打開，親自將屍體從裡面抱了出來，眾人舉目望去，卻見那屍體的身材外貌和閻天祿幾乎一模一樣，別說是這些平時很少接觸到閻天祿的海盜，就算是蔣興權這樣的拜把兄弟都不敢輕易判斷究竟哪個是真，哪個是假。

楊宗同道：「看看他的胸口有無蛟龍刺青！」

盧青淵點了點頭，他抽出短劍，將壽衣從外面劃破，用力一扯，死者的上半身完全赤裸，卻見他的胸膛之上果然有一條蛟龍刺青，蛟龍的一雙眼睛是血紅色。

眾人齊聲驚呼，原本都基本相信了楊宗同的話，現在看到屍體胸前刺青之後，所有人又開始猶豫不決了。

蔣興權上前，想要檢查刺青的狀況，卻被盧青淵伸手將刺青捂住。

楊宗同不禁皺了皺眉頭，他向閻天祿望去，閻天祿笑道：「盧青淵，果然我沒看錯你，你真是不簡單呢，找到這個替死鬼，想必花費了你不少的功夫！」

盧青淵道：「你們要開棺驗屍，我為了證明給你們看，寧願對大哥不敬，你口口聲聲說自己是蟒蛟島主，又有何證明？你的胸前可有蛟龍刺青？」

閻天祿道：「好！好！好！」他緩緩脫去衣服，解開裡面的護甲，最終露出胸前刺青，兩個刺青一模一樣，只不過閻天祿胸前蛟龍刺青的左眼正是與生俱來的一顆紅痣。

楊宗同道：「盧青淵，你把手移開，讓我們驗證一下，那屍體胸前刺青是否有顆紅痣！」刺青可以偽裝，與生俱來的紅痣卻是不能作假。

盧青淵點了點頭，他忽然揚起匕首，狠狠向屍體的腹部刺了進去，眾人看到他如此舉動，不少人發出驚呼之聲，盧青淵惡狠狠望著閻天祿，表情猙獰道：「閻天祿，你以為抓得住我嗎？」握緊匕首的右手在屍體的腹部狠狠劃了下去，屍體的腹部劃出一道尺許長度的裂口，從裂口中，轟地飛出了一片金芒。

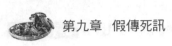

眾人不知那片金芒究竟是什麼，距離近者率先看清，那一片金芒竟然是一隻隻的細小飛蟲所組成，頃刻之間，金色飛蟲佈滿整個靈堂，有小蟲已經叮咬在眾人的肌膚之上。距離盧青淵最近的蔣興權不急閃避，已經有無數隻小蟲飛到了他的臉上，先是感到一陣酥麻，然後就感到奇癢無比，蔣興權因為無法承受這種奇癢的感覺，而拚命抓撓面部，抓撓得血肉模糊，可是那奇癢的感覺非但沒有減弱半分，反而越發加重，蔣興權恨不能將一雙眼睛從眼眶中摳出來。

現場響起一片慘呼之聲，轉瞬之間已經有數十名海盜中招。閻天祿應變奇快，面對撲面而來的金色飛蟲他運起護體罡氣，手中衣袍揮舞，身軀向外急退，口中大叫道：「血影金蝥！快閃！快閃！」

混在人群中的胡小天也聽到了閻天祿的這聲狂呼，他對血影金蝥並不陌生，當初須彌天就是想用這種毒蟲把他害死，只可惜機關算盡太聰明，最後把她自個兒算了進去，胡小天因為誤服赤陽焚陰丹的緣故，血影金蝥非但傷不了他，反倒被他體內強勁的藥效所中和。

胡小天護住閻怒嬌向外就逃，閻怒嬌卻道：「不必管我，我有辦法收了這些毒蟲。」

胡小天此時方才想起閻怒嬌擅長解毒的事情，她讓胡小天找來火炬點燃一旁乾枯的樹木，取出一個瓷瓶，將其中的藥粉灑在火焰之上，不一會兒功夫就看到有金色的小蟲不斷向火焰燃燒的地方撲來，漸漸越來越多，胡小天護住閻怒嬌，雖然他知道血影金蝥對自己造不成傷害，可是也擔心這些金色小蟲會誤傷閻怒嬌。還好血影金蝥明顯不敢靠近他，最多飛到他身邊三尺左右馬上繞行開來，一隻隻血影金蝥無畏撲向火焰，沒過多久的時間就已經消失殆盡。

現場約有近百人被血影金蝥叮咬，躺在地上翻滾抓撓，痛苦不已。

閻天祿舉目望去，發現聚義堂內已經失去了盧青淵的身影，這廝利用血影金蝥製造混亂而後趁亂逃走。他來到閻怒嬌的身邊，低聲道：「怒嬌，有沒有辦法救治他們？」因為看到她剛才收服血影金蝥的情景，他以為閻怒嬌應該懂得救治之法。

閻怒嬌搖了搖頭，她雖然有辦法將血影金蝥傷消滅，可是卻沒有醫治傷者的手段，如實回答道：「掌握控制這種毒蟲方法的只有寥寥幾個人，能夠解救中毒者的人更是少之又少，天下間，可能只有兩個人能夠救治他們。」

閻天祿喟然歎了一口氣，遠處傳來一聲撕心裂肺的慘叫，卻是四當家蔣興權利用雙手硬生生將自己的雙目摳了出來，場面慘不忍睹，閻天祿走了過去。

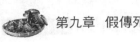

蔣興權慘叫道：「大哥，我沒有背叛你，我是被……盧青淵蒙蔽了……」

閻天祿點了點頭道：「我明白，我相信你！」蔣興權素來忠厚，閻天祿對他還是比較瞭解的，看到他落到如此境地，也不再與他計較。

蔣興權道：「謝謝！」忽然從腰間拔出匕首，狠狠刺入自己的胸口，卻是無法承受血影金蝥帶給他的痛苦，選擇自我了斷。

閻天祿抿了抿嘴唇，心中充滿悲痛，繼而演化為對盧青淵的憤怒，他怒吼道：「來人，給我搜遍蟒蛟島，就算掘地三尺也要將盧青淵那個混蛋找出來！」

執法長老楊宗同來到閻天祿身邊，低聲道：「島主，這些受傷的兄弟怎麼辦？」

閻天祿沉吟片刻，黯然道：「把他們燒了，血影金蝥會在他們體內產卵，若是留下隱患，後果不堪設想。」

「是！」

就在閻天祿忙於發號施令的時候，一名海盜匆匆來到他的面前稟報道：「島主，剛剛有一艘船離港而去，他們留下了這封信。」

閻天祿接過那封信，看完之後，臉色頓時沉了下來。

楊宗同道：「我馬上率人去追趕他們！」

閻天祿緩緩搖了搖頭道：「不必追趕，伯光在他們手裡。」

閻怒嬌聽說哥哥被人帶走，慌忙來到閻天祿身邊乞求道：「叔叔，求您救我二哥一命。」

閻天祿伸出手去輕輕拍了拍她的肩頭道：「怒嬌，你不用擔心，我不會坐視不理，一定會將伯光救出來。」

胡小天始終站在遠處觀望，有道是旁觀者清，他感覺閻天祿現在的表現明顯一反常態，按理說得知盧青淵逃離，第一時間就會派人追擊，他卻並沒有做，似乎於理不合，畢竟這裡是在他所控制的海域範圍，只要他派出船隻追趕，應該可以追得上，看來閻天祿似乎投鼠忌器，難道這其中還有內情？

胡小天悄然離開了現場，來到飛魚洞，看到夏長明仍然留在那裡，正在幫助飛梟洗刷身上的羽毛，飛梟周身白色的如膠似漆，已經被他用藥水洗刷乾淨，看到胡小天回來，夏長明抬頭笑道：「主公來了，還好羅千福在飛魚洞內留下了藥水，可以讓飛梟重獲自由。」

飛梟終於可站起身來，用力甩掉了身上的藥水，緩緩舒展開雙翼。

看到飛梟終於重新展開雙翅，胡小天和夏長明都露出了會心的笑容。

飛梟抖落身上的藥水之後，振翅向空中飛去，胡小天望著飛梟越飛越遠，心中悵然若失，夏長明從他的目光中猜到了他的心思，輕聲道：「飛梟性情孤傲，很難屈從，除非是牠甘心情願，很少有人能夠將之馴服。」

胡小天道：「能夠重獲自由最好，不過天下間牠的同伴只怕不多了。」他想起了自己的艦隊：「長明，咱們的艦隊呢？」

夏長明歎了口氣道：「這場突如其來的颶風讓我們損失慘重，有六艘戰船失蹤，剩下的十四艘戰船為了躲避風雨進入距離蟒蛟島東南八十里左右的潟湖，可是風雨過後，潟湖水位降低，所有戰船都擱淺其中了。」

胡小天一臉苦笑，從東梁郡率領二十艘戰船出征之時也是雄心萬丈，畢竟他擁有五十門轟天雷，本帶著轟平蟒蛟島的念頭，只可惜人算不如天算，再厲害的武器也擋不住一場狂風暴雨。

夏長明道：「戰艦想要脫困，必須要等到潟湖的水位重新上漲，可是當時為了躲避風雨進入潟湖，我們將船上所有的重要物資都已經拋入了海水之中，現在糧食和淡水都出現了不足。」

胡小天點了點頭，心中暗忖看來只能求助於閻天祿了，雖然此前他和閻天祿曾經同舟共濟，可是此一時彼一時，那時閻天祿被盧青淵謀奪了島主之位，如同喪家之犬四處躲藏逃竄，現在他反擊成功，又成為一方獨尊的蟒蛟島主，是敵是友還很難說。他向夏長明道：「長明，你暫且在這邊等我，我去找閻天祿好好談談。」

夏長明道：「主公務必要小心。」

閻天祿重新現身，真相大白，蟒蛟島自然萬眾歸心，正如他此前所言，蟒蛟島真正的主人只有他自己。此前眾人奉盧青淵為島主無非是被蒙蔽，除了眾所周之的六位當家，閻天祿在島上還有一支不為人知的力量，他和胡小天分開之後就是去組織這些人，為他剷除叛逆，重登島主之位，短短一日之間，島上風雲變幻，島主之位兩度更迭，重新又回到了閻天祿的手中。

颶風過後，晴空萬里，烈日高照。閻天祿站在蟒蛟島監獄對面的高塔之上，望著監獄的方向，監獄已經完全被胡中陽等人所控制，兩千名全副武裝的海盜守住監獄的大門，等候島主的發落。

楊宗同來到閻天祿身邊通報道：「胡小天來了，他要見您。」

閻天祿低頭俯視，看到胡小天就站在高塔之下，抬起頭向上方仰望著，因為陽光過於刺眼，這廝雙手搭在額頭上，利用這種方法遮擋陽光，在他的身邊還跟著自己的侄女閻怒嬌。

閻天祿低聲道：「讓他一個人上來！」

胡小天走上瞭望塔，站在塔上可以清晰看到監獄中的情景，胡中陽等人並不知道外面的真實狀況，仍然在監獄內製造動亂，以此來吸引海盜們的注意力。

閻天祿雙手握住憑欄低聲道：「只要我一聲令下，我的數百台投石機就會將這座監獄夷為平地，你的那些士兵全都會成為肉泥。」

胡小天不以為然地笑了起來：「老人家似乎忘了咱們的約定。」

閻天祿充滿嘲諷地看了他一眼道：「承諾就是個屁！我殺了你，就沒人知道我們有過什麼承諾。」

胡小天道：「我既然敢獨自一人到這裡來，就不怕你會殺了我。」他停頓了一下又道：「其實你也殺不了我！」

閻天祿哈哈大笑起來，搖了搖頭，目光中流露出欣賞之色，胡小天能夠如同彗星一般崛起於庸江流域絕非偶然，這小子不但擁有一身強大的武功，更有超人一等的膽色和冷靜的頭腦，實在是一個不容小覷的對手。

閻天祿道：「剛才我收到情報，距離蟒蛟島東南方向八十里處的潟湖發現多艘擱淺的戰船，想來都是你的人馬了？」

胡小天點了點頭道：「是！不瞞閻島主，我來找你就是為了尋求幫助的。」

閻天祿道：「我為何要幫你？不要以為你曾經幫助過我，我就一定會報答你，這世上的確有知恩圖報之人，可更多的是恩將仇報之輩！」說到這裡他不由得想起了背叛自己的兩位兄弟，雙手不由得握緊了憑欄，手指深深陷入憑欄之中。

胡小天道：「島主若是幫我渡過難關，我承諾有生之年絕不攻打蟒蛟島！」

閻天祿霍然轉過身來，盯住胡小天的雙目，忽然哈哈大笑起來，胡小天也笑了，氣勢上絲毫不落下風。

閻天祿道：「你以為滅得掉我的蟒蛟島嗎？」

胡小天微笑道：「島主的處境並不如表面看上去那樣風光，區區一個盧青淵都可以讓島主狼狽逃命，落櫻宮唐九成已經練成凝氣為箭的手段，島主得罪了這麼多厲害的仇家，難道當真不在乎再增加一個？」

閻天祿靜靜望著胡小天，過了好久方才道：「如果不是這場颶風，你的艦隊說不定早就對蟒蛟島發起攻擊。」

胡小天道：「我這個人很少妥協，也很少跟別人談條件，是島主挑釁在先，不然我才不會興師動眾前來攻打汪洋大海中的一個小島。」

閻天祿道：「我可以幫你，不過，你要幫我救一個人！」

胡小天點了點頭道：「什麼人？島主請說！」

閻天祿道：「大康海州牧顏宣明一家被控貪贓枉法，現已被押送康都，定下在五日後問斬，你幫我將他的全家解救出來。」

胡小天皺了皺眉頭：「你和顏宣明是什麼關係？」

閻天祿歎了口氣道：「他是我的大兒子！」

胡小天內心一震，想不到閻天祿的親生兒子居然在大康為官，且官拜海州牧。閻天祿揚了揚手中的那封信道：「盧青淵設計我籌謀已久，他不但在蟒蛟島舉事，而且查清了我的親人究竟身在何處，宣明的身分一直都是個秘密，甚至連他自己都不清楚，我並未想過要讓他繼承我的衣缽，只想他平安一生，想不到這也會被他們查出。」

胡小天道：「五日後問斬？」他對顏宣明的事情並不清楚，甚至不知道能不能夠來得及。

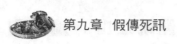

閻天祿點了點頭道：「你手下擊敗羅千福的那個能人異士應該可以一日千里，以你在大康朝中的地位，或許可以說服大康皇上改變念頭。」

胡小天道：「我會盡力而為，只是君威難測，我也沒有十足的把握。」

閻天祿道：「若是救不出吾兒的性命，你手下的這數千將士就等著為他陪葬！」雙手稍一用力，喀嚓一聲竟然將大腿粗細的憑欄硬生生拗斷。

胡小天微笑道：「老人家，有必要提醒你，我從不怕別人威脅，這數千將士在我心中遠不如顏宣明在你心中更為重要，你若是想以此來要脅我，那只管試試！」

閻天祿怒目而視，可是遭遇胡小天無畏的目光之後卻不得不軟化下來，緩緩點了點頭道：「小子，我幫你解救船隊，你幫我救我兒子全家，這筆交易怎麼看都是你更加划算。」

胡小天這才向閻天祿伸出手去：「成交！」

兩人雙手用力相握。

永陽王府內，權德安快步來到書房門外，恭敬道：「殿下！」

書房內傳來七七的聲音：「進來！」

權德安推門走了進去，七七放下手中的書卷道：「什麼事情？」

權德安道：「胡小天派密使前來要見公主殿下，楊先生領過來的。」

七七道：「讓他進來就是！」

權德安這才出門將外面候著的楊令奇和夏長明引領進來，夏長明接受胡小天的委託之後，帶著密信馬上從蟒蛟島出發，經歷一個日夜的飛行抵達康都郊外，先去鳳儀山莊，通過山莊方面聯繫到楊令奇，又由楊令奇親自引領前來參見公主。

夏長明恭敬見禮道：「小人夏長明參見公主千歲千千歲！」

七七淡然道：「我過去好像從未見過你呢。」

夏長明微笑道：「小人剛剛追隨胡大人不久。」

七七道：「他最近倒是籠絡了不少的人才。」美眸審視了一下夏長明道：「有什麼事情？」

夏長明將手中的密信呈上。

七七拆開密信，看完之後，秀眉微顰，輕聲道：「楊先生，你先帶夏先生去外面歇著，我和權公公有話要說。」

楊令奇領命帶著夏長明出去了。

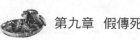

權德安也不知道這信中究竟寫的是什麼，七七將那封信遞給他，權德安笑道：「胡大人和公主之間的私信，我可不敢看。」

七七瞪了他一眼道：「讓你看你就看，哪有那麼多的事情？」

權德安這才將那封信接過，從頭到尾仔細看了一遍，驚聲道：「他竟然去了蟒蛟島？」

七七冷哼了一聲道：「我就知道他不會安分守己，說什麼生病根本就是拒絕來京的藉口罷了。」

七七心中不由得有些生氣，如果不是有事相求，自己到現在還被這廝蒙在鼓裡。胡小天把自己當成什麼了？只有當他遇到麻煩才會想起自己嗎？

權德安道：「顏宣明的案子，老奴倒是聽說了，據說貪贓枉法，從他家裡搜出了不少的銀子，皇上最近對貪腐案全都是嚴辦，而且放話出來，任何人不得為枉法者說情。」

七七道：「我說過一定要幫他救人了嗎？」

權德安道：「殿下當真不救？」

七七道：「顏宣明居然是蟒蛟島島主閻天祿的兒子，潛伏得可真是夠深。」她起身走了兩步來到窗前：「備車，我要親自去刑部一趟。」

第十章

背後博奕

胡小天看完信，背脊處不由得冒出冷汗，
他此前就覺得這件事辦得過於順利，
沒料到背後藏著那麼多的陰謀，七七也被蒙在鼓裡，
老皇帝玩了一齣螳螂捕蟬黃雀在後的奸計，
如果不是閻天祿道破這件事的真相，
自己還真會以為事情已經辦妥。

文承煥匆匆步入養心閣，龍宣恩側臥在龍床之上，單手撐著頭部，一雙眼睛半睜半閉，聽到文承煥的叩拜聲，懶洋洋從鼻息中嗯了一聲，然後打了個哈欠坐直了身軀：「文卿家，什麼事情非要急著見我？」

文承煥道：「陛下，永陽公主剛剛去了刑部，過問顏宣明的案子，還說要重新審過。」

龍宣恩呵呵笑了起來：「果然不出朕所料啊，必然是胡小天讓她出面說情。」

文承煥點了點頭道：「那顏宣明的真實身分乃是蟒蛟島匪首閻天祿的親生兒子，由此可見胡小天和蟒蛟島的海盜早有勾結。」

龍宣恩道：「如果不是你提醒朕，朕到現在都被瞞在鼓裡。」

文承煥道：「天下沒有不透風的牆，胡小天野心勃勃，自從入主東梁郡之後，其野心日益膨脹，天下人都看得清清楚楚。」

龍宣恩冷哼一聲道：「朕讓他押運糧食來京，他卻稱病藉故不來，背地裡卻和海盜做這種勾當。」

文承煥低聲進言道：「何止於此，臣還聽說胡小天對外稱病，閉門不出，事實上卻悄然隨同船隊一起去了蟒蛟島，其目的就是與匪首閻天祿合作，根據我得到的秘密消息，以後閻天祿會配合他封鎖海路，搶劫大雍通過海運前來大康的運糧船，讓大康的糧荒無法緩解，也唯有如此才能凸顯他的重要，趁機擴展自身的地盤。」

龍宣恩怒道：「混帳！真是豈有此理！」

文承煥慌忙躬下身去，等到龍宣恩情緒平復後方才又道：「陛下還請息怒。」

龍宣恩道：「胡小天當真是個狼心狗肺的東西，他爹背叛朕，捲走了大康最精良的五十艘戰船，還帶走了一萬精銳水師，單單是這件事朕就可以將他們胡家抄家滅門，朕非但沒有這麼做，還將永陽公主許配給他，他竟然不知報恩，不思報國，以為身在北疆，朕力有不逮，狂妄自大，率性而為，當真以為朕治不了他嗎？激怒了朕，這就讓蘇宇馳滅了他！」

文承煥道：「陛下千萬不要動怒，其實胡小天之所以會發展到今日的地步，和他背後的支持有關。」

龍宣恩的表情變得越發陰沉，他端起一旁的茶盞，喝了口茶，卻噗地一口全噴了出來，怒視身邊的小太監尹箏道：「混帳東西，這茶如此之冷，讓朕怎麼喝？」

尹箏嚇得臉色蒼白：「陛下，奴才這就去給您重新沏過！」

龍宣恩狠狠將茶盞扔在地上，頓時摔得四分五裂，然後他吼叫道：「滾！給朕滾出去！」

尹箏和宮女太監嚇得屁滾尿流，顧不上收拾地上的碎瓷片就逃出門外。

文承煥看到龍宣恩突然龍顏震怒，也是噤若寒蟬，一時間不敢說話，這老皇帝喜怒無常，若是說到他不順心的地方，說不定會遷怒自己。凡事適可而止，詆毀挑唆也要把握火候，否則過猶不及。

幾名太監宮女全都離去之後，龍宣恩的情緒瞬間恢復了平靜，深邃的目光在文承煥的臉上掃了一眼道：「這裡只有咱們兩個，有什麼話，你不妨直說。」

文承煥鬆了口氣，恭敬道：「臣斗膽說上幾句，還望陛下不要降罪。」

龍宣恩點了點頭。

文承煥道：「臣以為胡小天之所以如此狂妄，目空一切，膽敢對陛下不敬，和永陽公主對他的支持有關。」

龍宣恩歎了口氣道：「這件事朕也看在眼裡，七七年幼，涉世不深，被他蠱惑，所以才會做出一些糊塗的事情，朕對此也是頭疼得很。」

文承煥道：「恕臣直言，陛下若是念及骨肉親情，一味縱容下去，恐怕以後會變得越發不可收拾。自從胡小天前往東梁郡任職，就藐視朝廷，輕慢聖意，冒著將整個大康拖入戰爭的危險，發動對東洛倉的戰事，他的確打贏了幾場仗，可是在這幾場勝利中，真正得到利益的只是他自己。陛下！臣知道您念在永陽公主的份上對他一味容忍，可是此子非但不知收斂，反而日益囂張，一旦等到他羽翼豐滿，陛下再想控制只怕就晚了。」

龍宣恩道：「你有什麼辦法？」

文承煥道：「胡小天現在身在蟒蛟島，東梁郡的那個人必然是個傀儡。」

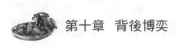

龍宣恩眉峰一動：「你怎會如此斷定？」

文承煥道：「不瞞陛下，胡小天率領二十艘戰艦前往蟒蛟島商談合作，其中有人因為看不慣他的做法，密報於我，臣可以斷定，胡小天已經去了蟒蛟島。這次永陽公主主動過問顏宣明的案子，分明是受了他的委託，知道顏宣明和閻天祿關係的人少之又少，公主和閻天祿從來都沒有任何交集，若非胡小天的緣故，她又豈會為了顏宣明出面？」

龍宣恩緩緩點了點頭。

文承煥又道：「趁著這個時機，陛下剛好可以將他的勢力剪除。」

龍宣恩道：「說得容易，如何剪除？」

文承煥道：「閻天祿為了保住顏宣明這個親生兒子，可以做任何事。」

龍宣恩頓時明白了他的意思，低聲道：「可是朕又如何讓他為我們做事呢？」

文承煥道：「只要將消息送給閻天祿，讓他用胡小天的性命換取他兒子的性命即可。」

龍宣恩道：「蟒蛟島千里迢迢，朕就算有這個意思，又如何能夠將消息送到閻天祿的手中？」

文承煥道：「臣有辦法，陛下只需將顏宣明的事情交給公主，睜一隻眼閉一隻眼即可，胡小天就算死了，也會認為是永陽公主做的手腳，絕想不到陛下身上。」

龍宣恩望著文承煥，過了好一會兒方才呵呵笑了起來：「然後呢？」

文承煥道：「然後派人前往東梁郡，拆穿那個傀儡的真正面目，為胡小天胡大人討還公道，將這幫害死胡大人，利用傀儡蒙蔽朝廷的反賊盡數剷除！」

自從夏長明離去之後，胡小天也在焦急等待他的消息，目前的狀況下，唯有保住顏宣明的性命，閻天祿方肯全力援助他的船隊。

楊元慶等人到來之時，胡小天正在開解閻怒嬌，閻怒嬌因為兄長被人擄走的事情憂心忡忡，她想要救人，可惜卻毫無線索。

聽聞補給船已經回來，胡小天向閻怒嬌道：「怒嬌，不如咱們去碼頭走走，今天陽光很好，我陪你散散心。」

閻怒嬌搖了搖頭道：「你自己去吧，我留下來歇一歇。」

胡小天笑了笑，拍了拍她的肩頭，舉步出門，在門外遇到了胡中陽，胡中陽笑道：「胡大人，補給船回來了，聽說咱們的船隊並沒有遭受太大的損失。」

胡小天道：「只要將士們平安無恙就好。」

胡中陽這兩天一直都沒好意思前來向胡小天解釋，歉然道：「胡大人，對不住了，如果不是我，也不會害得您舟車勞頓，來到這蟒蛟島上。」

胡小天笑道：「一家人何必說兩家話。」說話間已經來到碼頭，楊元慶率領一幫士兵從遠處向胡小天走了過來，來到近前慌忙鞠躬行禮道：「末將楊元慶參見主公，甲冑在身不能全禮，還望主公見諒。」

胡小天哈哈大笑道：「看到你們平安無恙我就放心了，怎麼？就來了這麼多人啊！常將軍沒有一起過來？」

楊元慶將胡小天悄悄拉到一邊，低聲道：「主公，我們本想多過來一些人，可惜他們不答應。常將軍要求在潟湖留守，讓我過來當面向主公稟明情況。」

胡小天點了點頭道：「這畢竟是人家的地盤，防人之心不可無，若是咱們過來太多人，閻天祿又該懷疑咱們別有用心了。」

楊元慶連連點頭，他滿臉慚色道：「主公，因為突然遭遇風暴，我等為了進入潟湖，不得不將船艙內的重物扔掉，那五十門轟天雷全都被我們投入海中了。」

胡小天道：「東西沒了可以再做，人死可不能復生，去歇著吧！等海水漲起來，咱們就離開蟒蛟島返回東梁郡。」

「是！」

閻天祿靜靜望著眼前的陌生人，此人應該是剛剛隨同補給船返回蟒蛟島的大康水軍將士之一，審視片刻方才低聲道：「你是……」

「在下楊元慶，乃是胡大人此次出征船隊的副統領。」

閻天祿的目光充滿狐疑之色：「原來是楊將軍，不知你來找我有何要事？」

楊元慶將一封信呈上道：「在下受人之托，特地送一封信給閻島主親啟。」

閻天祿點了點頭，伸手接過那封信，當著楊元慶的面拆開，展開信箋，發現其中藏著一縷紅色的頭髮，閻天祿頓時瞪大了雙目，他抿了抿嘴唇，強忍內心的激動將那封信讀完，然後撚起那一縷紅色的頭髮仔仔細細看了好一會兒，目光終於回到了楊元慶的臉上：「你是大康朝廷的人？」

楊元慶抱拳道：「皇上可以保證顏宣明的性命，只是他要一命換一命。」

閻天祿站起身來，雄壯的體魄帶著一種與生俱來的王者威壓，楊元慶不由得感到呼吸一窒，目光竟然不敢直視閻天祿，悄悄垂落下去。

閻天祿道：「想不到胡小天身邊有你這種內奸！」

楊元慶道：「何謂忠奸，楊某食大康俸祿，效忠的是大康皇上，除了皇上以外，楊某不會為任何人盡忠！」

閻天祿呵呵冷笑，他揚了揚手中的那封信道：「我怎麼能夠相信你的話？怎麼知道你們一定會兌現承諾？」

楊元慶道：「島主，請恕我直言，您似乎並沒有其他的選擇。」

閻天祿將那封信扔在一旁，不屑道：「胡小天也答應了我，他已經派人前往營救顏宣明，這兩天就會有消息。」

楊元慶道：「在康都他的話起不到任何作用，閻島主心繫愛子安危，難免會犯了病急亂投醫的錯誤，島主或許並不知道，胡小天和皇上素來不睦，這次下令查辦顏宣明一案的恰恰是皇上，除了皇上之外誰也救不了顏宣明。而胡小天此次派人去找的乃是永陽公主，島主若是願意將顏宣明的身家性命全都押在公主的身上，我也無話可說。」

閻天祿望著手中的那一縷紅色頭髮，內心猶豫不決。

楊元慶道：「就算是合作，也要選擇一個對自已有所幫助的對象，如果胡小天那邊一切順利，很快就會有顏宣明獲釋的消息傳來，皇上對此暫時會不聞不問，胡小天會認為此事做成，可他卻是大錯特錯，皇上之所以放任永陽公主釋放顏宣明，只不過是為了麻痹他們，島主剛好可以趁著這個時機對胡小天下手。」

閻天祿心中暗罵楊元慶陰險狡詐，可是他也明白此事的主謀卻是大康皇帝。

楊元慶道：「島主若想皇上對此始終不聞不問，就要看島主接下來怎麼做。」

閻天祿冷冷道：「我幫他做成這件事之後，我又有什麼好處？」

楊元慶道：「顏宣明一世平安，皇上還可以保證他官復原職，皇上還答應，島主在世之日，絕不進犯蟒蛟島。」

聽似誘人的條件卻讓閻天祿一陣噁心，進犯蟒蛟島？以大康今時今日的實力，還有什麼能力進犯蟒蛟島？他低聲道：「真有誠意，就將我兒送來蟒蛟島，我會設法抓住胡小天，用他的性命來換！」

夏長明在黃昏時分抵達蟒蛟島，他帶來了顏宣明獲釋的消息，胡小天確信顏宣明已經被七七從刑部帶走，目前就安頓在永陽王府，這才長舒了一口氣，帶著七七給他的親筆回信前往閻天祿那裡。

閻天祿一直都在等著這個消息，聽胡小天說完之後，他濃眉緊鎖道：「你能確定？」

胡小天微笑道：「當然可以確定，這是永陽公主給我寫的親筆信，閻島主若是不相信，可以親自過目，如今顏宣明已經被暫時安置在永陽府內，有公主庇護，他的安全絕對可以得到保障。」這件事顯然比胡小天預想中要順利得多。

閻天祿接過胡小天遞來的那封信，從頭到尾看了一遍，確信兒子暫時無恙，方才長舒了一口氣。

胡小天笑道：「島主不用擔心，公主殿下已經答應，等到形勢緩和一些，就會安排顏宣明離開京城，到時候你們父子就能重聚。」

閻天祿點了點頭道：「想不到這次的事情居然如此順利。」

胡小天道：「我也沒有想到。」

閻天祿道：「再過幾天，潮水上漲，胡大人的船隊就可以脫困，你們也就可以返回東梁郡了。」

胡小天微笑道：「這次多虧了閻島主相助，不然我們就麻煩了。」

閻天祿看了胡小天一眼道：「不錯，你們的確麻煩大了！」

胡小天聽出他話裡有話，心中警示頓生，沉聲道：「島主是不是有話想說？」

閻天祿緩緩站起身來，向胡小天走近了兩步，盯住他的雙目道：「有人要我殺了你！」

胡小天感到一股凜冽的殺機從四面八方向自己包繞而來，他內心一沉，表面卻鎮定如故，靜靜望著閻天祿道：「島主答應了？」

閻天祿道：「答應了！可是未必答應過的事情就一定要做！」他將楊元慶交給自己的那封信遞了過去：「你看過之後就會明白。」

胡小天接過那封信，從頭到尾仔細看了下去，當他看完這封信，背脊處不由得冒出冷汗，他此前就覺得這件事辦得過於順利，只是他沒有料到這背後竟然藏著那麼多的陰謀，七七顯然也被蒙在鼓裡，老皇帝玩了一齣螳螂捕蟬黃雀在後的奸計，如果不是閻天祿主動道破這件事的真相，自己還真會以為事情已經辦妥，難免大意，在這種狀況下若是閻天祿暗算自己，十有八九能夠得逞。

閻天祿伸出手掌輕輕拍了拍他的肩頭道：「小子，識人不善啊！」他回到自己的座椅上坐下。

胡小天的表情前所未有的嚴肅，自己的隊伍中顯然出了內奸，應該是從自己離開東梁郡，自己的一舉一動就全都在朝廷的掌握之中，他忽然想起了東梁郡那個冒充自己身分的人，只怕所有一切都被龍宣恩瞭解得清清楚楚，胡小天在心中迅速排查著可疑人物，這個人的面貌在他腦海中漸漸變得清晰起來：「楊元慶？」

閻天祿點了點頭。

胡小天來到閻天祿的對面坐下，臉上的表情依然淡定自若，望著閻天祿，唇角露出一絲意味深長的笑意：「島主為何要將這些事情告訴我？你不怕龍宣恩對顏宣明不利？」

閻天祿道：「永陽公主是你的未婚妻，我若是殺了你，不但得罪了她，也得罪了你幾萬名部下，若是庸江水師不惜一切代價前來蟒蛟島尋仇，我也沒有必勝把握。更何況我向來都是信守承諾的人，既然答應過跟你合作，就不會出爾反爾。」

胡小天微笑不語，心中卻明白閻天祿之所以放棄陷害自己，其實是權衡利弊的結果，他低聲道：「龍宣恩為人陰險狡詐，做事不擇手段，毫無信義可言，你就算按照他所說的去做，到最後他也未必肯兌現承諾！」

閻天祿道：「這倒不是問題，我可以先抓住你，然後用你來換我兒的平安。」

胡小天道：「島主以為可以成功嗎？」

閻天祿歎了口氣道：「我剛開始的時候的確動了這方面的心思，可是我思來想去，以你的武功和頭腦，我並沒有把握，我若是殺了你，等於遂了龍宣恩的心願，我手中更沒有可以和他交換的條件，我這輩子最討厭別人要脅我！」

胡小天道：「天下間沒有不透風的牆，你家公子的秘密保守得並不算好，龍宣恩現在可以拿他來要脅你殺我，下次就可以用他來要脅你做別的事情。」

閻天祿點了點頭道：「正因為如此，我才放棄了幫他陷害你的想法。」

胡小天道：「人在永陽公主的手中，我可以保證他的安全！」

閻天祿虎目灼灼生光：「希望你值得我信任。」

胡小天道：「看來你我必須要合演一場好戲，要讓所有人都認為你出手對付我，要用我的性命來換取顏宣明的平安！」

閻天祿道：「今晚我會舉辦一場慶功宴，我會在酒中下藥，將你和你的部下全都拿下關入監獄。然後以你們的性命作為條件，讓楊元慶通報康都方面，讓他們將我兒放了，只有確信我兒平安，我才會將你剷除！」

胡小天道：「我必須在今晚離開，即刻返回康都，親自將顏宣明營救出來。」

閻天祿道：「趕得及嗎？」

胡小天微笑道：「別忘了，夏長明擁有兩隻雪雕。」

閻天祿道：「你會不會騙我？」

胡小天笑瞇瞇道：「相比龍宣恩，我更加可信！」

閻天祿道：「若是我兒有什麼三長兩短，你手下數千人全都要為他殉葬！」

胡小天向閻天祿伸出手去：「只要龍宣恩認為我仍然被你關在蟒蛟島，那麼你兒子自然平安無事！」

胡中陽感覺頭痛欲裂，睜開雙目，發現自己居然再次回到了暗無天日的牢獄之中，他以為是酒醉的幻覺，伸出拳頭用力捶了捶腦袋，耳邊卻傳來痛苦的呻吟聲，胡中陽定睛望去，卻見牢房之中不但是自己，還躺著三名手下，他方才知道眼前的一切都是現實，一把將其中一人抓起道：「怎麼了？究竟發生了什麼事情？」

那名手下茫然道：「不清楚，我喝多了，醒來就在這裡了……」胡中陽一把將他推開，撲向牢房的鐵柵欄，大吼道：「島主！我要見島主！」

閻天祿站在院落之中，聽到身後的腳步聲緩緩回過頭來，望著被兩名武士押來的楊元慶，擺了擺手，兩名武士退了出去，他親自為楊元慶打開鐐銬，微笑道：「楊將軍委屈了，只是做戲務必要做足全套，我不想楊將軍因此事而暴露身分。」

楊元慶揉了揉額頭，歎了口氣道：「閻島主此番下手真是讓人毫無防備啊！」

閻天祿道：「胡小天已經被我關押在水牢之中，你剛才也已經見到了，你們要我做的事情我已經做了，現在到你們兌現承諾的時候了。」

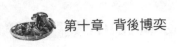

楊元慶道：「島主的意思我會儘快轉達，不過……」

閻天祿臉色一凜：「沒什麼不過，你們只需送我兒入海，只要我確信他的船隻入海的消息，馬上我就殺了胡小天！」

楊元慶道：「島主稍安勿躁，我已經飛鳥傳書，相信三天之內就會有結果。」

閻天祿冷冷道：「你最好不要騙我，若是三天內沒有我兒平安獲釋的消息，你就應該擔心自己的安危了！」

蟒蛟島最高的青龍峰之上，胡小天和夏長明兩人站立在懸崖之前，兩人不約而同地回過頭去，遙望監獄的方向，想起今晚的經歷，夏長明也不由得捏了一把冷汗，他咬了咬嘴唇道：「想不到楊元慶竟然是內奸！」

胡小天道：「只不過是各為其主罷了，從我們離開東梁郡，一舉一動都在他的監視之中，他一定利用飛鴿傳書之類的辦法和大康方面保持聯絡，還好閻天祿懂得權衡利弊，不然我這次真的會栽一個大跟頭。」

夏長明道：「主公打算怎麼做？」

胡小天瞇起雙目望向遠方：「咱們先返回東梁郡，龍宣恩一旦得知我被俘的消息，必然會對東梁郡下手，回到東梁郡之後，還要麻煩你去一趟康都。」

夏長明道：「只是這兩隻雪雕日夜飛行已經極其疲憊，此前我前往康都都是輪番交換騎乘，只怕牠們無法負擔咱們兩人飛行這麼遠的距離。」

胡小天道：「那該如何是好？」

夏長明歎了口氣道：「眼前的狀況下只能走一步算一步了。」說話間，月光下兩道白色的光影迅速由遠而近，那兩隻雪雕緩緩降落在他們的面前，夏長明有些憐惜地撫摸著兩隻雪雕的羽毛，將牠們攬入懷中，似乎在跟牠們竊竊私語。

胡小天望著人雕之間深情款款的場面，心中暗自羨慕，什麼時候自己才能擁有這樣的坐騎，不由得想起了那隻飛梟，若是飛梟肯追隨自己那有多好。

夏長明上了其中的一隻雪雕，讓胡小天騎上另外一隻，兩隻雪雕振翅飛起，一前一後向空中的明月飛去。

胡小天感覺耳邊風聲呼呼作響，垂頭向下張望，卻見月光下的蟒蛟島在視野中變得越來越小，他忽然留意到，在身後一個黑點正在迅速靠近，雪雕對於危險的本能讓牠們很快就察覺到了這一變化，兩隻雪雕同時發出一聲驚呼，陡然加速向上攀升起來，胡小天緊緊抓住鞍座，慘叫道：「我靠！又來？」

雪雕為了擺脫後方追隨而來的黑影，在空中瘋狂攀升俯衝，夏長明慌忙發出長嘯，試圖平復雪雕的情緒。

飛梟猶如暗夜閃電一般急速追至胡小天的身體下方，舒展雙翅，和雪雕保持著上下約一丈左右的距離，並沒有任何攻擊的舉動，胡小天抿了抿嘴唇，忽然鼓足勇氣，鬆開鞍座，從雪雕身上跳了下去，穩穩落在飛梟的背上，飛梟發出一聲低沉的鳴叫。猶如一座浮島，承載著胡小天的身體緩緩升起，和夏長明比翼齊飛。

雪雕在夏長明安撫下終於平復，仍然充滿警惕地望著這隻身形巨大的飛梟。

胡小天長舒了一口氣，拍了拍飛梟光禿禿的脖子：「老弟，你來送我了？」

飛梟默不作聲靜靜飛行。

胡小天道：「捨不得我？準備跟我一起離開？」

飛梟扭過頭來，凌厲的鷹眼中閃過一絲明亮的光芒。

夏長明在一旁道：「恭喜主公，這飛梟應該認定你是牠的主人了！」

胡小天驚喜道：「真的？真的？那豈不是我讓牠做什麼牠就做什麼？飛！往前飛，把這兩隻白鳥給我甩開，遠遠甩開！」飛梟忽然向下俯衝而去，胡小天嚇得慌忙抱住飛梟的脖子，雙腿夾緊了飛梟的身體，大叫道：「別玩啊！我讓你往前飛！停！停！」

飛梟聽到停之後又向上攀升起來，飛梟俯衝和攀升的速度顯然要比雪雕更快，胡小天有種比坐過山車還要刺激的感覺，饒是這廝膽大，這會兒也嚇得面無人色。

夏長明緊隨其後，笑道：「主公！看來我有必要教你跟鳥兒溝通的方法了！」

梁大壯匆匆來到同仁堂，最近一段時間，維薩幾乎每天都在這裡，她和秦雨瞳已經成了無話不談的好朋友。看到梁大壯氣喘吁吁地跑過來，維薩道：「梁大哥，怎麼？是不是主人回來了？」

梁大壯搖了搖頭道：「鄖陽守將蘇宇馳將軍已經進城來了，已經送上拜帖，中午時分要來府上拜謁公子。」

維薩皺了皺眉頭道：「你跟他說主人病了，不便見客！」

梁大壯道：「說了，可是送拜帖的人說，蘇宇馳這次不僅僅是為了探病，還帶了皇上的口諭過來，所以無論如何都要見公子一面。」

維薩咬了咬櫻唇，胡小天去了蟒蛟島，現在躺在府裡的根本就是一個冒充他的影子武士，這武士躺下來裝裝病倒沒有什麼，可是如果當真和蘇宇馳見面，那麼豈不是要完全露餡。

秦雨瞳一旁道：「蘇宇馳這個人很厲害，不但能征善戰，而且為人精明，若是讓他見到了胡大人，只怕什麼事情都瞞不住了。」

梁大壯道：「這可如何是好？」

秦雨瞳道：「不妨事，我跟你們過去，就說胡大人病情加重，他雖然帶了皇上的口諭而來，可來到這裡畢竟是客，總不能強求咱們做什麼，只要胡大人不說太多話，應該不會露出破綻。」

維薩道：「他不說話還好，雖然樣子像了個九成，可是口音完全就不一樣。」

秦雨瞳淡然笑道：「不必驚慌，讓他別說話就是，蘇宇馳大老遠地來了，打著探病的旗號，又說奉了皇上的口諭，如果硬攔著不讓他見，還不知會鬧出什麼花樣。」她向梁大壯道：「蘇宇馳那邊一共來了多少人？」

梁大壯道：「人倒是不多，他們的兵馬大都在武興郡運糧，這次跟他過來的只有二百多人。」

秦雨瞳道：「這二百人不可能全都來到府上，走！咱們去看看！」

蘇宇馳準時來到胡小天的府邸前，隨同他前來的一共有四名隨從，除此以外還有東梁郡太守李明成相陪，不過知道胡小天生病內情的人並不多，李明成也不清楚這其中的事情。

梁大壯早已在門前恭候，站在門前躬身行禮道：「小的梁大壯代表我家公子恭迎蘇大將軍一行！我家公子身體抱恙，臥病在床，無法親自出門相迎，還望蘇大將軍多多諒解。」

蘇宇馳微笑道：「胡大人有病在身，自然要以養病為重，蘇某此次前來也只是為了代表皇上慰問。」

梁大壯引著幾人向裡面走去，李明成一旁問道：「大壯，胡大人今天的情況怎麼樣？」

梁大壯皺了皺眉，然後裝腔作勢地歎了口氣。

李明成驚慌道：「怎麼？大人他……」

梁大壯道：「本來吧，昨天已經好了許多，可是今天清晨起床之後，不知怎麼了，突然病情加重，這嘴也歪了眼也斜了，剛剛請來了同仁堂的秦神醫過來給公子診治，可是短期內應該也沒什麼起色。」

蘇宇馳道：「胡大人莫不是中風了？」

梁大壯道：「小的不通醫理，到底怎麼回事也不清楚，只是我家公子是個極愛面子的人，如今嘴歪眼斜，自然不想用這副尊榮對人，本來公子的意思是概不見客，可蘇大將軍身分尊貴，又帶著皇上的口諭來，我家公子就算病再重，也得給蘇大將軍這個面子，就算不給大將軍面子，也得給皇上面子，您說是不是？」

蘇宇馳微微一笑，心想這奴才倒是牙尖嘴利，狗仗人勢，居然敢對本將軍冷嘲熱諷。雖然心頭有些不悅，不過蘇宇馳也犯不著跟一個下人一般見識。

梁大壯在胡小天所住的院子前停步，笑著向幾人道：「幾位大人還請耐心等待，我得先去看看秦神醫診治完了沒有，她正在幫我家公子行針呢。」

蘇宇馳微笑道：「你去就是，我們就在這裡等著。」

梁大壯道：「那就委屈幾位大人了。」這貨舉步走入院落之中。蘇宇馳幾人在外面等著，左等不來，右等也不見他出來，就這樣在外面站了足足半個時辰，方才看到梁大壯從裡面晃晃悠悠走了出來，歉然道：「讓幾位大人久等了，我家大人剛剛行完針，此刻就在房間裡面等著。」

蘇宇馳微笑道：「沒關係，當然是胡大人治病要緊。」

梁大壯又向他身後的四人看了一眼道：「大人請蘇大將軍進去。」他的意思再明白不過，胡小天只請了你蘇宇馳過去，並沒有安排其他人。

蘇宇馳笑道：「這幾位全都是我特地請來的名醫，聽聞胡大人久病不癒，所以我請他們來幫忙診治。」

梁大壯張口結舌，一時間不知如何應對，蘇宇馳道：「勞煩前方帶路。」幾人來到門前，正看到維薩送秦雨瞳出來，這位蒙面女神醫向蘇宇馳等人掃了一眼，冷冷道：「胡大人剛剛行針完畢，並不適合見太多人。」

梁大壯故意大聲道：「蘇大將軍是特地請了幾位大夫幫忙看病的。」

秦雨瞳一雙剪水雙眸冷冷盯住蘇宇馳，蘇宇馳心中不由得一凜，他久經沙場，此生不知經歷了多少血戰，見過多少厲害人物，可是仍然感覺到這位女神醫的目光極具穿透力，似乎直達人心，可以看出他心底的秘密。

秦雨瞳還未說話，維薩已經先說道：「不必了，主人此時不宜見客太多。」

蘇宇馳呵呵笑道：「蘇某乃是一片好意，既然諸位不領情，那麼也只好作罷了，不過這位楊太醫卻是奉了皇上旨意，皇上還御賜他一塊蟠龍金牌，讓他前來給胡大人診病，以表示對胡大人的關心，胡大人想必也不會拒絕皇上一番苦心。」

秦雨瞳聞言一怔，她對皇宮太醫院極其熟悉，這四人之中並無熟悉的面孔在內，可是蘇宇馳應該不會說謊。

蘇宇馳的身後，一名身穿青衫面無表情的中年男子站了出來，他揚起手中的蟠龍金牌，包括秦雨瞳在內全都垂下頭去，秦雨瞳雖然早就料到善者不來，可是對事態的嚴重程度估計仍然有所不足。

對方已經出示了御賜的蟠龍金牌，自然不能強行阻攔，不然就是違抗皇命。

秦雨瞳率先側身閃開，維薩咬了咬櫻唇道：「大將軍裡面請！」她心中暗忖，反正單從外表上是看不出影子武士的破綻，只要他不開口說話就不會有任何問題。

蘇宇馳沉聲道：「你們兩個在外面候著，我和楊太醫進去。」

維薩引著蘇宇馳兩人進入胡小天的臥房內，蘇宇馳舉目望去，卻見胡小天躺在床上，面如金紙，雙目緊閉，維薩來到那假胡小天的身邊，附在他耳邊柔聲道：「主人，蘇大將軍前來探望您了！」

影子武士嗯了一聲，仍然閉著雙眼。

維薩道：「主人這兩天就是這個樣子，時而清醒，時而糊塗。」

身後傳來秦雨瞳的聲音：「我剛剛為他行針，只怕還需要兩個時辰才能清醒，

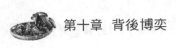

蘇大將軍不妨多等一會兒。」

蘇宇馳微笑道：「不妨事，不妨事，我今天反正也沒什麼事情，皇上有些話必須讓我親口轉達給胡大人知道。聖命難違，皇上交代的事情，我務必要做到，別說等兩個時辰，就算是等上兩天，我也要將皇上的話給帶到。」

秦雨瞳和維薩都是心中一沉，這蘇宇馳果然是來者不善，應該是對胡小天生病這件事產生了懷疑，所以才親自過來查看，現在只希望蘇宇馳不要識破眼前的胡小天是假冒才好。

站在蘇宇馳身後的楊太醫雙耳微微抖動了一下，深邃的雙目越發顯得陰沉難測。他在仔細捕捉著幾人的心跳聲，秦雨瞳鎮定如常，心跳不見任何變化，維薩卻是心跳加速，而梁大壯從頭到尾心跳都穩健有力。至於床上躺著的胡小天，明顯心跳加速，而且節奏都已經亂了。

蘇宇馳輕聲道：「胡大人！」

床上的影子武士緩緩將眼睛睜開一條縫，顯得疲憊無力。

蘇宇馳道：「在下蘇宇馳，奉了皇上的旨意特地前來探望胡大人，順便也向胡大人致謝，感謝胡大人提供十萬石糧食給我們。」

維薩一顆心提到了嗓子眼，還好那影子武士只是嗯了一聲，並未開口說話。

蘇宇馳道：「皇上特地委派楊太醫過來給胡大人看病。」他的面龐微微側過：

「楊太醫！」

楊太醫來到床邊，恭敬道：「胡大人，在下請為胡大人診脈！」

床上的影子武士並沒有將手從被窩裡拿出來的打算，秦雨瞳冷冷道：「大將軍這是何意？難道看不起我們玄天館的醫術？」

蘇宇馳微笑道：「玄天館任先生也是蘇某舊交，他的高足自然醫術精絕，不過術業有專攻，聞道有先後，在風寒方面楊太醫頗有建樹，多一人看看又有何妨。」

楊太醫輕聲道：「胡大人，可否讓在下為您診脈？」他的聲音非常陰柔，透著一種說不出的古怪，影子武士感覺他所說的每一個字似乎都鑽入了自己的耳朵裡，雙目不由得睜開，向楊太醫的雙眼望去，目光和楊太醫乍一相遇，頓時感覺到對方的雙目如同磁石一般吸引了自己。

維薩始終留意這假冒胡小天的表情變化，看到他臉上的表情竟似乎突然喪失了神志一樣，心中頓時感覺到大事不妙，這位隨同蘇宇馳一起前來的楊太醫竟然擅長攝魂之術，乃是此道高手。維薩美眸一轉悄然推動桌上的藥碗，眾人的注意力全都集中在胡小天身上，並未發現她的舉動，藥碗落地，頓時摔得七零八落，維薩隨即發出一聲嬌呼！

這聲呼喊將心神陷入迷惘中的影子武士驚醒過來。

維薩佯裝驚恐無比的樣子，撲通一聲跪倒在床前：「主人，奴婢錯了！是我不小心驚擾了各位貴客！」

影子武士此時還未完全回過神來，不清楚自己為何剛剛神智模糊。

蘇宇馳目光一凜，已經意識到發生了什麼，微笑道：「胡大人不必怪她，誰都有不小心的時候，姑娘，你先出去吧！」

影子武士表情呆滯，他不敢說話，一雙眼睛只是望著一旁的梁大壯。

梁大壯道：「維薩，你先出去！」趁機走上前去，肥胖的身軀阻隔在楊太醫和影子武士之間，向影子武士道：「大人，您怎麼出了這麼多汗，都是維薩不小心，是不是嚇著您了？」

秦雨瞳道：「楊太醫在太醫院何處高就？怎麼我從未見過你呢？」

楊太醫向秦雨瞳看了一眼道：「我是新近才調入太醫院的，我去太醫院之時，秦姑娘已經離開了，所以才和秦姑娘慳緣一面。」一雙深邃的雙目盯住秦雨瞳，他並未對秦雨瞳使用攝魂術，因為他從對方的心跳和呼吸已經判斷出，秦雨瞳乃是心性極其堅定之人，這種人意識很難被人控制。

蘇宇馳看到維薩仍然跪在那裡，微笑道：「姑娘起來吧！」

維薩倔強搖了搖頭道：「主人沒有讓我起來，我不敢！」她的目的就是要將現場攪亂，讓蘇宇馳和楊太醫沒有機會對影子武士下手。

蘇宇馳似乎對她頗為欣賞，點了點頭道：「你對胡大人真是忠誠啊！」抬起頭向床上的胡小天看了一眼道：「胡大人，您還是原諒她吧！」

影子武士不敢開口說話，左手伸了出來，微微向上揚了揚，示意維薩起身，說時遲那時快，楊太醫猝然伸出手去，已經搭在了他的脈門之上，楊太醫的出手宛如電光石火，速度驚人，秦雨瞳他們完全沒有料到他會這樣做，一時間愣在那裡。

楊太醫卻不慌不忙道：「胡大人，您不用緊張，在下楊返虛，乃是皇上派來為您治病的。」

影子武士一臉驚愕，嘴巴半張半合，感覺到一道陰冷至極的氣流順著自己的脈門猶如閃電般湧入自己的經脈，直指他的內心深處，猶如一柄利劍直接抵在他的心口之上，影子武士的雙目中充滿了恐懼。

秦雨瞳等人誰都不敢有太大的動作，影子武士的脈門落在楊返虛手中，從此人剛才的出手來看，武功已臻化境，控制了影子武士的脈門等於控制了他的生死。

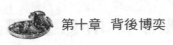

蘇宇馳看到楊返虛已經掌控了大局，微笑道：「楊太醫醫術高超，還是儘快為胡大人診脈吧。」

楊返虛道：「胡大人不像有病啊！」一雙眸子精光迸射，宛如兩道針芒射入影子武士的雙目之中，影子武士因為痛苦而變得臉色蒼白，目光中寫滿恐懼。

秦雨瞳輕移蓮步，來到床的另外一側，纖手搭在影子武士左手的脈門之上，淡然道：「楊太醫為何這樣說？難道是說小女子錯判病情，貽誤大人診治？」一股柔和的內息循著影子武士的經脈送入他的體內，如果說楊返虛的內息如同臘月寒風冰冷刺骨，秦雨瞳此時送入的內息猶如春風送暖，兩股不同的內息在影子武士的體內相互試探，卻都未施以全力。

相比較而言，秦雨瞳的忌憚更多，楊返虛只要發力，這影子武士必然面臨經脈寸斷的下場。

楊返虛陰測測笑道：「胡大人的病乃是心病，心病還需心藥醫。」

「不知楊太醫所說的心藥是什麼？」

楊返虛道：「只可意會，不可言傳！」

蘇宇馳微笑道：「看來秦姑娘還是對楊太醫的醫術不放心吶！」

楊返虛道：「關心則亂，一個真正的醫者眼中，病人只是病人，不可摻雜任何的感情成分，不然勢必會影響到他對病情的判斷。」

秦雨瞳道：「楊先生高見，我卻覺得一個醫者首先就要做到內心靜如止水，貧賤不能移，富貴不能淫，無論在任何的條件下都不改治病救人的初衷，這才是醫者本色。」

兩股內息在影子武士的經脈之中稍一接觸，馬上就彼此閃開，饒是如此，兩股內息碰撞產生的衝擊波仍然讓影子武士胸口一窒，胸口膨脹幾欲炸裂。

楊返虛微笑道：「和秦姑娘一席話，勝讀十年書。」

秦雨瞳道：「楊太醫若是有興趣，以後我還可以多教給你一些醫者的道理。」

楊返虛呵呵笑了起來，兩人談笑風生，可是現場所有人卻都緊張到了極點。

蘇宇馳向梁大壯看了一眼，發現他鎮定如常，心中不由得暗自感歎，胡小天的手下果然不同尋常，一個小小的僕人居然都擁有這樣的心態，再看維薩，維薩剛好也在向他看來，一雙綠寶石般的美眸雖然清澈，卻有種看不到底的神秘，蘇宇馳感覺自己的目光似乎深陷其中，內心中猛然驚醒，慌忙吸了口氣，好不容易才將目光移到一旁，背脊已冒出了冷汗，想不到這美貌的女僕竟然是個善於攝魂術的高手。

維薩看到功敗垂成，心中好不惋惜，只恨自己攝魂術修行太淺。其實她根本不用如此沮喪，蘇宇馳乃是大康名將，非但能征善戰，而且武功超群，性情更是堅忍不拔，再加上他對攝魂術已有瞭解，所以維薩剛嘗試控制他的心神就已被他發覺。

秦雨瞳道：「楊太醫是否診完脈了？」

楊返虛笑道：「秦姑娘好像有些緊張啊！」

秦雨瞳微笑道：「事關師門清譽，有些緊張也是自然。」她回答得體，而且在暗示楊返虛，不要忘了自己是玄天館任天擎的門人，詆毀秦雨瞳的醫術等於和整個玄天館作對。

楊返虛道：「換成是我，也會緊張！」內力卻悄然一吐，影子武士此時嘴巴猛然張開，卻是感覺體內一股陰冷至極的氣流湧過。

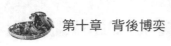

秦雨瞳掌心一寒，感覺到一道冷森森的氣息通過影子武士的身體透入了自己的經脈，半邊身體如墜冰窟，芳心一沉，對方竟然可以達到隔空傷人的地步，秦雨瞳此時想要撤手已經晚了。

楊返虛緩緩放開影子武士的脈門，微笑道：「胡大人，您感覺是不是好些了？」

影子武士呆呆躺在那裡，一雙眼睛瞪得滾圓，此時已經嚇得魂飛魄散，雖然不知道剛才具體發生了什麼，卻明白自己已經在鬼門關前走了一圈。

蘇宇馳微笑道：「如何？」

楊返虛道：「誠如秦姑娘所說，胡大人應該沒什麼大事，加以休養很快就會好轉起來。」

蘇宇馳站起身來，目光盯住床上的胡小天道：「胡大人，皇上對你的病情頗為關注，他讓我告訴你，胡大人乃是國之棟樑，大康中興的希望，千萬要保重身體。」說完這句話，他抱拳告辭道：「蘇某還有軍務在身，先告辭了！」

床上的影子武士呆呆望著蘇宇馳，甚至連還禮的事情都忘了，蘇宇馳在心中已經認定此人必是假冒無疑，暗自冷笑，胡小天能夠創下如此基業，絕非庸碌之輩，單就眼前人而言，無需楊返虛出手，即便是自己也能夠看出他絕非胡小天本人。

維薩向梁大壯使了個眼色。

梁大壯笑道：「恭送蘇大將軍！」

蘇宇馳轉身就走，楊返虛快步跟在他的身後，看到兩人離開，維薩方才舒了口氣，卻見秦雨瞳嬌軀顫抖，搖搖欲墜，慌忙上前扶住她，感覺到，她周身寒氣逼人，驚呼道：「雨瞳姐，你怎麼了？」

秦雨瞳咬了咬櫻唇，牙關顫抖道：「不妨事，先確定……他們走了……」

就在此時，忽然外面傳來一陣煙火的味道，聽到有人驚呼道：「失火了！」

梁大壯送蘇宇馳兩人剛剛走出院子，就發現院內濃煙滾滾，數間房屋同時燃燒了起來，這場火來得毫無徵兆，短時間內，包括胡小天所住的房間在內全都燃燒了起來。

梁大壯顧不上解釋，慌忙轉身衝入院落之中，蘇宇馳和楊返虛交遞了一個會心的笑意，兩人也隨後進入院落之中，蘇宇馳朗聲道：「來人！幫忙救火！」

這邊的火勢很快就將府中的人手盡數引來，梁大壯衝入房間內的時候，看到維薩和秦雨瞳兩人正將影子武士從床上扶起，梁大壯正想出手相助，卻見一人從身邊衝了進來，搶在他前面將影子武士抱了起來，正是太醫楊返虛，楊返虛大聲道：「跟我一起衝出去。」

梁大壯看到影子武士被楊返虛掌控，心中暗叫不妙，濃煙滾滾一時間也無法從他手中要人，只能掩護維薩和秦雨瞳兩人先逃出燃燒的房屋，來到院落之中。

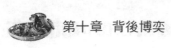

楊返虛帶著胡小天來到院中，將他直接就扔到了蘇宇馳的腳下，他已經認定這是個冒牌貨，所以出手毫無顧忌。

影子武士重重摔倒在地上，捂著腰慘叫起來：「我靠！你是要摔死我嗎？」

楊返虛雙目盯住他的眼睛，笑瞇瞇道：「你總算肯說真話了，你到底是誰？誰讓你冒充胡大人的？」他的一雙眼睛煥發著異樣的神采。

影子武士揉著屁股從地上慢慢站了起來，一臉迷惘望著楊返虛道：「當然是胡大人讓我冒充胡大人的。」

蘇宇馳臉上露出滿意的笑容，剛才還在裝病，一場火災讓他徹底露餡，胡小天啊胡小天，你居然讓人冒充自己，裝病糊弄皇上，這可是欺君之罪。

楊返虛道：「你叫什麼？」

此時梁大壯護著秦雨瞳和維薩已經逃了出來，梁大壯驚呼道：「少爺，您沒事吧？」兩名蘇宇馳的隨從擋在他們的面前，將他們和胡小天分隔開來。

影子武士似乎沒聽到他的話，一臉茫然望著楊返虛道：「我……我叫什麼？」

楊返虛充滿得意道：「對啊，你叫什麼？」他認為自己已經控制了對方的心神，一步步誘導對方說出真相。

影子武士道：「我……我……想不起來了……」

楊返虛伸出手去重新搭在對方的脈門之上：「你應該記得！」內息悄然透入對

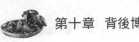

方的經脈之中，毫無淤滯地進入對方的體內。

影子武士似乎恍然大悟：「哦！我好像想起來了，我……我叫胡小天……」

蘇宇馳因他的回答而哈哈大笑起來，雙目盯住胡小天，笑容卻倏然收斂：「你根本就不是胡小天！說！你到底是誰？為何冒充胡大人？」他向楊返虛使了個眼色，看來不給這廝一點苦頭，他肯定不會說實話。剛才還在裝病，裝成臥床不起，現在居然能夠自己從地上爬起來。

楊返虛此時的表情卻顯得頗為怪異，因為他感覺到自己的內力宛如大河決堤，正源源不斷地泄入對方的體內，他的表情漸漸變得驚恐：「你……你是……」

影子武士也是一臉愕然地望著楊返虛：「我不是告訴你了，我是胡小天啊！」

「你不是……」楊返虛一開口感覺內力向外飛泄，比起剛才更加嚴重了，他慌忙閉上了嘴巴，苦苦和對方對抗著。

蘇宇馳卻不知道發生了什麼，冷冷望著胡小天道：「事到如今還敢狡辯，你根本就不是胡小天！」

梁大壯急得想要衝上去，卻看到維薩攙扶著秦雨瞳關切道：「雨瞳姐，你沒事吧？」兩人似乎根本都沒有關注蘇宇馳那邊的事情。

李明成此時方才察覺到了不對，來到蘇宇馳面前道：「蘇大將軍，您為何這樣說？」

蘇宇馳漠然道：「那要問他自己！」

胡小天仍然站在那裡，楊返虛此時卻連站都站不住了，雙腿一軟，緩緩跪倒在胡小天的面前，蘇宇馳幾乎不能相信自己的眼睛，這究竟是怎麼回事？楊返虛為何要給他下跪？

剛才是楊返虛抓著胡小天的手，現在他正在苦苦掙脫，可無論怎樣努力，自己的手如同黏在胡小天身上一樣，外人看出不對的時候，楊返虛的內力已經被胡小天虛空大法抽吸了一個乾乾淨淨，然後軟癱成泥，跪倒在胡小天的面前。

蘇宇馳此時已意識到情況不對，臉上表情變得前所未有的嚴峻：「你是……」

胡小天口中嘖嘖有聲，望著仍在燃燒的房屋道：「真是想不到啊，跟蘇大將軍第一次見面就送了我這份大禮，燒了我的房子，嚇得我出了一身的冷汗，還好，不是如此，我的病怎麼可能這麼快就好！」他將楊返虛的手甩開，大步走向蘇宇馳。

蘇宇馳的瞳孔驟然收縮，眼前的胡小天和剛才那個躺在床上裝病的病人有了脫胎換骨的變化，他甚至無法確定兩者是同一個人，可是從外表上看不出任何不同，不對！胡小天此時應該在蟒蛟島，從蟒蛟島到東梁郡至少要經過七個日夜的航程，就算他收到消息，日夜兼程地趕路，也不可能趕回，他絕不是胡小天。

可是一個人的外表可以偽裝，一個人的氣度絕對無法模仿，楊返虛乃是一流高手，還沒有看到對方怎樣出手，就已經跪倒在他的腳下，怎會如此？以蘇宇馳的老謀深算也想不透這其中到底是什麼緣故。

蘇宇馳臨危不亂，靜靜望著胡小天道：「蘇某奉了皇上之命前來探望胡大人，失火之事和蘇某何干？」

胡小天微笑道：「我和蘇大將軍好像是第一次見面，蘇大將軍為何要說我不是胡小天？難道我是誰連我自己都不知道？還要你蘇大將軍為我證明？」

蘇宇馳呵呵笑道：「一直聽說胡大人少年有為，器宇軒昂，所以看到剛才床上那個奄奄一息的病漢，無論如何也不能相信那就是傳說中的英雄人物，而且胡大人連一句話都不肯對蘇某說，蘇某有些懷疑也是正常。」

胡小天笑道：「聽起來好像是有些道理呢，維薩！」

「主人！」維薩歡欣雀躍地來到胡小天身邊，一雙美眸散發著異樣的神采，蘇宇馳留意到她的表情和剛才在室內的緊張模樣全然不同，心中暗暗後悔，自己活了半輩子，居然會被幾個年輕人蒙蔽。

胡小天道：「你還不謝謝蘇大將軍為你求情，如果不是他，我可饒不了你。」

維薩撅起櫻唇，嬌俏可人道：「謝謝蘇大將軍了。」

胡小天道：「大壯，這位楊太醫好像病得不輕，你扶他先找個房間歇著，回頭請郎中好好給他治一治。」

「噯！」梁大壯此時方才認定出現在蘇宇馳面前的絕對是胡小天本人，他也是無比迷惘，實在鬧不明白胡小天是何時回來的，什麼時候把冒牌貨給換了，那個冒牌貨現在又去了哪裡？他向滿臉歡喜的維薩看了一眼，心中暗忖，維薩和秦雨瞳應該知道內情，看來少爺心中對她們比對自己更加親近一些。

蘇宇馳的幾名手下看到梁大壯走向楊返虛，想要上前阻止，卻被蘇宇馳凌厲的眼神制止，蘇宇馳已然意識到現在的局勢發生了根本性的逆轉，不但是楊返虛，就連自己只怕也是自身難保了。

胡小天望著火場搖了搖頭，這會兒功夫，火勢已經被手下人基本撲滅，他向蘇宇馳做了一個邀請的手勢：「蘇大將軍，這裡燒得一片狼藉，咱們去花廳說話。」

事已至此，蘇宇馳也不好拒絕，形勢也由不得他拒絕，只能點了點頭。卻見胡小天已經先行向花廳走去，龍行虎步，虎虎生風，哪還有半點生病的樣子，蘇宇馳感到頭皮一陣發麻，自己得到的情報明明是胡小天去了蟒蛟島，雖然胡小天只說了幾句話，可是從他的言談舉止，此人十有八九就是胡小天，難道根本就是他故布疑陣，放出前往蟒蛟島的假消息？皇上啊皇上，你可把我給坑苦了！

眼前人就是胡小天無疑，他在得知老皇帝要利用閻天祿除去自己的消息之後，馬上想到東梁郡必然會有麻煩，於是和夏長明一起日夜兼程趕回東梁郡，本來兩隻雪雕的體力不可能支撐他們兩人飛行這麼久在兩天內趕回東梁郡，可是有了飛梟的加入，飛梟因為胡小天多次救牠，認定了追隨胡小天，胡小天騎乘飛梟，夏長明騎著雪雕為他引路，兩人只花了一個晝夜就已經來到了東梁郡，因為擔心康都有變，胡小天又讓夏長明片刻不停地前往康都，向永陽公主七七闡明這件事背後的陰謀，他自己則在東梁郡降落之後，進入城內，悄然循著密道返回臥室，然而胡小天終究還是晚了一步，等他抵達臥室的時候，蘇宇馳和楊返虛已經到了那裡。

密道的開口就位於床下，胡小天躲在密道內將上面的動靜聽了個清清楚楚，直到蘇宇馳等人離去，胡小天方才有機會爬出地道，可外面卻突然失火，胡小天趁機將那影子武士從密道中送了出去，來了個以真亂假。

蘇宇馳縱然智慧超群，他也決計想不到胡小天會在一個晝夜之間就趕回了東梁郡，短時間內完成了真假身分的互換。蘇宇馳對朝廷給他的情報深信不疑，所以才會造成這麼大的失誤，而現在他仍然想不到眼前的胡小天其實已經換了個人，只是認為朝廷的情報出現了偏差，胡小天是故布疑陣，對外放出前往蟒蛟島的消息，其實他本人始終都在東梁郡。

蘇宇馳感歎造化弄人的同時，又對胡小天的演技深深佩服，如果不是親眼所見，誰又能相信剛才躺在床上的和眼前這個是同一個人，其實壓根就不是一個人。

蘇宇馳跟隨胡小天來到花廳坐下，他的幾名隨從已經被控制起來，蘇宇馳畢竟是一代名將，即便是陷入困境，臉上的表情卻依然古井不波。微笑道：「胡大人的病好得可真快！」

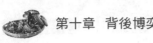

胡小天笑道：「風寒而已，被這場火驚嚇，出了一身的冷汗，突然就好了，蘇大將軍真是我的福星啊！」

蘇宇馳呵呵笑道：「不敢當，不敢當！」

胡小天道：「那十萬石糧食可曾交付給蘇大將軍？」

蘇宇馳微笑道：「多謝胡大人厚意。」

胡小天淡然道：「你不用謝我，是皇上讓我把十萬石糧食給你，身為大康臣子，我豈敢抗旨不遵，不瞞你說，這年月誰也不想把自己辛苦得來的糧食送人，你說是不是？」

蘇宇馳啞然失笑：「胡大人真是坦誠！」

胡小天道：「蘇大將軍此來的目的我清清楚楚，依著我過去的性子，必然是禮尚往來。」

蘇宇馳心中一凜，難道他想對自己不利？此子果然猖狂跋扈，自己終究還是大意了，低估了他的能力，想不到楊返盧在他的面前居然連出手的機會都沒有，卻不知因何會被他暗算。

此時房門被輕輕敲響，維薩端著托盤送茶進來。

胡小天笑道：「蘇大將軍請用茶！」

蘇宇馳端起茶盞在手中，卻遲遲沒有湊到唇邊。

胡小天道：「大將軍不會擔心我在茶中下毒吧？」

「怎麼會？」蘇宇馳嘴上這樣說，心中卻暗想，你小子什麼事情幹不出來？

胡小天道：「蘇大將軍能征善戰，足智多謀，乃是我大康良將，小天對大人一直都仰慕得很。」

「哪裡哪裡！」

「所以聽說皇上派蘇大將軍前來駐守鄖陽，小天心中不勝歡喜，有大人駐守鄖陽，就可抵禦興州郭光弼那邊的亂軍，我可免除後顧之憂，所以小天毫不猶豫地調撥了十萬石軍糧給大將軍使用。」

蘇宇馳道：「蘇某對胡大人的輝煌戰績也是敬仰依舊，這十多年來，大康和大雍之間摩擦不斷，卻從未取得過一場勝利，胡大人先敗唐伯熙，再擒秦陽明，奪下大雍糧倉重鎮東洛倉，此等戰績實在是讓我等軍士汗顏。」

胡小天道：「一個人過於鋒芒畢露總不是什麼好事，一心為國，未必可以獲得別人的認同。」

蘇宇馳雖然和胡小天處在對立的兩面，可是聽到他的這句話，卻有種於我心有戚戚焉的感覺。

胡小天道：「皇上對我的恩情我永銘於心，蘇大將軍此來的目的，小天也明明白白，大康之所以落到如今的地步，不僅緣於外患，更大的原因在於內憂，大敵當前，不知同仇敵愾，攜手並進，卻各自為自己的利益盤算，多的是李天衡、郭光弼這種自私自利罔顧大局的人物，少的是憂國憂民，敢於擔當的漢子。」

蘇宇馳默默無語，他今次前來是奉了皇命而為，他對胡小天本人並不是十分瞭解，只是知道此人是個難得一遇的少年英才，此時方才真正認識到他的厲害。

胡小天道：「煮豆燃豆萁，豆在釜中泣，本是同根生，相煎何太急。」

蘇宇馳唇角肌肉抽搐了一下，胡小天這首詩如釘子一般釘入他的內心深處。

胡小天道：「大將軍難道還看不出，我等只是朝廷的棋子罷了，真正的問題還在宮中，你我又何必蹚這趟渾水呢？」

蘇宇馳唇角浮現出一絲苦澀的笑意：「宮裡的事，蘇某不知情，也輪不到蘇某過問。」此時他心中已經可以認定眼前必然是胡小天無疑。

胡小天道：「大將軍若是真有這樣的悟性，對大康百姓來說未嘗不是一件好事。」他端起茶盞喝了一口道：「我對大將軍絕無加害之心，但是大將軍既然來了，我想留你在東梁郡盤桓三日，三日之後，我親自恭送大將軍離開。」

蘇宇馳焉能不明白他的意思：「胡大人這是要軟禁我嗎？」

胡小天微笑道：「大人不是說過，就算是在我床邊守上兩天，也要將皇上的話給帶到，你我初次相逢，何不借著這次機會，增加彼此的瞭解和信任，把酒言歡，不亦樂乎。」

秦雨瞳穿著厚厚的棉袍抱著雙膝坐在房間內，看到胡小天無恙歸來之後，她就第一時間返回了同仁堂，楊返虛武功絕非泛泛，利用玄冥寒氣侵入她的經脈，秦雨瞳畢竟武功方面和他比較要差上一籌，終究被他所傷，她返回同仁堂之後馬上準備藥浴運功逼出寒毒，饒是如此仍然身體虛弱，室內火盆熊熊，她還穿著厚厚的棉袍，外面裹著一床被褥，仍然是一陣陣發抖。

外面傳來胡小天熟悉的聲音：「雨瞳，在嗎？」

秦雨瞳咬了咬櫻唇，輕聲道：「我在休息！」

胡小天道：「給你一個選擇，你開門請我進來，或我自己撞門進來！」

房門吱的一聲打開了，秦雨瞳怒氣沖沖出現在胡小天的面前，仍然是面紗敷面，明澈美眸中明顯透著怒氣。

胡小天留意到的卻是她瑟瑟發抖的嬌軀，明知故問道：「冷啊？」

秦雨瞳橫了他一眼，轉身回到火盆邊，馬上又將被褥裹在了身上。

胡小天笑瞇瞇來到她的對面，因為沒有多餘的椅子，所以他只能站著，關切道：「你是不是中了楊返虛的寒毒？」

秦雨瞳沒好氣道：「明知故問……」牙關卻禁不住打顫。

胡小天道：「需不需要我來幫你？」

秦雨瞳搖了搖頭道：「你讓我一個人靜靜就好……我……我……」話到中途卻再也說不下去了。

胡小天伸出手去，握住她的柔荑，掌心處一片冰冷。

秦雨瞳沒來由打了個冷顫，不是被凍的，而是因為胡小天這大膽的舉動。

雖然胡小天並沒有運功幫助秦雨瞳逼毒，可是秦雨瞳卻感覺手掌暖融融的無比受用，胡小天看到秦雨瞳居然沒有甩開自己的手，這廝得寸進尺，又把秦雨瞳的另外一隻手握住，口中道：「很涼啊，我火力大，幫你暖暖。」

秦雨瞳道：「君子不欺暗室，你啊，始終都是個趁人之危的小人！」

胡小天道：「我是好心幫你，拜託，你能不能別把我往壞處想？」

秦雨瞳道：「怎麼突然就回來了？」說來奇怪，胡小天握住她的雙手之後，居然感覺真的不冷了，因為有種溫暖是來自於內心深處。

胡小天歎了口氣道：「說來話長。」

「那就別說，對於你那些勾心鬥角的事，我也不感興趣。」

胡小天盯住秦雨瞳的那雙美眸，心中暗忖，她的這雙手柔弱無骨，雙目如此迷人，不知真實面目又是如何美麗，他雖然見過秦雨瞳的樣子，可是他卻認定秦雨瞳一定是易容成醜陋的樣子面對自己，不想讓他看到真容。

「辛苦你了！」胡小天情真意摯道，秦雨瞳看到他心痛的眼神，心中不禁一陣煩亂，不過旋即又恢復了鎮定。她輕輕掙脫了胡小天的雙手，美眸投向熊熊燃燒的火盆，小聲道：「放著府中這麼大的事情不去處理，急著來到我這邊，真是讓我受寵若驚。」

胡小天道：「聽你的語氣卻並不像被我感動的樣子。」

秦雨瞳將纖手伸向火盆的上方，輕聲道：「你急著趕回來，一定是聽到了消息，知道東梁郡有事情發生，你懷疑有人故意走漏了風聲……」她停頓了一下，黑長的睫毛忽閃了一下方道：「你懷疑我！」

胡小天依然笑容滿面，可是心中卻不得不佩服秦雨瞳的睿智。

秦雨瞳道：「你心中一定存在著很多的疑問，我為何會突然出現在東梁郡，知道你秘密的人只有少數幾個，而我恰恰是其中最不被你信任的那個，所以，你懷疑今天的事情跟我有關，我現在中了寒毒，只不過是利用苦肉計來掩人耳目。」

胡小天笑道：「我可什麼都沒說過。」

秦雨瞳道：「你雖然沒說，可是你心中就是這麼想的，我可以用一個字來回答你所有的疑問。」

胡小天側耳傾聽。

「滾！」秦雨瞳咬牙切齒道，素來文靜謙和的美眸中流露出前所未有的暴戾。

剛剛出了正月，雍都就下起延綿不絕的細雨，霍勝男冒著夜雨，頂著寒風來到了永陽王府，走入七七的書齋內，恭敬道：「參見公主殿下！」

「有什麼急事趕著要來見我？」

霍勝男將一封信交給了七七，七七拆開那封信，熟悉的字跡映入眼簾，這封信是胡小天親筆所寫，當她看完之後，內心中震駭莫名，老皇帝原來早已知道胡小天前往蟒蛟島的事，顏宣明只不過是他祭出的一個誘餌，自己出面解救顏宣明，還以為皇上對此不聞不問，卻沒有想到他背地裡竟然做出這樣的動作。她的內心中感到難以遏制的憤怒，不是因為皇上對胡小天的陰狠手段，而是因為皇上全然將她當成了一顆棋子在利用。

七七緊緊咬住櫻唇，過了好一會兒方才從震駭中平復過來：「送信人在哪？」

霍勝男道：「已經妥善安置，他此次前來還有一個重要的任務。」

七七揚了揚手中的信，表示自己已經知道，胡小天在信中寫得清清楚楚，他要七七馬上安排顏宣明離開雍都，撤退的路線已標明。七七道：「皇上既然有借題發揮的心思，想必會對王府嚴密監視，顏宣明一旦離開王府，他們就會採取行動。」

霍勝男道：「他若不走，必死無疑！」

七七想了想道：「他現在離開，更是難逃一死。」

霍勝男道：「公主殿下打算怎麼做？」

七七將那封信湊在燭火之上點燃，望著漸漸化為一團灰燼的信箋，她的目光漸漸變得堅定而篤信：「知不知道胡小天給我出了什麼主意？」

霍勝男搖了搖頭，她並不知道這密信中的詳細內容。

七七道：「他讓我去找皇上攤牌！」

龍宣恩已經預料到七七這麼晚來見自己，十有八九是為了胡小天的事，他甚至猜想到可能事情有變，可他旋即又想到這次的事情計畫周密，應該萬無一失，顏宣明就在永陽王府內，只要閻天祿的兒子仍然在自己的控制之中，他就不得不聽從自己的吩咐，此前文承煥剛剛來過，說收到最新消息，閻天祿已經將胡小天控制，提出放了他的兒子才肯將胡小天的人頭奉上。

想起已經身陷囹圄的胡小天，龍宣恩打心底感到高興，只要證實胡小天身在蟒蛟島，其他的事情，他又怎會在乎。

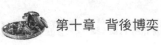

老太監王千一旁提醒道：「皇上，公主在外面候著呢。」

龍宣恩點了點頭道：「讓她進來吧，就她那火爆脾氣，若是我再不讓她進來，只怕要撞破宮門了。」

七七進入宮中，仍然聞到空氣中殘留的脂粉味道，她向周圍看了看，隱約看到帷幔後有人影閃動，不由得皺了皺眉頭，皇上最近剛剛遴選了一批美女，已經多日顧不得上朝了。

龍宣恩微笑道：「七七，這麼晚了，來見朕究竟有什麼急事？」

七七道：「特地來向皇上求個人情！」

龍宣恩笑道：「什麼人情？」

七七道：「求皇上念在親情的份上，放我一馬。」

龍宣恩聞言不由得心中一怔，笑道：「七七，你這話是從何說起，朕一向對你寵愛有加，你居然會懷疑朕對你的感情？」

七七道：「七七自知做錯了事。」

龍宣恩微笑道：「你做錯了什麼事情？」

「我沒有經過陛下的允許，就私自將顏宣明從刑部帶了出來。」

龍宣恩故意道：「哪個顏宣明？」

七七道：「海州牧顏宣明，因為貪贓枉法而被陛下御筆親批的案子。」

龍宣恩哦了一聲道：「聽你這麼一說，朕好像有了一些印象。」

七七心中暗歎，親人間虛偽到如此地步，還有何親情可言，望著眼前一臉偽善的龍宣恩，七七感到一陣淒涼，也許從頭至尾，他從未把自己當成親人看待，看清了龍宣恩的真面目，七七的心腸不由得硬了起來：「還望陛下饒恕七七的罪過。」

龍宣恩淡然道：「區區小事又何必放在心上，朕既然將政事交給你去管，自然用人不疑，雖然你這丫頭有些小性子，可你的辛苦朕看得到，你對大康的付出朕也看得到。」

七七道：「七七犯了大錯，七七並不知道顏宣明乃是蟒蛟島匪首閻天祿的兒子，此人貪贓枉法，罪孽深重，罪不容恕！」

龍宣恩臉色微微一變，這妮子應該早就知道了顏宣明的真實身分，可是他並沒有想到她居然敢當面戳破這件事，沉聲道：「你說什麼？」

七七道：「我也是剛剛查清這件事，才知此事非同小可，特來向陛下稟報。」

龍宣恩道：「朕都不知這麼多的事，既然如此，你將顏宣明發還刑部就是。」

「陛下原諒我了？」

龍宣恩微笑道：「朕何時怪過你？放心吧，不知者無罪，朕不會責罰你的。」

七七道：「晚了！」

龍宣恩微微一怔：「什麼？」

七七道：「晚了，顏宣明已經被我殺了！」

龍宣恩霍然站了起來，怒目圓睜道：「你說什麼？」

七七道：「顏宣明想要逃走，被我殺了！」

「什麼？」龍宣恩內心翻騰起伏，不過旋即冷靜下來，七七這番話未必可信。

七七道：「皇上寬宏大量，想不到七七犯了這麼大的罪過都能夠原諒我。」

「你……」龍宣恩被噎得說不出話來，自己精明一世居然會被一個小姑娘算計，真是氣煞我也。

七七道：「七七也知道此事非同小可，我殺了顏宣明必然會激怒蟒蛟島，聽聞蟒蛟島俘虜了不少大康水軍，得到這個消息一定會殺他們洩憤，還有傳言，說胡小天也被抓了，七七不知是真是假，若是真的，豈不是連他也要性命難保？陛下，七七還未出嫁，未婚夫就死了，別人會怎樣看我？會不會將我看成不祥之人？」

龍宣恩咬著牙關，一張面孔似笑非笑，是啊，文承煥既然能夠得到蟒蛟島的資訊，七七也一定能夠得到，難道真實的情況未必如文承煥想的那樣？

七七道：「可七七又知道胡小天沒那麼容易死，他向來福大命大，多少次有人害他，最後還不是平安無恙，陛下，您覺得他這次也會逢凶化吉對不對？」

龍宣恩咬著牙齒冷笑道：「他的事情，朕怎麼能夠知道？」

七七道：「無論別人怎樣想他，可是七七心中始終都覺得他對我還是非常坦誠的，最近有不少流言，都說胡小天裝病，其實帶著船隊去了蟒蛟島，我卻知道那些傳言全都不是真的。」

龍宣恩哦了一聲，按捺住心頭怒氣，他開始明白七七深夜入宮的真正目的了。

七七道：「他一直都在東梁郡，好不容易才為陛下穩固住北方邊境，他又豈敢輕易離開，萬一有什麼閃失，被奸人所趁，豈不是後悔都晚了？」

龍宣恩道：「胡小天做事向來神龍見首不見尾，朕聽說他病了，還特地委託蘇宇馳去看他呢。」

七七道：「蘇大將軍乃大康名將，以他的能力完全可以頂替胡小天的職責。」

龍宣恩的眉頭皺起，這妮子每句話都暗藏嘲諷，根本是在說出自己的想法。

七七道：「可惜他不如胡小天陰險狡詐，談到心計，那更是遠遠不如。」

「你好像很瞭解他！」

七七似乎有些害羞，紅著俏臉道：「過去並不瞭解，可是陛下將七七許配給他之後，就開始嘗試著瞭解，因為七七早晚都要做他的妻子，知夫莫若妻，如果我連他都不瞭解，又怎能做他的妻子呢？」

龍宣恩的臉上已經不再有一絲笑容：「過去朕常常都聽人說女生外向，朕還一直都不相信，想不到連朕的寶貝孫女也是這個樣子。」言語之中不勝感慨，這妮子已經鐵了心要和胡小天站在同一陣營了。

七七道：「七七知道，想要別人對自己好，自己首先要對別人好，這世上絕沒有一味付出而不求回報的事情。」她靜靜望著龍宣恩，這番話看似說她和胡小天之間的關係，實際上是在告訴老皇帝，你想讓我對你好，首先要懂得對我好，別只是將我視為你的利用工具。

龍宣恩呵呵笑了一聲：「你剛說有不少流言，還說胡小天被蟒蛟島抓了？」

七七嫣然一笑，突然換了一副面孔，嬌滴滴道：「皇上都說是流言了，胡小天那麼聰明，怎麼可能會被人暗算。」

龍宣恩意味深長道：「空穴來風未必無因啊！」他無法確定七七和文承煥的消息究竟誰的更加可靠。

七七幽然歎了口氣道：「若是傳言屬實，那麼七七也只能認命了，我會將顏宣明的屍體剁碎了餵狗，將他的首級給閻天祿送去，讓他知道跟我們作對的下場。」

「你不怕他殺了胡小天？」

七七道：「怕又能怎樣？就算放了顏宣明，將他送回去，他一樣不會放胡小天活命，胡小天若是連一個海盜都鬥不過，那麼他也不配做我的未來夫婿！我豈能因為一己之私，而讓整個大康王朝蒙羞？」

「呃……這……」七七越是這樣說，龍宣恩越懷疑胡小天根本就不在蟒蛟島。

七七道：「我知道陛下一定心懷顧慮，蟒蛟島雖然只是一幫海盜，可是他們卻非烏合之眾，更何況他們活動的海域範圍極大，現在大雍和大康剛剛達成協議，解除了糧禁，大半運往大康的糧食都要通過海路，如果閻天祿不惜一切地復仇，那麼這條海路的安全必然堪憂，可即便是如此，大康也不能向海賊低頭，堂堂大國，氣節何在？」

龍宣恩焉能聽不出她是在說反話，是在威脅自己觸怒了蟒蛟島的後果，自己本想利用顏宣明這件事來製造文章，威脅蟒蛟島除掉胡小天，可是現在卻成了七七逼迫自己的理由，這妮子竟有這麼足的底氣，看來十有八九胡小天已經無恙。

七七又道：「陛下不用擔心我，我和胡小天尚未成親，我對他其實也沒什麼割捨不下的感情，只是陛下該多多操心一下北方的局勢，庸江三鎮目前由胡小天在控制，庸江水師也對他心服口服，若是那些將士認為我們見死不救，故意殺了顏宣明而導致蟒蛟島殺了胡小天報復，那麼只怕局勢會不可收場。」

龍宣恩冷冷道：「七七，你是在威脅朕嗎？」

七七笑道：「皇上，您怎麼會這麼想？七七所說的每句話都是在為皇上考慮，在為大康考慮。但是，皇上！如果流言是真的，您會怎麼辦？」

龍宣恩道：「朕從來都不相信流言。」

「陛下不是說，空穴來風未必無因嗎？」

龍宣恩望著眼前的七七，這妮子的確長大了，而且她和自己之間的隔閡似乎越來越深，龍宣恩才不相信她會無緣無故殺了顏宣明，只是他的內心開始動搖，開始對文承煥的消息來源產生了懷疑，不錯，自己陷害過胡小天多次，胡小天又有哪次不是逢凶化吉？他沒那麼容易死。他強壓住心中的怒火，低聲道：「七七，你跟朕說句實話，你喜不喜歡胡小天？」

七七甚至沒有半分猶豫，輕輕點了點頭道：「喜歡，可是七七看得出陛下並不喜歡，所以因為他變得連七七都不喜歡了。」

龍宣恩道：「為了他，你是不是不惜做任何事？」

七七搖了搖頭道：「在七七心中最重要的始終都是祖宗的江山社稷，為了大康，七七可以犧牲一切！」

龍宣恩內心一顫，他也曾像七七這樣想過，可是這樣慷慨的激情早已被歲月消磨得不見痕跡，已經沉澱心頭太久，他甚至已記不起來了，江山如畫，如此多嬌，可是無論擁有怎樣的輝煌，一旦到壽終正寢之日，所有的一切都會遠離自己而去。

龍宣恩長歎了一口氣，低聲道：「你回去吧，朕累了！」

七七離去之前向他施了一禮道：「皇上還怪我嗎？」

龍宣恩有些疲憊地閉上了雙目，意味深長道：「做過的事情，朕就是怪你又有何用？」

七七離去之後，龍宣恩的心情卻久久無法平靜，他讓王千去將洪北漠請來。

洪北漠被深夜傳召，自然猜到會有大事發生，來到龍宣恩身邊，恭敬道：「微臣參見吾皇萬歲萬萬歲，不知皇上深夜傳召有何差遣？」

龍宣恩道：「朕想讓你去查查，顏宣明是不是還活著！」

龍宣恩將這件事的始末簡略向洪北漠說了一遍，洪北漠越聽臉色越是嚴峻，他向龍宣恩深深一躬道：「微臣斗膽進言，皇上在這件事上的處理草率了一些。」

龍宣恩道：「說吧！」

洪北漠道：「臣也和永陽公主有著一般的看法，區區一個蟒蛟島的島主不可能對付得了胡小天，胡小天目前既已安心待在東梁郡，皇上又何須急於對他下手？」

龍宣恩道：「胡小天野心勃勃，自從朕派他到東梁郡之後，他所做的哪一件事不是在為壯大他自己的實力做準備？朕難道眼睜睜看著他把大康江山蠶食殆盡？」

洪北漠道：「對付老虎最好的辦法不是殺了牠，而是放虎歸山，任牠在山林咆哮縱橫又能如何？陛下難道忘了，我們需要的只是時間，胡小天坐穩庸江對我們並無壞處，他的確是一顆釘子，可是只要陛下不主動踏過去，就不會被他扎到腳！」

龍宣恩道：「難道你看不出，他要拓展海外，在海外紮穩根基，一旦他心中願望實現，朕就再也制不住他！」

洪北漠心中暗自冷笑，你以為現在還制得住他？只是這句話他並沒有說出口。洪北漠道：「陛下，胡小天究竟有沒有去蟒蛟島還未證實，臣只想問陛下一句，假如他始終都在東梁郡，從未隨隊出海，那麼陛下又該如何處置這件事？」

龍宣恩因這個假設而倒吸了一口冷氣，如果胡小天始終坐鎮東梁郡，那麼自己派出蘇宇馳豈不是等於羊入虎口？

洪北漠道：「文太師和胡小天素有舊怨，他一直都將愛子文博遠的死歸咎到胡小天的身上，這件事有公報私仇之嫌。」

龍宣恩道：「他也是為了朝廷考慮。」

洪北漠道：「為了朝廷考慮卻又為何偏偏在這個時候對顏宣明下手，明明知道這件事會觸怒蟒蛟島的海盜，若是顏宣明遇害，閻天祿必然瘋狂報復，首當其衝受到影響的就是剛剛打通的糧運通道。」他語重心長道：「大康好不容易才有了這次的喘息之機，陛下難道又想將一切拉回從前？」

龍宣恩沉默不語，心中已經開始有些後悔了。

洪北漠道：「陛下想要對付胡小天又何須操之過急？這樣的手段非但不可能傷及到他，還只會打草驚蛇，提前引起他的警覺。陛下，現在最需要的就是局勢穩定，只要再多些耐心，輪迴塔建成之後……」

龍宣恩聽到輪迴塔這三個字突然變得激動起來：「你總是跟我這樣說，可是那輪迴塔何時才能建成？莫非要等到朕壽終正寢之日都無緣看到它落成？」

洪北漠道：「陛下，臣已經竭盡全力去做，可是仍然缺少一些必要的材料。」

龍宣恩道：「缺什麼？朕已經傾盡所有，你要錢朕給你錢，你要人，朕給你人，即使你要朕祖宗傳下來的寶物，朕都沒有皺一下眉頭，此前你跟朕說要一年就能建成，現在呢？現在呢？距離你說的期限只剩下幾個月了，你居然跟朕說還缺少東西？啊！你在戲弄朕嗎？」

「微臣不敢！」

龍宣恩一怒站起，大步走下台階來到洪北漠的面前，怒視他的雙目，洪北漠的表情始終寵辱不驚，雙目古井不波，根本沒有被龍宣恩的雷霆震怒嚇住。龍宣恩壓低聲音道：「一年之期，朕不會多給你一天時間……」

他忽然感到胸口一陣劇痛，捂住胸膛，有些痛苦地咳嗽起來，捂住嘴唇，好一會兒才把咳嗽控制住，攤開手掌，掌心處已經染上了一灘黑紫色的血跡，他向洪北漠道：「你幹的好事！朕服了你的丹藥，雖然容顏開始變得年輕，但是朕的內心卻是日益衰老，開始的時候，心痛病一月折磨朕一次，現在漸漸變得頻繁，每次發作，朕都生不如死……」他捂著胸口，劇烈喘息著。

洪北漠道：「陛下不用驚慌，臣敢斷定，您的龍體不會有大礙。」

龍宣恩道：「朕明白，你是用藥物激發朕體內的潛能，朕表面上看上去每天都在變得年輕，可是朕卻一天天逼近死亡，是不是？到底是不是？」

洪北漠淡然道：「陛下想多了，這些年來，臣對陛下一直忠心耿耿從未改變，沒有陛下，臣做不成任何事情。」

龍宣恩點了點頭道：「朕的時間已經不多了，你的時間也已經不多了。」

醫統江山 II 卷6 背後博奕

作者：石章魚
發行人：陳曉林
出版所：風雲時代出版股份有限公司
地址：10576台北市民生東路五段178號7樓之3
電話：(02) 2756-0949
傳真：(02) 2765-3799
執行主編：劉宇青
美術設計：許惠芳
行銷企劃：林安莉
業務總監：張瑋鳳

初版日期：2020年11月
版權授權：閱文集團
ISBN：978-986-352-871-5
風雲書網：http://www.eastbooks.com.tw
官方部落格：http://eastbooks.pixnet.net/blog
Facebook：http://www.facebook.com/h7560949
E-mail：h7560949@ms15.hinet.net
劃撥帳號：12043291
戶名：風雲時代出版股份有限公司

風雲發行所：33373桃園市龜山區公西村2鄰復興街304巷96號
電話：(03) 318-1378
傳真：(03) 318-1378
法律顧問：永然法律事務所 李永然律師
北辰著作權事務所 蕭雄淋律師

行政院新聞局局版台業字第3595號 營利事業統一編號22759935

定價：270元

國家圖書館出版品預行編目資料

醫統江山 第二輯／石章魚 著. -- 臺北市：風雲時代，2020.08- 冊；公分

ISBN 978-986-352-871-5（第6冊；平裝）

857.7 109009548